LE FILS DU TERRE-NEUVAS

DU MÊME AUTEUR

ESSAI

Les Grands Moments littéraires de Normandie du XVIIIe siècle à nos jours, Editions Corlet, couronné par l'Académie française.

BIOGRAPHIES

Mandrin, le voleur d'impôts, Tallandier, J'ai Lu Le Grand Livre du Mois, couronné par l'Académie française.

Bertrand Du Guesclin, connétable de France, Tallandier, Le Grand Livre du Mois.

Jacques Cartier, Editions maritimes et d'Outre-Mer, Ouest-France, L'Ancre de Marine.

Dumont d'Urville, le dernier grand marin de découvertes, Glénat.

L'Enigme Lapérouse, Tallandier, Le Grand Livre du Mois.

NOUVELLES

La Normandie raconte (en collaboration avec Michel de Saint-Pierre, Jean de La Varende, André Druelle, etc.), Cercle d'Or.

Hantise ou scènes de la vie ordinaire, Maître Jacques.

ROMANS

L'Ile, Editions Syndicales.

L'Arbre déraciné, Cercle d'Or.

Au-delà de la fin du monde (en collaboration avec Grégoire Brainin), Cercle d'Or.

Il était une fois un monstre, Editions Corlet.

Claudius ou les beaux jours, Ramsay, Cheminements, Le Grand Livre du Mois.

Soleils gris, Filipacchi.

Les Deux Vies de Marie Salmon, Tallandier, Aubéron, Le Grand Livre du Mois, Prix Guillaume-le-Conquérant 1994.

Heloa, la passagère clandestine, Glénat, Aubéron, Grand Prix du roman de la Ville de Rennes 1998.

La Canarienne, le crépuscule des Guanches, Glénat, Prix des Libraires de Normandie 1999.

Marie sans terre, Presses de la Cité, Le Grand Livre du Mois, France Loisirs, Pocket, Prix du roman de la Ville d'Etretat 2003.

Les Anges maudits de Tourlaville, Presses de la Cité, Le Grand Livre du Mois, Pocket, Prix du roman populaire 2004.

Les blés seront coupés, Presses de la Cité, Le Grand Livre du Mois, Pocket

Une mère en partage, Presses de la Cité, France Loisirs, Prix Guy-de-Maupassant 2007.

Un homme bien tranquille, Presses de la Cité, Le Grand Livre du Mois.

Yves Jacob

LE FILS DU TERRE-NEUVAS

Roman

Romans Terres de France

PRESSES DE LA CITÉ

Production Jeannine Balland

ISBN 978-2-258-07819-2

Ce roman mêle fiction et histoire vraie. J'y retrace la vie quotidienne des paysans et des terre-neuvas de la région de Cancale, mais aussi des rives de la Rance allant de l'estuaire à Dinan, dans la première moitié du siècle dernier.

Pour les besoins du récit, j'ai introduit dans ces pages des personnages fictifs, mais également, dans la dernière partie, des terre-neuvas ayant vraiment vécu la tragédie du *Châtelet* et les incroyables rebondissements qui s'ensuivirent.

En dehors de cette dernière partie, à l'exception de messieurs Jean Lebreton et Prudent Trotin, cités ici parce qu'ils étaient des commerçants connus et appréciés des Cancalais à l'époque, tous les autres personnages présents sont imaginaires, et toute ressemblance et toute homonymie seraient parfaitement fortuites.

Y. J.

A la mémoire de Georges Pierre,
mousse sur le Notre-Dame-du-Châtelet

« La mer modèle les mœurs, comme elle fait les rivages. Tous les peuples marins ont des caprices, sinon de la folie, dans l'âme. »

André Suarès, *Trois Hommes*,
« Ibsen »

« Je t'aime comme le soleil aime le sable.
Je t'aime, et aussi j'aime t'aimer. »

Henry de Montherlant, *La Reine morte*

PREMIÈRE PARTIE

1

Mai 1939

Sur *la Valeureuse*, malgré une brume légère, dans un remue-ménage soigneusement orchestré, les hommes s'affairaient. La pêche avait été fructueuse. Sur les douze doris [1] sortis, une dizaine étaient revenus avec près de deux cents morues à bord chacun. Le capitaine Jean Le Guen avait fait ses comptes : près de deux mille quatre cents prises en une seule marée. Si la campagne se poursuivait ainsi, chacun serait satisfait : l'armateur, le capitaine, l'équipage. Restaient les glaces flottantes, les ciels capricieux, les brouillards persistants, les soleils rares, les flots houleux, voire déchaînés, le naufrage toujours possible, le décompte éventuel des marins disparus.

Pour l'heure, le moral était plutôt à l'optimisme. Profitant d'une mer calme, les dorissiers avaient lancé les morues à bord de la goélette à l'aide d'un piquois [2] planté dans la tête du poisson afin de ne pas en

1. Embarcations de pêche à fond plat. *(On trouvera en fin d'ouvrage un glossaire reprenant les principaux termes de marine utilisés ici.)*

2. Bâton prolongé par un pic en acier et servant à piquer la tête de la morue pour la lancer du doris à bord du navire.

abîmer les chairs. Accroché sur une autre pique fixée dans la lisse, le poisson était ébrégué[1] par des novices ou des matelots légers avant que sa tête soit tranchée par la guillotine puis précipitée par-dessus bord.

Le corps de la morue atterrissait ensuite sur l'étal du trancheur qui, souvent secondé par le capitaine, en quelques gestes sûrs, des milliers de fois répétés en une seule marée, en ôtait le nos, nom donné à l'arête médiane, métamorphosant ainsi le superbe animal en un triangle plat que l'on jetait dans des bailles d'eau sous la responsabilité des mousses qui avaient pour tâche de l'énocter[2] et de le laver avec soin.

Deux jeunes adolescents, Jean-Marie, originaire du port de la Houle, à Cancale, et Pierre, natif de Saint-Suliac-sur-Rance, s'activaient sans désemparer au-dessus des grandes bailles en bois, raclant, grattant à l'aide d'une longue cuiller le sang coagulé incrusté dans la chair, à l'endroit où s'était trouvée l'arête, avant de rincer en touillant pour décoller les ultimes souillures.

Le vent s'était levé, bousculant le bateau. Les jambes écartées pour conserver son équilibre, les bras enfoncés jusqu'aux coudes dans l'eau glacée, Jean-Marie se redressa puis, sa cigarette écrasée sous le talon d'un de ses sabots-bottes, souffla dans ses mains crevassées par le sel et engourdies par le froid pour s'efforcer de les réchauffer.

Pierre l'avait imité. Trempé jusqu'au cou, nonobstant les manches du ciré ligotées aux poignets, celui-ci

1. Ebréguer ou ébreuiller : éviscérer la morue. Ebreilleur : matelot qui éviscère la morue.

2. Débarrasser les filets de morues des dernières traces de sang.

flanquait de vastes coups de poing sur sa maigre poitrine pour ranimer une ardeur défaillante.

Jean-Marie retint un soupir de compassion. Il se demandait comment son camarade avait pu être embauché comme mousse sur *la Valeureuse*. Malingre, la taille brève, on lui eût donné dix ans alors qu'il en affirmait quinze. La pauvreté ayant ses lois, ses parents avaient supplié le capitaine Le Guen de l'embarquer afin d'avoir une bouche de moins à nourrir. Ce dernier avait accepté avant de conclure :

« Ça ira. Il sera toujours bon pour nettoyer le poste et s'occuper de la corvée de bulots. Par contre, je ne le vois pas tourner la manivelle de la corne de brume. Allez, je vous le prends. A son retour, vous verrez, j'en aurai fait un homme ! »

Pour l'instant, l'homme futur toussait à longueur de journée, une toux rauque, sèche, qui faisait couler des larmes rageuses sur son visage pâle et étroit où des yeux sombres vous fixaient avec une fiévreuse intensité.

A ce rythme-là, y n'tiendra pas longtemps, songea Jean-Marie.

Pierre avait surpris le regard du mousse posé sur lui. Il le dévisagea avec défi avant de lancer :

— Quèqu't'as, à me fixer comme ça, j'ai la gale ?

Il pointa un doigt vers un potte, manne cylindrique en osier contenant environ soixante kilos de poisson.

— C'est à ton tour d'aller porter ça au saleur.

Jean-Marie opina du bonnet. Il se dirigea vers le potte rempli à ras bord, le tira vaillamment sur le pont pour aller l'affaler en cale à l'aide d'une fourche et d'un toboggan de fortune.

Il s'attarda un instant pour observer le travail du saleur. Secondé par un novice, celui-ci couchait les morues encore tout humides, chair au-dessus, sur leurs congénères déjà salées, puis, à l'aide d'un pellot[1], les recouvrait de la quantité de sel indispensable à leur conservation. Des piles, partant de l'arrière vers l'avant, s'amoncelaient dans la cale déjà à moitié pleine.

Jean-Marie fixait le saleur avec envie. La conservation du poisson dépendait des savants dosages du sel qu'il répandait, soit environ soixante pour cent du poids. Une erreur et la cargaison serait invendable. Si elle manquait de sel, elle risquait de pourrir, si elle en avait trop elle serait brûlée, perdrait du poids et serait vendue au rabais. En revanche, le saleur était récompensé quand le bilan de la pêche était fait. On lui offrait trois parts quand un matelot en touchait une un quart et un mousse une demie.

Tout en besognant, les deux hommes fredonnaient pour se donner du cœur à l'ouvrage une chanson de saleurs connue de tous :

C'est les filles de Cancale
Qui n'ont point d'nichons,
Elles s'mettent de la filasse
Pour faire croire qu'elles en ont !

Jean-Marie n'eut pas le loisir d'en écouter davantage, un coup de pied dans les reins l'expédiant à trois pas de là, tandis qu'une voix qu'il connaissait hélas bien, puisqu'elle était synonyme de sévices à son encontre, le ramenait à la réalité :

1. Petite pelle à manche court, en bois ou en métal, tenue d'une seule main.

— Alors, maudit bigorneau, quèqu'tu fous, à compter les mouettes ?

Martin, un matelot réputé pour sa force et sa violence, se dressait devant lui, ramassé, sa tête large de bouledogue plantée, sans cou, sur d'énormes épaules.

Jean-Marie avait atterri dans des rouleaux de cordages. Il se releva, récupéra son béret tombé à ses pieds. En bas, dans la cale, le saleur avait interrompu sa chanson et, basculant un visage blafard, couleur de sel, vers le ciel gris, il s'efforçait de voir ce qui se passait au-dessus de lui.

— Quèqu'y a, Martin ? Encore un tire-au-flanc ? Casse-lui donc les reins de ma part, ça le fera réfléchir pour la prochaine fois !

Et il éclata d'un grand rire qui découvrait des dents jaunes.

Jean-Marie esquiva une gifle en s'écartant d'un pas vif, enfonça son béret jusqu'aux oreilles.

— Ça va, j'y vais, j'suis pas feignant, faut pas dire ça !

Puis, contournant Martin qui se désintéressait déjà de lui, il retourna à sa tâche.

L'après-midi s'avançait. Le vent donnait de plus en plus fort dans un grand souffle qui faisait chanter les haubans [1] et se lamenter les poulies. Une brume glauque, agrémentée de grêle et de pluie, avait une fois encore envahi le ciel.

Heureusement, la corvée de l'habillage de la morue s'achevait. Taciturnes mais fatalistes, les matelots pressentaient le coup de torchon. La mer grossissait,

1. Fils d'acier fixés à la tête du mât et à la paroi extérieure du navire pour soutenir et consolider ce mât.

s'invitait sur le bateau en lames de plus en plus violentes.

Alors, contre toute attente, comme par miracle, le grain s'apaisa, la brume se dissipa. Soucieux d'épargner la vie de ses hommes, le capitaine Le Guen alla consulter le baromètre, déchiffra l'horizon d'un œil attentif, extirpa la montre de son gousset : seize heures trente.

Un peu tard, songea-t-il, mais il est encore temps.

Il ordonna alors aux dorissiers d'aller mouiller leurs lignes de fond pour la marée du lendemain matin.

2

Le doris avançait, ballotté par une houle légère. Aidé par sa voilure, il progressait prudemment. Deux hommes veillaient sur l'embarcation : le patron Clovis Rivat, dit le Penseur, originaire de Port-Mer, près de Cancale, et son avant, Gildas Le Morvan, surnommé Belle Goule par tout l'équipage.

Un tirage au sort organisé par le capitaine au début de la campagne avait déterminé si l'on disposerait d'un doris neuf ou usagé. Un autre tirage avait été fait pour savoir si l'on se déplacerait vent portant ou contre le vent. Ce dernier tirage fait, le système alternait à chaque marée afin que les équipages partagent à égalité les peines et les joies.

Vent portant le soir pour aller mouiller les lignes de fond signifiait revenir contre le vent le lendemain à l'aube, avec un doris dont on espérait qu'il aurait le ventre gorgé de morues.

Tous les canots étaient sortis : douze au total, avec chacun deux hommes à bord. Chaque doris mesurait environ six mètres de long pour un mètre quatre-vingts de large et zéro mètre soixante de creux.

Les douze embarcations avaient quitté le terre-neuvier[1] afin de mouiller leurs lignes de fond en étoile autour de *la Valeureuse* au mouillage.

Comme à l'accoutumée, Clovis avait noté avec soin la position du voilier avant de mener son bateau à l'aviron vers sa zone de pêche, voile ferlée contre le mât afin d'éviter une vitesse trop grande. C'est à cinq cents mètres de la goélette que Gildas, installé à l'arrière, allait faire sortir, de leurs deux mannes où elles étaient entreposées, et filer dans l'eau vingt-quatre pièces de lignes de cent trente-trois mètres chacune, signalées par des bouées surmontées d'un fanion. Il commença à tendre les lignes garnies de près de mille six cents hameçons boëttés[2] avec des bulots par les mousses, qui en avaient auparavant brisé les coquilles. Maintenues au fond de la mer par une ancre et reliées à une bouée par un orin[3], ces lignes que l'on appelait cordes ou palangres resteraient immergées dans les flots grâce à une seconde ancre fixée à l'autre extrémité. Une corde de près de trois mille deux cents mètres de longueur, mouillée à environ soixante mètres de fond, que Gildas devait manipuler avec la plus grande précaution, car à tout moment, dans l'embarcation chahutée par les lames, il pouvait rater une manœuvre, s'écorcher les doigts ou s'enfoncer un hameçon dans la main, au risque d'être entraîné par lui dans les profondeurs, sous le

1. Terre-neuvier ou terre-neuvas : navire ou marin qui pêche à Terre-Neuve. Pour éviter toute confusion et des répétitions, sont nommés ici terre-neuvas les marins et terre-neuviers les navires.

2. La boëtte est un appât monté sur l'hameçon.

3. Petit filin fixé à une extrémité sur une ancre et à l'autre sur une bouée indiquant l'emplacement de l'ancre.

regard d'un Clovis impuissant à stopper un bateau dérivant sur l'océan.

Heureusement, les deux hommes étaient expérimentés. Rivé sur son banc de nage, Clovis plongeait d'un geste égal les pelles de ses avirons dans la mer, tout en scrutant les alentours. *La Valeureuse* avait disparu depuis longtemps, happée à nouveau par des nappes de brume galopant sur une eau blême. Au loin, pâles soutiens du voilier, la corne de brume, actionnée par un mousse ou un novice, et un pierrier, petit canon installé sur le gaillard d'avant, rappelaient au patron du doris la position du bateau. La distance s'estimait au jugé. En subtil stratège, Clovis guettait attentivement les détonations du « périer », comme on disait, afin d'obtenir un relèvement de la goélette à l'aide de son compas calé entre ses jambes.

Avec les heures, le travail s'achevait. Le capitaine Le Guen avait eu raison. Le temps était limite pour poser des lignes. Le doris roulait d'une hanche sur l'autre sans charger trop d'eau et sans vraiment inquiéter Gildas. Tout en mâchonnant sa chique, Clovis observait son compagnon avec une rude satisfaction. Depuis deux mois ils besognaient ensemble. Il avait repéré le jeune homme quand il était mousse puis novice, admirant son entrain, sa fureur à l'ouvrage, malgré son âge tendre. Gamin, Gildas clamait déjà, haut et fort : « Un jour, je serai cap'taine ! » Il avait été reçu premier du canton au certificat d'études primaires et ne rêvait que d'une chose, accéder le plus vite possible au rang de patron de doris pour mieux commander, plus tard, quand il aurait réussi ses examens qu'il entendait préparer aux cours du soir de l'école des Rimains, à Cancale.

Et c'est vrai qu'il apprenait vite. A dix-huit ans à peine, il avait déjà fait le tour du métier d'avant de doris. Ses gestes étaient affûtés, précis ; il semblait insensible à la douleur, ne se plaignait jamais de ses mains mordues par le sel, brûlées par le froid, de ses fesses usées par le banc de nage, de son dos et de ses biceps brisés par les efforts quand il fallait ramer contre le vent.

Clovis expédia un long jet de salive noire par-dessus bord, cala sa chique sous une de ses joues. Gildas avait fini de laisser filer la corde. Ensemble, ils balancèrent à la mer le deuxième grappin relié par un orin à une bouée surmontée du petit pavillon qui leur permettrait de retrouver la corde le lendemain matin.

Qué beau gars ! pensa Clovis. Ce n'était pas pour rien, en effet, que les matelots de *la Valeureuse* avaient surnommé le jeune homme Belle Goule. Ils auraient difficilement pu l'affubler d'un sobriquet comme Gueule d'Ange. Il était beau, certes, mais avec des traits virils, une mâchoire carrée, une bouche sensuelle, un grand front bombé protégé par une tignasse brune et bouclée sous laquelle surnageaient des yeux d'un bleu virant à l'émeraude selon l'éclat du soleil. Des yeux si pénétrants que lorsqu'ils se posaient sur vous ils semblaient vous transpercer jusqu'à l'âme, si toutefois vous en aviez une. Grand sans excès, agile, joliment découplé, il conjuguait dans sa stature puissance et élégance, tranchant ainsi avec les autres matelots aux physiques plus rustiques.

Certains l'observaient avec envie, nul ne le jalousait, car il était d'humeur égale et toujours attentif à autrui. Nul non plus, malgré sa jeunesse, n'eût songé à lui chercher querelle car il soulevait sans effort les charges les plus lourdes, et les plus costauds, les plus bagarreurs, les plus malfaisants, soupçonnaient en lui une force redoutable qu'il valait mieux ne pas braver.

Et puis, parmi les matelots, c'était encore lui qui, lorsqu'ils étaient victimes d'un besoin pressant, pissait le plus loin par-dessus la lisse dans les eaux grises.

D'instinct, chacun pressentait qu'il deviendrait en effet capitaine ou davantage, si le dieu Temps le lui permettait.

Le grappin jeté, les deux hommes retournèrent à leurs bancs de nage et, espérant que le ciel ne se démonterait pas brutalement, souquèrent ferme pour retrouver la goélette, le poste nauséabond et l'éternel rata de morue.

Ils étaient là, une dizaine au plus, leur tâche achevée, à attendre le dîner dans le poste d'équipage situé à l'avant du navire, jusqu'au moment où on les rappellerait sur le pont au moindre coup de torchon. Affalé sur le coffre dans lequel il remisait son maigre bien, insensible à la tristesse du lieu, aux remugles de vêtements humides de sueur, imprégnés de tabac à chiquer et à fumer, aux relents tenaces de restes de souper, Gildas somnolait, la nuque appuyée sur la cloison à glissière séparant les couchettes du poste. Ces couchettes, baptisées cabanes, mesuraient moins d'un mètre vingt de large pour un mètre soixante de long. Elles servaient aussi de placards où les matelots entreposaient leurs biens les plus précieux : bouteilles d'alcool, vivres personnels, souvenirs, habits de rechange s'il y avait lieu.

Sur chaque cabane en bois reposait une paillasse faite avec de la paille apportée par les marins au moment de l'embarquement. La paille était également utilisée pour confectionner un oreiller pour dormir et pour garnir les bottes dans l'espoir de conserver les pieds au sec.

Gildas rouvrit les yeux. Dans le poste éclairé par une lampe à huile, tout près d'un poêle à charbon que l'on n'allumait jamais à cause de la fumée qu'il dégageait, les hommes s'étaient regroupés auprès de la table à roulis où le mousse, tout à l'heure, poserait la grande gamelle, et, leur quart empli de vin rouge à la main, ils s'impatientaient.

— Quèqu'y fout, ce satané bigorneau ! pestait Martin, le matelot à la tête de bouledogue, y va-t-y enfin nous apporter à boulotter ?

C'est alors que Jean-Marie apparut en bas de l'échelle, rendue glissante par les milliers de pieds et de mains poisseux qui l'avaient empruntée depuis le départ de *la Valeureuse*. Il déposa la gamelle fumante sur la table.

— Encore ce nom de Diou de rata de morue et de flétan, constata Gildas en se taillant une place entre ses compagnons tassés sur des bancs et des tabourets. Quand est-ce que le cuistot nous mitonnera un rata de dadin ?

— J'vais chercher la suite, y a aussi des biscuits et des lentilles, précisa Jean-Marie. J'reviens tout de suite.

Et il fila vers l'échelle menant au pont. Il se déplaçait pieds nus pendant son service, malgré le froid, pour mieux anticiper sur les traîtrises du roulis et d'un sol trempé qui auraient pu lui faire perdre l'équilibre avec son précieux chargement. Il arriva bien vite à la cambuse, en revint avec les lentilles et les biscuits.

Penchés en avant, leurs mentons rasant leurs écuelles en fer, les hommes plongeaient leur cuiller dans le rata, lapaient, ingurgitaient, dans de grands *shlurps*, dans de grands rots, interrompus seulement par de grosses toux dues au froid et à l'abus de tabac et d'alcool. Des rires fusaient parfois, des confidences glissées à voix basse dans l'oreille du voisin, si l'on se connaissait bien, si l'on était du même pays. Il y avait là des gars de la Houle, de Saint-Malo, du Clos-Poulet[1], de l'estuaire de la Rance, que l'on surnommait « singes », tant était grande leur vélocité dans la mâture quand il fallait étrangler les voiles. Mais il y avait aussi des gars de Granville, et même un avant de doris que le capitaine était allé quérir avec son patron à Fécamp.

Les quarts en fer rougissaient les lippes de vin, et un nuage opaque de fumée achevait de rendre fragile la lumière du poste émise par la lampe à huile.

Le repas fini, les hommes avaient rejoint leurs coffres pour chiquer une dernière fois ou fumer une ultime cigarette qui éclairait par intermittence des visages émaciés, rompus de fatigue, assombris par la crasse des jours sans toilette. L'eau douce était rare, précieuse. Il fallait la boire, l'utiliser pour la cuisine. Le reste servait à s'asperger le front, les joues, le matin. A quoi bon être propre ? Il n'y avait pas de femmes à bord, et une seule heure de labeur vous souillait des pieds à la tête ! On conservait l'eau en cas

1. Région délimitée par le triangle de Saint-Malo, Cancale et Châteauneuf.

d'escale à Saint-Pierre, et pour assurer le grand nettoyage à la veille du retour de la campagne.

Quelques terre-neuvas avaient regagné, tout habillés, parfois bottes comprises, leurs étroites couchettes. Là, couchés en chien de fusil sur des matelas de paille rongés par l'humidité, ils dormaient comme on dort dans un tombeau. A la différence des morts, réchauffés par le vin et un boujaron[1] d'eau-de-vie, ils ronflaient, les uns avec une sorte de férocité, les autres avec des sourires d'enfants. Dans quatre heures, cinq si tout allait bien, ils seraient réveillés, et une autre journée de quinze à dix-huit heures commencerait, emplie de dangers, des clameurs et des caprices de la mer et du vent.

Assis sur son coffre, Gildas contemplait mélancoliquement quelques photos de famille qu'il avait apportées avec lui. L'une représentait Honorine, sa mère, et Mathurin, son père, le jour de leur mariage. Ils se tenaient campés, droits, endimanchés, sévères, égarés dans des habits trop chics pour eux. Sa mère était grande, fine, d'une beauté grave ; son père s'efforçait de dissimuler des épaules épaisses, des bras musculeux et trop courts dans un costume gris.

Gildas avait hérité de l'élégance d'Honorine et de la force de Mathurin. Mathurin...

Le jeune homme étouffa un soupir. Patron de doris, son père avait péri en mer avec son avant, dix ans plus tôt, au cours d'une tempête sur le Grand Banc de Terre-Neuve.

---

1. Petit récipient en fer-blanc d'un trente-deuxième de litre. Ration journalière d'eau-de-vie réservée au marin.

— J'peux m'échouer près de toi ?

Gildas releva la tête. La vaisselle du dîner expédiée, un coup de balai passé vivement dans le poste comme il le faisait chaque soir, son service enfin terminé, Jean-Marie se dressait devant lui. Sous son éternel béret, un sourire éblouissait son visage juvénile.

Il est mignon, songea Gildas, aussi mignon que sa sœur.

Il avait aperçu la jeune fille sur le quai de Saint-Malo où mouillait *la Valeureuse*, au moment de l'embarquement. Elle accompagnait son frère, dont c'était la première campagne. Gildas l'avait immédiatement remarquée. Elle tranchait sur les autres femmes aux voix fortes et aux chagrins retentissants. Silencieuse, elle couvait Jean-Marie d'un regard noir et velouté, pressait doucement son épaule, tandis que la mère prodiguait à son fils ses ultimes recommandations :

« Tu obéiras bien au cap'taine, hein ? Et au second, et à tous les matelots, hein ? Et tu ne leur répondras pas mal quand ils te puniront. Tu as tout à apprendre, et s'ils te corrigent, dis-toi que c'est le métier qui rentre et que c'est pour ton bien ! »

Gildas avait remarqué la jeune fille sur le quai, mais il la connaissait déjà de vue. Il l'avait croisée à plusieurs reprises sur le port de la Houle, sur le parvis de l'église de Cancale, au sortir de la messe où il se rendait dans les grandes occasions, mais, timide, il n'avait jamais osé l'aborder. De taille moyenne, ses superbes cheveux arrimés sur sa nuque ou déferlant en cascade sur ses épaules, elle était plus que belle. Poète à ses heures, Gildas avait décidé que ses lèvres délicieusement ourlées devaient avoir le délicat parfum des mûres que l'on cueille, juteuses, à l'automne. Tout était un peu rond en elle, son visage à peine dégagé des langueurs de l'enfance, son corps aux chairs qu'il supposait tendres, aimables à caresser. Rien que d'évoquer la jeune fille, l'émoi naissait en lui, s'exaltait, repoussant la fatigue d'une journée accablante.

Gildas adressa un clignement d'yeux complice à Jean-Marie, répondit à son sourire, coulissa vers une extrémité du coffre.

— Pose-toi, y a de la place pour deux.

Ils restèrent silencieux un moment. Leurs regards furetaient dans le poste où vacillaient ombre et lumière. En face d'eux, seul à ne pas avoir rejoint sa cabane pour dormir, les épaules et les bras enroulés au-dessus de la table à roulis, Martin, dit le Bouledogue, torturait un morceau de tabac à chiquer tout en posant de temps à autre un œil atone sur les jeunes gens. Parfois, un long filet de salive noirâtre giclait de sa bouche, atteignait avec une surprenante précision le seau à jets somnolant à deux pas de là.

Jean-Marie prit la parole en chuchotant pour ne pas interrompre des ronflements qui auraient été immanquablement suivis de jurons, car le sommeil était précieux, les journées étant longues.

— J'te connais, toi. J't'ai vu plusieurs fois à la Houle et au bourg, t'es de Cancale ?

— A côté, ma mère tient une maison et un lopin de terre près de Saint-Coulomb, au Clos-Poulet. Même pas de quoi vivre.

— Nous, on loge à la Houle, à deux pas de l'arrêt du tramway, juste derrière les bistrots du port.

— Tu as des frères et sœurs ?

— Ben oui, on est cinq, plus mes parents.

— Combien de sœurs ?

— Deux.

— Quel âge ?

— Neuf et dix-huit ans. Pourquoi tu me demandes ça ?

— Pour savoir. Je connais la plus grande. Je l'ai aperçue plusieurs fois, de loin.

Jean-Marie regarda son voisin avec étonnement.

— Dis donc, Belle Goule, tu te s'rais pas entiché de ma frangine, des fois ? Tu lui as jamais parlé, et voilà que tu me causes d'elle !

Gildas haussa ses sourcils noirs vers le plafond du poste.

— C'est vrai que je la trouve plutôt charmante.

Le mousse pinça le poignet de l'avant de doris.

— Eh ben, écoute, quand on s'ra de retour à la Houle, j'te la présenterai. Elle aime pas les terre-neuvas, elle dit toujours qu'elle en épousera jamais un. Elle dit que c'est de la chair à mourir en mé[1]. Mais c'est des bêtises. J'suis sûr que quand elle te verra, elle changera d'avis !

Coup de coude complice dans les flancs de Gildas.

— Ça s'rait rigolo si on devenait beaux-frères !

Belle Goule gigota sur son coffre.

— On n'en est pas là... Je ne t'ai jamais dit que je m'intéressais à ta sœur comme ça.

— Oui, mais tu l'as pensé ?

— Oui et non.

— J'retiens le oui. T'es d'accord pour que j'te la présente quand on sera revenus à la maison ?

— Oui.

---

1. Mer.

— Alors tope là, matelot !

Ils se serrèrent la main, se levèrent. La houle avait monté. *La Valeureuse* roulait durement. Le Bouledogue avait quitté son coffre. Sa chique remisée sous sa casquette pour ce qui restait de nuit, il se dressait au milieu du poste, ses pattes épaisses solidement arrimées sur le sol.

— Ta sœur, comment s'appelle-t-elle, déjà ? demanda Gildas.

— Angélique.

— C'est beau, dans Angélique il y a ange.

Le mousse s'abandonna à un grand sourire.

— Et dans ange, y a un avant de doris qui a mordu à l'hameçon de ma frangine !

Gildas haussa les épaules.

— Il ne faudra pas lui dire, mais je crois que tu as raison.

Ils se tournèrent le dos. Jean-Marie se dirigea vers la proue du navire où se situait sa couche, plus étroite encore que les autres. Gildas s'apprêtait à grimper dans sa cabane quand un bruit de chute le fit se retourner. Le mousse gisait à terre aux pieds du Bouledogue. Les mains enfoncées dans les poches, ses vastes joues gonflées d'aise, celui-ci riait, d'un rire silencieux qui ne franchissait pas le seuil de ses lèvres.

— Eh ben, v'là de la bigaille[1] qu'a guère le pied marin !

Jean-Marie se redressa, un doigt accusateur pointé vers le ventre du colosse.

— Le Bouledogue, y m'a fait un croche-patte !

Gildas s'avança vers la brute.

1. Mousse.

— Tu lui fais ça encore une fois, et tu reçois mon poing sur la goule !

— Pour qui tu t'prends, gamin ? T'as core du lait qui t'sort par les trous de nez !

— Tu veux vérifier ?

Gildas s'était mis en garde, prêt à en découdre.

Martin le jaugea. Il savait le jeune homme vif, puissant, insaisissable. S'ils en venaient aux mains, ses gros bras, solides comme le chêne, n'étreindraient que le vide. Il perdrait à coup sûr et deviendrait la risée de tout l'équipage. Il renonça.

— T'as envie qu'on réveille les autres ? Tout ça pour un maudit cul d'bulot bâti pour apprendre son métier à coups de garcette [1] ?

Et dans un impressionnant haussement d'épaules, il battit en retraite vers sa couchette. Les deux autres l'imitèrent. Une minute plus tard, toutes peines, colères ou ressentiment enfouis en eux, ils s'immergèrent dans un âpre sommeil censé rattraper les heures perdues.

1. Petit cordage tressé.

3

— Branle-bas !

Les clameurs d'Henri Quémeneur, le second, secouèrent dans leurs couchettes les hommes aux yeux chargés de nuit. Des talons moroses heurtèrent le sol, des bouches désabusées réprimèrent des bâillements, s'ouvrirent pour avaler un mauvais jus additionné d'un peu d'eau-de-vie pour se donner du cœur à l'ouvrage.

— Ça va core être une rude journée, commenta un gars de Saint-Malo.

— Une journée à pas mettre un matelot dehors, ajouta un cul de paumelle[1].

Sous leurs pieds, le navire au mouillage tirait sur sa chaîne, se cabrait rageusement.

— Quand faut y aller, faut y aller ! conclut Gildas en empoignant l'échelle conduisant au pont.

Clovis l'attendait déjà devant les doris empilés de chaque côté du mât de misaine. Gildas l'envia. Les patrons de doris résidaient à l'arrière dans la chambre d'équipage, avec le capitaine et les officiers. Ils y mangeaient souvent mieux, y dormaient dans des

1. Habitant de Pleudihen. La paumelle, c'est de l'orge.

couchettes plus spacieuses, synonymes d'un sommeil plus réparateur.

Entre-temps, l'ordre était tombé de la bouche du second :

— Croche !

Concentrés, les hommes s'affairèrent. Protégées par des mitaines de laine renforcées en leur milieu, les mains crochèrent les crocs de bredindins[1] dans les erses[2] avant et arrière des doris, qui s'affalèrent sur la mer écumeuse.

Clovis et Gildas empoignèrent leur tire-veille[3], rejoignirent leur embarcation à la hâte, jouet dérisoire ballotté par les flots. Installés sur leurs bancs de nage, aidés par la petite voile, Clovis ayant calé le compas du doris entre ses pieds, ils souquèrent ferme en direction de la première bouée posée la veille au soir. La mer était dure mais le ciel clair. Ils la trouvèrent sans difficulté, son insignifiant pavillon tressautant au bout de sa mince hampe.

Les dorissiers échangèrent un regard inquiet. Déjà, par temps calme, la relève des lignes était une opération épuisante mais, aujourd'hui, le doris paraissait livré à lui-même. Il roulait, tanguait, épousait difficilement les creux, projetait ses occupants d'un bordage à l'autre, les faisait chanceler, et il allait falloir ramasser des kilomètres de lignes immergées à près de soixante mètres de profondeur. Cela demanderait plusieurs heures, sans compter le retour contre le vent, en espérant qu'entre-temps la brume ne viendrait pas tout compliquer.

---

1. Filins prolongés par un long croc permettant de crocher dans les erses placées aux extrémités du doris.
2. Anneaux de cordage.
3. Filin permettant de monter et descendre dans les embarcations.

Ils se mirent au travail, ahanant sous l'effort, trempés par les embruns malgré leurs cirés et leurs suroîts, halant une corde alourdie par les prises. On était encore au printemps et la morue était toujours abondante.

Ils veillaient à ne pas se laisser accrocher par un hameçon, à ne pas culbuter par-dessus bord, à ne pas avoir les mains cisaillées par les lignes. Ils veillaient à éliminer tous les poissons indésirables : plies, raies parfois énormes, congres, flétans aux dimensions souvent impressionnantes, en les rejetant à l'eau après les avoir tirés à bord pour en ôter les hameçons.

Muets, ils subissaient les gifles effrayantes du vent, la mer glaçant les mains sous les mitaines, brûlant les plaies anciennes. Pantins bondissants sur leur coquille de noix, ils s'entêtaient à ramener à bord ce qui était leur gagne-pain.

Clovis bascula son rude visage vers le ciel, jeta ensuite un rapide regard à ses pieds.

— Le temps se gâte encore, dit-il, on va se contenter d'une demi-dorissée [1]. Faut pas lanterner ici. On va rentrer. On viendra chercher le reste plus tard. Y a déjà du beau travail de fait, et on n'a qu'une vie ! Et un putain de vent contraire !

Gildas acquiesça. Clovis était un homme avisé. Ce n'était pas pour rien qu'à bord on l'avait surnommé le Penseur.

Ils balancèrent à la mer bouée, orin et ancre qu'ils avaient rentrés pour retrouver leurs lignes plus tard, puis ils rejoignirent leurs bancs de nage. Arc-boutés sur les avirons, centimètre par centimètre, ils progressèrent en direction du navire.

1. Doris à demi rempli de morues.

Clovis avait vu juste. Le ciel se gâtait. La brume étendait ses méfaits. Bientôt, elle masqua la vue à vingt mètres. Par chance, les lames avaient perdu de leur férocité.

Eux continuaient de nager[1] comme des forcenés, écoutaient, rassurés, les plaintes de la corne de brume et les détonations du pierrier leur indiquant la route à suivre. Ils n'étaient plus qu'à deux encablures de *la Valeureuse*. Ils ne comptaient plus le temps : trois heures, quatre heures qu'ils luttaient contre les éléments, le cul brûlé par les morsures du sel et les frottements sur le banc.

En patron expérimenté, Clovis avait conservé le cap. Gildas avait écopé à plusieurs reprises l'eau de mer s'invitant à bord. Les poissons continuaient pourtant de nager dans l'embarcation métamorphosée en baignoire quand, après avoir enfin identifié la goélette grâce à la lumière de son fanal à pétrole, les dorissiers vinrent coller leur barque contre elle sur son bâbord.

Ils n'avaient pas encore accosté que le cri mille fois entendu par tous les terre-neuvas du monde retentissait :

— A la bosse !

La plupart des canots étaient déjà rentrés, pour le plus grand agacement de Jean Le Guen, qui jugeait dérisoire le bilan de la marée. Jean-Marie et un novice se précipitèrent pour recevoir la bosse, filin de cinq brasses[2] fixé à l'avant du doris. Ils s'arc-boutèrent

1. Ramer.
2. La brasse est une ancienne mesure de longueur, à peu près un mètre soixante. Mesure marine de profondeur de même grandeur.

tous deux à l'amarre pour maintenir l'embarcation bord contre bord. Mais la houle cognait le frêle esquif contre la coque de *la Valeureuse*.

— Collez bien, nom de Diou, cria Clovis à l'intention des garçons, sinon on va paumer tous nos poissons !

Puis, au risque de culbuter dans la mer et de couler, à l'aide de leurs piquois, les deux dorissiers commencèrent à jeter les morues au-dessus de la lisse. Certaines retombaient. Ils les reprenaient, les balançaient à nouveau. Elles avaient été trop dures à pêcher, crénom, elles n'allaient pas s'échapper comme ça !

Deux autres canots arrivaient, luttant contre le vent, prêts à accoster. Le second suivait à la jumelle leur incroyable ballet. Debout près de lui, le capitaine Le Guen comptait, une à une sur un carnet, les morues pêchées par Clovis et Gildas lorsqu'elles échouaient sur le pont. Chaque marin serait payé d'après le nombre de prises ramenées en bon état à bord.

— N'en manque plus qu'un, grognonna Henri Quémeneur en désignant d'un haussement du menton les doris en lutte contre les éléments, et tout le monde sera rentré.

Un sourire humanisa les lèvres minces du capitaine. Le baromètre avait plongé. Il n'aurait jamais dû commander le ramassage des lignes. Il était trop tard pour revenir en arrière, mais en définitive il s'en tirait plutôt bien, même si la plupart des dorissiers n'avaient, pour des raisons de sécurité, rempli leurs embarcations qu'à moitié.

Malgré les forts coups de roulis, le novice et Jean-Marie avaient bien maintenu le doris contre la coque de la goélette. Celui-ci vidé de sa précieuse cargaison, Clovis grimpa sur le pont. Au moment où Gildas empoignait son tire-veille pour l'imiter, une lame énorme écarta le canot du navire. L'avant glissa, rata la lisse qu'il tentait d'agripper. Une main le saisit au poignet, une deuxième par la manche de son ciré, lui permettant de raffermir sa prise. Gildas se redressa d'un coup de rein, enjamba le bastingage et atterrit dans les bras de Jean-Marie.

— Merci, lui dit-il, tu viens de me sauver la vie !

Des larmes plein les yeux, le mousse tirait à nouveau de toutes ses forces sur la bosse, confus de ne pas avoir eu assez d'énergie pour sécuriser suffisamment le doris contre le flanc du navire.

— Y a pas de quoi ! Un peu plus, par ma faute, t'aurais pu faire un trou dans l'iaou !

— Tu m'as sauvé, je te dis. Personne avec cette mer n'aurait pu empêcher le doris de s'écarter !

— Si tu le dis... A ta place, les autres y m'auraient flanqué une baffe ou des coups de pied au cul !

— Assez de parlottes, bande de feignants ! tonna Jean Le Guen. Ramenez la barque à bord, y en a deux autres qui attendent et qui ne sont pas à la fête !

Le doris manquant ne regagna la goélette que le lendemain, en fin de matinée. Ses occupants avaient relevé les lignes trop longtemps. Leur bateau rempli à ras bord, ils avaient été surpris par la brume puis, bousculés par le vent, ils avaient dérivé toute la nuit, débordant le navire sans le voir, sans entendre le pierrier ni la corne de brume. Fatalistes, ils avaient expédié les trois quarts de leur pêche par-dessus bord pour alléger leur barque et faciliter leurs manœuvres.

Surgi brusquement à trente mètres d'eux, un chalutier avait failli les faire chavirer sans les voir. A l'aube, désespérés, convaincus qu'ils ne retrouveraient plus *la Valeureuse*, le patron s'était décidé à mettre le cap au jugé sur Saint-Pierre, lorsque l'avant de doris, l'oreille collée contre le bordé, bon conducteur des sons, s'était écrié :

« J'entends quèque chose, un coup d'périer, je crois ! »

Une éclaircie lui avait donné raison. La goélette dansait sur les vagues, à deux encablures de là !

Ils étaient de retour enfin, après avoir erré autour du trois-mâts sans jamais le trouver. Selon l'expression consacrée, ils avaient promené les Parisiens. Nul ne se gaussa. Seul le capitaine Le Guen leur reprocha d'avoir flanqué l'essentiel de leur pêche par-dessus bord.

Dans le poste, les hommes haussèrent les épaules en apprenant la nouvelle. L'un d'eux, Jules, un petit maigre aux muscles tendus comme des orins, appelé Fil de Fer, un gars de Langrolay-sur-Rance, balança un long filet de jus de chique dans le seau à jets pour s'éclaircir la voix avant de résumer ce que tout le monde pensait :

— Le cap'taine, il aurait préféré qu'ils crèvent au lieu de perdre leur chargement. C'est un commis de l'armateur. L'a un coffre-fort à la place du cœur ! Il voit que son intérêt. Pour lui, on est que du bétail.

Certains opinèrent du chef, d'autres se turent prudemment.

— Ils ne sont pas tous comme lui, intervint Gildas, il y en a aussi des biens, qui pensent à leurs matelots avant tout.

— Dame oui, il y en a, admit Fil de Fer en glissant une main osseuse sous sa casquette dans l'espoir de déloger une armée de poux qui avait élu domicile sur son crâne, mais ils sont guère légion, et celui-là, en tout cas, c'est une maudite bête !

— Une maudite bête, peut-être, insista Gildas, mais c'est aussi un rude marin.

— Ah, ça, pour ce qui est de gouverner un navire, admit Fil de Fer, faut reconnaître, y a rien à dire.

4

Le mauvais temps s'était installé. L'aube se leva, annonçant ce que les marins appelaient une marée de cabane, d'ahorni ou encore de paradis. C'est-à-dire que les doris ne sortiraient pas ce jour-là, et que, ravis ou forcés, la plupart des matelots resteraient dans le poste d'équipage, se reposant sur leurs couchettes ou s'affairant à des travaux que, pressés par un trop rude labeur, ils repoussaient toujours au lendemain. Les uns s'étaient immergés dans un sommeil réparateur, d'autres rapetassaient les cirés déchirés, rapiéçaient les vêtements en loques, saisissaient l'occasion de se raser avec de l'eau de mer, l'eau douce étant trop précieuse pour être gaspillée. Le cuisinier était dépositaire des caisses à eau, dont il avait les clefs. Il en utilisait pour sa cuisine et un quart était mis à la disposition des hommes désirant se désaltérer.

Au-dehors, des averses successives giflaient *la Valeureuse*. Pas question, pourtant, d'étaler une toile à voile dans l'espoir de recueillir la pluie dans quelques seaux afin de laver du linge ou faire un peu de toilette. Des vagues balayaient le pont, rendant toute récupération impossible. Il faudrait patienter jusqu'au soir pour soigner tournioles, plaies purulentes, panaris, dus aux piqûres d'arête, d'hameçon ou de couteau, en plongeant ses mains dans une cuvette d'eau douce additionnée de permanganate.

En attendant ce moment béni, profitant de quelques minutes de repos, Jean-Marie s'était assis sur son coffre et, une feuille de papier posée sur les genoux, il rédigeait une lettre pour la femme de Fil de Fer, lequel se dandinait, debout près de lui, son menton pointu enfermé entre le pouce et l'index.

— « Chère Eugénie, relut Jean-Marie à l'intention du matelot, je t'écris parce qu'il y a une marée d'ahorni et que je peux enfin te donner de mes nouvelles. Ici, tout va bien, la pêche est plutôt bonne, mais avec l'été qui va arriver l'eau va devenir plus chaude, et on aura moins de morues. Enfin, on verra bien »... Et maintenant, qu'est-ce que je mets ?

Fil de Fer branla du chef, tira nerveusement sur un mégot rougeoyant qui commençait à lui brûler les lèvres.

— Ce que tu mets ?

Il réfléchit longuement, le front fripé de rides, ferma les yeux, les rouvrit, pointa un doigt devant lui, inspiré tout à coup :

— Tu mets : « J'espère que les enfants vont bien, qu'ils travaillent bien à l'école et qu'ils ne feront pas comme moi, qu'ils sauront lire et écrire. Dis-leur que je vais bientôt rentrer à la maison, et que, s'ils ont de mauvaises notes, je leur flanquerai une raclée à mon retour... »

— Moins vite, supplia Jean-Marie, on voit bien que c'est pas toi qui écris ! Avec la goélette qui joue les cabris, ma main dérape ! Ta dernière phrase, c'était quoi, déjà ?

— J'sais plus ! Ah, si ! J'disais que j'allais coller une rossée à mes gars si y travaillent mal à l'école !

— T'as beaucoup d'enfants ?

— Sept. Quatre petits et trois à l'école.

— T'es marié depuis quand ?

— Dix ans.

— Tu chômes pas, dis donc, nota Jean-Marie avec admiration.

Fil de Fer bomba son torse osseux.

— A chaque retour de campagne, j'rattrape le temps perdu, et crois-moi, j'sais y faire !

— Elle est d'accord, au moins ? osa le mousse.

— Qui ça ?

— Ben, ta femme !

— Evidemment ! Sept mois d'abstinence, c'est pas rien...

— Oui, c'est vrai. Ensuite ?

— Ensuite quoi ?

— Ben, ta lettre. Grouille-toi, va falloir que j'aille chercher la tambouille à la cambuse.

— Ensuite, tu écris : « Et toi, tu vas bien au moins ? Je te manque pas trop ? Parce que toi, tu me manques. Quand je prends mon mic [1] ou un boujaron, je pense à toi, et même la nuit si je me réveille. »

— Tu te réveilles la nuit ? s'étonna le mousse en arrêtant d'écrire.

— Non, mais ça lui fera plaisir.

— C'est vrai, admit Jean-Marie, c'est gentil. Bon, faut que j'y aille. Faut conclure.

— Ben, tu ajoutes : « Je vous embrasse tous bien fort. J'ai hâte d'être de retour », et tu signes « Jules ».

1. Café arrosé d'eau-de-vie.

Jean-Marie lui tendit la lettre et se leva.

— Voilà, t'as plus qu'à relire ce que tu as écrit, et à mettre l'adresse sur l'enveloppe !

— Maudite bigaille, tonna Fil de Fer, j'lui donne la pièce pour qu'il écrive à ma femme, et v'là qu'y s'moque de moi !

— Je disais ça pour rigoler, lança le mousse en esquivant une taloche expédiée sans conviction, c'était juste pour rire !

— Je sais, mais t'as bien de la chance d'avoir ton certificat d'études et de savoir lire. J'aurais bien voulu être comme toi, mais moi, au lieu d'm'envoyer à l'école, mes parents y m'ont expédié comme commis dans une ferme.

La lettre à la main, Fil de Fer se laissa choir sur le coffre que Jean-Marie venait de quitter, avant d'ajouter :

— Y a plus qu'à attendre qu'un bateau de la Marine nationale vienne relever le courrier, et ça c'est peut-être pour demain ou peut-être pour jamais !

Jean-Marie remonta sur le pont, et se dirigea vers la cambuse pour chercher le repas de midi. Il découvrit soudain, accroché à des haubans du mât de misaine, le petit Pierre occupé à vomir. Des lames glauques se ruaient sur les lisses, s'écroulaient sur le pont en cascade, refluaient ensuite vers les dalots [1], aspirant au passage tout ce qui n'était pas soigneusement arrimé. Et aux rugissements de l'océan s'ajoutaient les sifflements du vent dans le gréement et les

1. Trous pratiqués dans la paroi d'un navire pour l'écoulement de l'eau.

cris rauques de la coque du navire tirant sur son ancre au risque de la briser.

— T'as le mal de mer ? s'enquit Jean-Marie, alors qu'il connaissait la réponse. Reste pas là, rentre, tu vas t'envoler, et on te retrouvera pas !

Pierre tourna un visage noyé de larmes vers son copain.

— J'peux pas, le cap'taine m'a viré du poste parce que je dégueulais partout !

— Oui, mais maintenant t'as plus grand-chose à rejeter, y a plus que d'la bile !

Les yeux du mousse se révulsèrent, son corps se tordit sous la force des hoquets.

— Rentre, va vite dans ta cabane ou tu vas y rester, que j'te dis ! hurla Jean-Marie pour dominer les clameurs d'une mer en folie.

— J'peux pas, je dois ramener à manger au poste !

— Moi aussi, j'te laisse, alors !

Jean-Marie se dirigea en zigzaguant vers la cambuse toute proche, s'accrochant à tout ce qui passait à portée de main pour ne pas glisser, déraper, se cogner malencontreusement.

Par on ne sait quel miracle, Pierre parvint à le rejoindre. Ils empoignèrent chacun une gamelle de rata de dadin, cet oiseau noir et blanc, nombreux sur les Bancs, voisin de la mouette et du goéland. Les matelots seraient contents. Avec deux quarts de vin pour l'expédier dans le ventre et un café solidement additionné d'un robuste tord-boyaux, ils oublieraient pour un temps la dureté de leur condition.

Avant de se séparer pour se diriger vers leurs postes respectifs, Pierre vérifia que le cuistot et les hommes de quart emmitouflés dans des cirés ne lui prêtaient pas attention, puis il lança à Jean-Marie :

— Ergarde !

Se penchant au-dessus de la marmite qu'il avait calée sur un rouleau de cordage, il y dégobilla un reste de bile à laquelle il ajouta, cerise sur le gâteau, une coulée de morve expulsée par deux doigts vengeurs écrasant ses narines.

Il agrippa la louche baignant dans le rata, touilla le tout avec application avant de conclure :

— Ça leur apprendra à me traiter pire que le clébard du cap'taine !

Puis il s'éloigna, roulant, dérapant, vaillant dans la tourmente.

L'est courageux, rumina Jean-Marie, mais l'est vraiment pas costaud. L'est épais comme une affiche. L'ira pas au bout de cette campagne. Tousse toujours. Passera pas l'été.

Il chassa ces mauvaises pensées, de crainte de porter la poisse à son compagnon d'infortune, contempla la gamelle où fumait le rata, songea un instant, lui aussi, à vomir, du moins à cracher dedans. Il se retint. Dans le poste, on comptait quelques sauvages, tel le Bouledogue, qui, l'alcool aidant, en venaient facilement aux mains, mais il y avait aussi des braves gens comme Fil de Fer ou Belle Goule, et bien d'autres encore. Ils étaient les plus nombreux. Ça permettait d'oublier les imbéciles et les méchants.

5

L'après-midi s'avançait. L'océan s'entêtait à faire le gros dos. Les hommes se reposaient. Tous savaient que cette marée de cabane représentait de la morue en moins. Il faudrait prolonger d'autant la présence de *la Valeureuse* sur les Bancs avant de regagner la France, si l'on ne voulait pas subir un hiver sans pain.

Or, l'été arrivant, le poisson serait moins abondant. Les matelots étaient donc heureux de souffler un peu, et inquiets à l'idée de voir se prolonger trop longtemps ce repos forcé. Certains d'entre eux, après avoir changé la paille de leurs couches, pourrie par l'humidité, s'étaient allongés, sitôt le repas fini ; d'autres avaient saisi accordéon, banjo, harmonica et entonnaient des chansons de marins qui avaient fait le tour du monde ; leurs camarades les écoutaient, reprenant en chœur certains refrains, tout en fumant la pipe, la cigarette, chiquant et jouant aux cartes avec des rires, des jurons et de grands éclats de voix.

A l'odeur lourde du poste s'ajoutait celle de teinture d'iode, d'éther, de permanganate de potassium, d'alcool et autres médicaments utilisés par les matelots pour soigner panaris et choux de Terre-Neuve, ces petits clous proliférant sur le dos des mains et des poignets à cause du frottement permanent des cirés sur les peaux humides.

Atteint d'une rage de dents, chassé par ses compagnons, un dorissier était sorti braver les éléments sur le pont. Ainsi, transi, secoué, trempé, il pourrait tout son soûl, sans déranger les autres, hurler son infortune. Une seule solution pour apaiser sa douleur : lui arracher deux molaires.

Le capitaine et le second avaient suivi quelques cours d'hygiène quand ils étaient à terre à Saint-Malo. Ils avaient aussi à leur disposition à bord un coffre de médicaments et un document baptisé ironiquement par l'équipage « médecin de papier ». Ils ne se sentaient pas pour autant capables de se métamorphoser en docteurs et moins encore en arracheurs de dents, et ils appréhendaient toujours de voir des panaris dégénérer en phlegmons.

Quant au père Yvon, célèbre aumônier sillonnant les Bancs sur le *Saint-Yves,* navire-hôpital au ventre également chargé de courrier et de colis, il avait choisi le Groenland pour assurer ce qui allait être sa dernière campagne d'assistance auprès des terre-neuvas [1]. Des navires de la Marine nationale avaient pris le relais, mais il n'était pas rare de rester une campagne entière sans en croiser un, et hélas, *la Valeureuse,* goélette à l'ancienne, n'ayant pas de radio à bord, ne pouvait alerter les autorités pour qu'elles accourent secourir ou débarquer un malade.

De toute façon, « Pêche ou crève », telle était la devise des bagnards de la mer. Les marins

1. De retour vers Terre-Neuve, le navire-hôpital du père Yvon assistera, le mardi 29 août 1939, le *Lieutenant-René-Guillon,* commandé par Lerède.

rechignaient à se porter pâles. S'ils le faisaient, ils n'étaient plus payés ; pire, on rognait sur l'avance faite avant l'embarquement. Boulot de misère, boulot d'hommes fiers, exceptionnels dans l'adversité. Les malades seraient soignés si les besoins de la pêche ou une impérieuse nécessité amenaient *la Valeureuse* à relâcher à Saint-Pierre.

La goélette gémissait ; ses plaintes étaient étouffées par la furie du vent, les crépitements rageurs de la pluie, le tonnerre des vagues enjambant la lisse pour mieux se ruer sur le pont.

Quelquefois, un homme grimpait prestement l'échelle du poste pour aller vomir. Tous ou presque, en revanche, guettaient la fin du coup de torchon pour aller se soulager, de peur d'être enlevés par-dessus bord par une lame.

Le soir venu, son ouvrage enfin terminé, le sol du poste balayé et lessivé, Jean-Marie regagna sa couche. Là, étendu tout habillé pour être prêt au moindre appel, les yeux vissés dans le plafond de sa couchette, ses deux couvertures ramenées sous son menton, il pensa à ceux qu'il avait laissés là-bas, à la Houle, petit port blotti au pied de la falaise et surplombé par le bourg de Cancale et les hameaux voisins. Toute sa famille, à l'exception d'Angélique, avait voué sa vie à la pêche hauturière ou côtière. Ses ancêtres s'étaient succédé là, de génération en génération, protégés par la présence du Mont-Saint-Michel, sentinelle de pierre postée sur l'horizon. Tous s'étaient nourris de la mer, les femmes besognant au triage des huîtres ou vendant du poisson. Avec des fortunes diverses, son père et ses frères s'étaient embarqués pour la Grande

Pêche. Métier terrible que celui-là, mieux rémunéré cependant que celui des paysans, que certains marins à bord de *la Valeureuse* surnommaient ironiquement « pieds de bœufs », parce qu'ils avaient pour unique horizon leurs clos cernés par des fouillis de haies et d'arbres tordus par la colère de tous les vents.

Terre-neuvas, c'était autre chose, c'était dangereux, épuisant. Chaque jour on risquait sa vie, on s'interrogeait sur demain. Ça fleurait bon les mers impossibles, les embruns, la solidarité dans le danger, l'exaltation de l'aventure, les frôlements fascinants de la mort. L'arrière-grand-père de Jean-Marie s'était écrasé sur le pont au pied du grand mât en carguant[1] la voile de grand-flèche. Un cousin du Clos-Poulet avait disparu dans un naufrage, voilà deux ans. Cela faisait partie des risques.

A l'annonce des désastres survenant aux autres, les matelots hochaient la tête, basculaient leur chique d'une joue à l'autre, reniflaient un grand coup, tordaient leurs grosses mains l'une dans l'autre, soulevaient leur casquette pour se gratter le cuir, essuyaient quelquefois d'un revers de manche rageur une larme rebelle, avant de conclure : « Le pôvre, c'est comme ça ! » Puis ils reprenaient leur ouvrage, bousculés par les servitudes du présent.

Plus chanceux que Jean-Marie, ses deux frères aînés étaient embauchés sur un chalutier. Coque métallique, chambre froide à bord, moteurs puissants, nourriture abondante et variée, ils ne tarissaient pas d'éloges sur la pêche au chalut, son rendement supérieur et l'abondance de la morue au Groenland.

---

1. En serrant une voile contre sa vergue, à l'aide d'un cordage dit « cargue ».

Qu'à cela ne tienne ! Aux entêtantes odeurs de carburant et de moteur, Jean-Marie préférait le frémissement des voiles, leur harmonieuse et simple magnificence, et il rêvait de devenir avant de doris afin de mesurer la vigueur de ses bras et son enthousiasme avec le grand océan.

La navigation, pour lui, c'était la voilure, pas la vapeur ! De mauvaises langues pourtant, à la Houle, à Saint-Malo, sur la goélette et même ailleurs, affirmaient que les grands voiliers de pêche vivaient leurs dernières heures. Le poisson à Terre-Neuve se raréfiait, le Groenland était plus éloigné, le climat plus rigoureux encore, nécessitant des navires modernes où l'on ne subissait plus la pêche boëttée au bulot.

C'est vrai, ça pue, ça fouette, on s'écorche les mains, reconnaissait Jean-Marie en pensant à la corvée de bulots, mais au moins on est sur un vrai bateau, nom de d'là ! Mes frangins, sur leurs chalutiers, y risquent plus rien ! Ce sont des touristes endimanchés !

« Touristes endimanchés », c'était une formule bien naïve, incroyablement injuste, mais ça remontait le moral de le dire !

La cloison séparant la couche de Jean-Marie du poste coulissa, s'entrouvrit à demi. Une figure se pencha au-dessus de la sienne, qu'il hésita à reconnaître dans la pénombre. Une voix familière le rassura. Une voix qui fredonnait, murmurait plutôt pour ne pas se faire enguirlander par les autres, un extrait célèbre d'une chanson du barde breton Théodore Botrel :

Ce sont les filles de Cancale
Aux yeux brillants et beaux

Qui, dans les parcs et sur la cale,
Font claquer leurs sabots.
Elles sont joyeuses et bonnes,
Au travail ne rechignent pas...

La voix se tut. Des grognements, des protestations commençaient à fuser. *La Valeureuse* souffrait moins, houle et vent s'assoupissaient. Il fallait dormir. Dès l'aube, sans doute, retentirait le trop célèbre « Branle-bas, au jus ! ». Une autre marée débuterait. Pas de cabane, celle-là !

— Quèqu'tu fous là ? souffla Jean-Marie, étonné, quèqu'tu m'veux ?

Il discernait bien à présent le visage de Belle Goule, le jugeait plus séduisant encore avec le jeu des ombres. Gildas haussa des épaules placides.

— C'était une chanson pour ta sœur Angélique. Cause-moi un peu d'elle.

— A c't'heure-ci ? On va se faire engueuler par les autres...

— Juste un peu.

— Qu'est-ce que tu veux savoir ?

— Tu crois que j'aurais une chance avec elle ?

Le mousse ébaucha une grimace étudiée.

— C'est pas gagné.

— Comment ça ?

— L'épousera jamais un terre-neuvas ni un autre matelot.

— Tu es sûr ? Pourquoi ?

— L'est égoïste. Veut un bouloume[1] pour elle toute seule, pas un bouloume qui file en mer sept mois de l'année et qui risque de jamais revenir.

1. Bonhomme.

Un sourire malicieux dessina deux fossettes sur les joues du mousse.

— Mais tu peux quand même tenter ta chance. C'est pas pour rien qu'on t'appelle Belle Goule.

Gildas hocha négativement la tête.

— Ce n'est peut-être pas suffisant.

— Non, mais ça peut aider. Ecoute, il est tard, faut dormir. Je te promets, quand on sera de retour à la Houle, de te présenter Angélique. J'peux pas faire plus.

Ce fut au tour de l'avant de doris de sourire.

— C'est déjà beaucoup.

— Chut ! Allez, salut.

— Une dernière chose, tu as ton certificat d'études primaires comme moi, alors pourquoi tu ne parles pas français correctement ?

— Comment ça ?

— Tu dis toujours : l'est pas beau, l'est pas grand, l'est pas gentil, etc. Pourquoi tu dis pas : il est pas beau, il est pas grand, il est pas gentil, comme tout le monde ?

— Tu te goures, tu devrais dire : il n'est pas beau, il n'est pas grand, etc. Pourquoi je parle comme ça ? Parce que je trouve que la vie est courte et qu'on n'a pas de temps à perdre. Tu comprends tout ce que je te dis, pas vrai ? Surtout quand je te cause de ma sœur !...

Gildas passa une main calleuse sur le front du gamin. Celui-ci reçut la rude caresse comme une offrande. Cela le changeait des coups de garcette du capitaine ou du second, et des sévices d'une partie de l'équipage. Il songea à sa mère. Ce geste amical lui rappelait son enfance.

Ce Belle Goule, ça serait un bon beau-frère. Core faut-il que ma mijaurée de frangine veuille bien de lui !

Le sommeil empoigna Jean-Marie alors qu'il chavirait sur l'autre flanc.

Gildas avait regagné sa cabane. Les yeux grands ouverts, il guettait les bruits : la mer apaisée, le souffle rassurant du vent, le pas des hommes de veille sur le pont. Le voilier oscillait doucement. A nouveau, on entendait les rats cavalcader, couiner, s'engueuler entre les bordés intérieurs et extérieurs. Quand ils seraient assurés que tout le monde était endormi, se glissant entre les cloisons disjointes, ils s'introduiraient dans les postes afin de nettoyer les détritus oubliés par le mousse sur le sol ; certains s'aventureraient jusque dans les cabanes, se faufileraient sous les couvertures, en quête d'une provende toujours possible. Les deux chats et le corniaud du capitaine étaient insuffisants pour réduire le nombre incalculable des rongeurs qui avaient trouvé refuge sur le vieux rafiot.

Gildas griffa avec ses ongles ses fesses crevassées, malmenées par le sel et les frottements de son banc de nage. Ça le rendait irritable, lui qui d'ordinaire était d'un tempérament égal. Il avait beau les nettoyer chaque soir avec un peu d'eau douce additionnée de permanganate, cela ne suffisait pas. Le mal s'arrêterait lorsqu'il serait de retour à terre, après plusieurs jours de soins intensifs.

Il songea à Angélique. Il en avait croisé, des filles, il avait pu constater qu'à nombre d'entre elles il semblait plaire. Il aurait pu en faire, des conquêtes. Il ne s'en était pas senti le droit, ayant trop de moralité pour cela. « La main dans le machin, le machin dans la main, mais jamais le machin dans le machin », lui avait finement conseillé, un soir de beuverie, un avant de doris. C'était devenu sa devise. Certaines de ces filles se seraient volontiers offertes à lui, dans l'espoir de le contraindre à leur passer ensuite la bague au doigt. Mais sa mère l'avait mis en garde : « Attention aux coureuses et aux conséquences, tu es jeune, naïf. Une femme, c'est pour la vie qu'on la choisit ! Ce n'est pas un jouet qu'on abandonne ensuite !... »

Ah, Angélique !... Elle était là, blottie contre lui. Elle enfonçait le velouté de ses yeux dans les siens, ses lèvres délicates picoraient sa bouche, ses doigts habiles se hasardaient sous le gros pull-over de laine qu'il conservait pour dormir, effleuraient sa poitrine d'homme jeune et robuste.

Gildas s'abandonnait au vertige. Il haussa soudain les sourcils, du dos de la main frotta son front pour chasser les démons qui allaient habiter son corps en émoi, murmura :

— Voudra jamais de maï. Veut pas d'un terre-neuvas. Pourtant, je pense à elle tout le temps. Sûr, je l'ai dans la peau, c'est elle que je veux, pas une autre !

Il ne s'aperçut pas qu'il se mettait à assassiner la langue française, comme son copain et complice Jean-Marie.

6

L'été arriva. Les coups de torchon s'espacèrent, la brume autorisa de belles éclaircies. Le ciel pullula à nouveau de sataous et de dadins. Ces derniers, particulièrement voraces et agiles, volaient au ras des lames à la poupe du navire, en quête de déchets de poisson. Ils se battaient entre eux, se disputant le meilleur morceau de tripaille, prêts à s'entretuer au besoin pour un foie de morue, oubliant dans leurs joutes furieuses de se protéger des hommes qui les capturaient, dès que l'occasion se présentait. Car, alors que les malingres et immangeables sataous n'étaient présents que pour crier nuit et jour et dégager une odeur nauséabonde, les dadins, dépouillés avec soin, rompaient la monotonie des repas.

La Valeureuse reçut aussi à plusieurs reprises la visite de baleines. Certaines frôlaient la coque, émergeant sans crier gare avant de replonger dans l'eau dans un vaste éclaboussement qui faisait rouler la goélette. L'une des inquiétudes des dorissiers était de pêcher dans les parages de ces monstres pacifiques, qui risquaient de retourner leurs frêles embarcations en jaillissant inopinément des flots.

Clovis et Gildas l'avaient ainsi échappé belle, le jour où une baleine avait brusquement surgi tout près d'eux, les projetant au fond du doris, qui avait embarqué un paquet d'eau et, dans sa gîte, perdu une partie de sa cargaison de morues. Absorbés par le ramassage des lignes, ils n'avaient pas remarqué la venue du cétacé.

Dans la seconde quinzaine de juillet, le capitaine Le Guen décida d'abandonner le bulot pour boëtter les lignes. Dès l'arrivée sur les Bancs, on le pêchait sur celui du Platier, où il pullulait. Appâté avec de la viande de cheval d'équarrissage grouillante d'asticots, il était ensuite amoncelé en vrac à l'avant de la goélette, où il passait entre les mains des mousses et novices, qui brisaient les coquilles à l'aide d'un maillet, d'une pelle, ou à coups de talon.

Labeur exténuant s'ajoutant aux autres corvées. Deux ou trois journées de cette pêche permettaient de boëtter les cordes pendant douze jours. On arrêtait la pêche quand on avait calculé qu'on pouvait assurer des appâts pour douze marées. Des marées concernant douze doris traînant chacun trois kilomètres deux cents de lignes armées de près de mille six cents hameçons. Trois bulots étaient nécessaires pour un seul hameçon. C'étaient donc des centaines de milliers de ces mollusques qui avaient été pêchés et qui, au bout de trois jours à peine, pourrissaient, se décomposaient sur le pont, dégageant une odeur infernale qu'il faudrait supporter pendant dix-sept jours encore...

C'est dire si, pour les marins, remplacer le bulot par l'encornet était un moindre mal. Quelquefois, la nuit, l'équipage quittait précipitamment les cabanes au cri de « Pique ! » poussé par l'homme de quart, quand celui-ci avait repéré une piaule[1] d'encornets. Tous agitaient alors au bout d'une ligne à main une turlutte, petit plomb habillé d'une couronne de piquants, enfoncée à huit ou dix mètres de profondeur.

La pêche finie, coupé en deux ou trois morceaux, cet appât dénué de coquille était tout aussi efficace et beaucoup plus facile à crocher sur un hameçon que le bulot.

C'est dans le cours du même mois qu'un bateau de la Marine nationale qui croisait sur le Grand Banc apporta du courrier à l'équipage de *la Valeureuse*. Un doris, portant Le Guen, se détacha de la goélette et se dirigea vers l'autre navire. Il en revint une demi-heure plus tard, après que les deux capitaines eurent échangé quelques nouvelles et propos amicaux. Non, il n'y avait point de grabataires susceptibles d'être soignés dans un hôpital ; oui, la pêche avait été plutôt bonne jusqu'alors. Avec le réchauffement des eaux, la morue commençait cependant à se faire plus rare. Point question pourtant pour *la Valeureuse*, trop âgée et pas assez performante, de gagner le Groenland pour achever de remplir ses cales, le capitaine craignant d'offrir une fragile coque en bois aux perversités des glaces dérivantes et des icebergs, toujours redoutables en cette saison.

Les hommes s'étaient agglutinés sur le pont pour recevoir leurs lettres. Les noms tombaient des lèvres du second, des mains se tendaient, fiévreuses. Les plus chanceux s'écartèrent un moment pour éplucher

1. Banc serré de poissons ou d'encornets.

les nouvelles ; les autres enroulèrent leurs épaules sur leurs poitrines, s'éloignèrent, tête ramassée dans le cou, vers leurs labeurs respectifs. Ils auraient peut-être de la chance la prochaine fois, s'il y avait une prochaine fois. Le navire de la Marine nationale était reparti, chargé du courrier qui avait été écrit à bord pendant la marée de cabane. C'était une consolation. Au moins, les familles sauraient que tout allait à peu près bien sur la goélette, et que l'absent était en bonne santé.

Gildas n'avait rien reçu. Son père avait péri en mer, Honorine, sa mère, savait lire mais pas écrire. L'arrivée d'un navire de la Marine nationale était toujours un moment d'intense mélancolie pour lui.

Accoudé à la lisse, il observait ses compagnons. A quelques pas de là, affalé sur un rouleau de cordage, un sourire irradiant sa figure maigre, Fil de Fer épluchait mot à mot les bonnes nouvelles qui apparemment lui étaient parvenues.

Clovis s'approcha de son avant de doris, une missive à la main.

— T'as le bonjour de ma femme Clémentine, elle t'embrasse.

— Elle va bien ? questionna poliment Gildas.

— Y faut. Elle est courageuse, tu sais. Heureusement qu'elle est là. Je ne pouvais pas rêver d'une meilleure épouse.

— Je croyais que tu ne pouvais pas la supporter ? le taquina Gildas.

— Pas supporter, c'est exagéré. Insupportable, oui, quand je suis à terre. Mais indispensable. Dès qu'elle n'est plus là, je ne pense plus qu'à elle. C'est une bonne mère et une épouse rude au travail.

Gildas regardait son ami caresser la lettre entre ses grosses mains couvertes d'écorchures.

— On appelle ça l'amour, dit-il d'une voix pensive.

— Et toi, s'étonna Clovis, tu n'en causes jamais, t'as toujours pas de petite amie, de fiancée ? T'es tout seul ?

— Ben oui, j'ai toujours pas trouvé galoche à mon pied. Mais je suis jeune, ça viendra.

— Si j'étais belle goule comme toi, conclut le dorissier en lui effleurant la nuque, à ta place, y a longtemps que ce serait fait !

Tout en devisant, Clovis avait remisé le courrier de Clémentine dans sa poche. Son regard dérivait sur le pont. Il s'attarda, la figure subitement grave, sur Martin.

— Tu as vu le Bouledogue... Holà, les nouvelles ne doivent pas être bien bonnes !

Gildas jeta un œil dans la direction indiquée. Debout, adossé au mât de misaine, une lettre pendant au bout de son bras, le Bouledogue avait plaqué un de ses battoirs sur ses paupières, et son dos d'homme des cavernes était secoué de vastes hoquets.

Clovis et Gildas s'approchèrent de lui.

— Quelque chose qui ne va pas ? questionna Clovis en tapotant l'épaule du colosse.

Celui-ci renifla, ôta la main écrasée sur ses yeux ravagés par le chagrin.

— Mon fils aîné s'est tué...

— Comment ça, s'exclama Clovis, atterré, un accident ?

— Y s'est tranché les veines.

— Tu veux dire qu'il s'est suicidé ? souffla Gildas.

— Oui.

— Mais pourquoi ?

Le Bouledogue contempla les nuages, si bas qu'ils se déchiraient sur les mâts de la goélette.

— Il pouvait pas devenir matelot comme moi, il était émangné[1], il avait un pied bot !

Il y eut un silence consterné. Le Bouledogue pleurait, lançant des regards furtifs aux deux hommes, étonné qu'on s'intéressât à lui.

— Quel âge avait-il ? questionna finalement Clovis.

— Seize ans. Y m'disait toujours : « La mer, y a qu'ça qui m'intéresse. Ou je serai comme toi, ou je serai rien ! »

— Le pauvre gars, gronda Gildas, quelle triste fin. Il fallait qu'il t'aime ! Tout ça est bien injuste. Je me demande parfois si la bonne Vierge Marie a bien fait ses comptes en autorisant tout ça !

— C'est pourtant pas faute de la supplier, grognonna le Bouledogue, et c'est pas faute que ma femme aille se recueillir à la chapelle de Notre-Dame-du-Verger...

— Oui, remarqua Clovis, mais quand ta femme va prier, c'est pour toi, parti en mé, pas pour son fils, qui est tout près d'elle.

— C'est juste, admit le colosse, mais ça n'enlève rien à la peine.

— Croche ! Allez, bande de feignants ! Le courrier est passé, la fête est finie ! Faut remplir les cales, nom de Diou !

Avec un gros sourire, le second hurlait ses ordres dans le porte-voix. Les hommes quittèrent les bonnes et les mauvaises nouvelles, rejoignirent les doris aux mannes remplies de lignes boëttées avec soin. Le ciel était bas mais le baromètre relativement serein. On

1. Handicapé.

allait poser les cordes, et on allait voir ce qu'on allait voir !

Gildas avait glissé de la paille dans son pantalon pour protéger ses fesses à vif des rudesses du banc de nage. Avant d'engager ses avirons dans les tolets, il dit à Clovis :

— Je me demandais pourquoi le Bouledogue aimait tant cogner les mousses à tout propos. Maintenant, je sais : il pensait à son môme. Il se disait : Il ne sera jamais comme eux, il ne connaîtra jamais les Bancs. Ça le rendait fou de rage.

Clovis acquiesça d'un dodelinement du chef, serra les brides de son suroît puis, imité par son jeune compagnon, tira puissamment sur ses rames afin de gagner l'aire de pêche où Gildas poserait la première amarre et la première bouée, sur laquelle flotterait bientôt un dérisoire et si précieux fanion.

Le soir, après le souper, son service fini, Jean-Marie montra à Gildas le courrier qu'il avait reçu le matin même.

— Tu vois, c'est une lettre d'Angélique. M'aime bien. J'suis son frangin préféré. Dit que j'suis le plus biaou et le plus gentil, que des comme maï on en fait plus guère. Dit seulement que je suis aussi têtu que l'baudet du voisin, qu'y a que la mé qui m'intéresse. Qu'y a qu'elle qui compte.

— Et c'est vrai ?

— C'est vrai quoi ?

— La mer, pardi.

— Ben oui, comme toi.

— Ben oui.

— Pourquoi tu me demandes ça ?

Gildas souleva sa casquette, se gratta la tête, pinça les lèvres pour ne pas éclater de rire.

— Parce que chaque fois que je monte sur un terre-neuvier, je dégobille pendant quinze jours, que c'est affreux, et pourtant je remets ça dès que j'en ai l'occasion. Il faut être fou pour être marin, et surtout pour recommencer !

Jean-Marie tourna sa figure d'ange vers Belle Goule, rigola, dit :

— Tu sais, je t'aime vraiment bien. La lettre, je vais pas te la faire lire, c'est personnel, mais je te laisse regarder la signature de ma sœur.

Il tendit la missive à son ami. Gildas contempla l'écriture appliquée, bien déliée. Il ne pouvait en détacher son regard, sous l'œil attendri du mousse. Il humait surtout, narines déployées, l'odeur du papier imprégné d'une délicate fragrance de mûres. Des mûres : le parfum de ses lèvres si joliment ourlées. Du moins en avait-il décidé ainsi !

— Eh, Belle Goule, tu chavires ou quoi ? Ta barque prend l'iaou ? T'en tires une bouille !

Gildas reprit ses esprits. Ils étaient affalés sur leurs sièges, devant un quart de vin vide depuis longtemps, autour de la table à roulis. Les hommes ronflaient, les cloisons coulissantes des cabanes à demi ouvertes afin de laisser circuler un peu d'air, car une tiédeur inhabituelle régnait dans le poste, cette nuit-là.

Il se leva, gagna sa couche, en revint avec une bouteille de rhum, en laissa couler l'équivalent d'une ration de boujaron dans son quart, quelques gouttes symboliques dans celui du mousse, puis, soulevant le sien pour trinquer, se souvenant du patois de son pays et d'un poème étudié durant l'année du certificat d'études, il murmura, dans un clignement de ses yeux émeraude, qu'Angélique aurait sans doute jugés irrésistibles, si elle avait été là :

— Comme dirait mon copain monsieur Victor Hugo : « Donne-lui tout de même à bère, dit mon père ! »

7

Les marées se suivaient et se ressemblaient. La morue se raréfiait ; bien souvent les pêcheurs ne ramenaient que des demi-dorissées. Dès le début juin, beaucoup de terre-neuviers avaient déserté le Grand Banc pour mettre le cap sur le Groenland afin de finir de remplir leurs cales.

Depuis quelques jours, la mauvaise humeur du capitaine Le Guen avait monté d'un cran. Il n'avait pourtant rien à reprocher à quiconque. Pas même à l'armateur qui lui avait précisé, en l'embauchant, que cette campagne de *la Valeureuse* serait la dernière, celle-ci ayant fait son temps. Le capitaine avait accepté, l'armateur lui ayant promis de le dédommager l'année suivante en lui confiant le commandement d'un trois-mâts goélette tout frais sorti des chantiers de Saint-Malo, avec moteur auxiliaire, coque métallique, radio, chambre froide bourrée de hareng congelé, pour faciliter le boëttage des lignes, et d'une nourriture variée pour améliorer la qualité des repas.

Mirage permanent dans l'esprit de Jean Le Guen, qui n'en finissait pas de surveiller dans la cale le niveau de morue, qui s'élevait trop lentement à son goût.

La Valeureuse avait changé à plusieurs reprises de position sur les Bancs, dans l'espoir de rencontrer des zones plus poissonneuses. Elle avait subi quelques coups de vent, une tempête, et, malgré son âge, avait résisté avec vaillance.

Pour les mousses, les jours entrecoupés par de brefs sommeils s'enchaînaient, monotones. Premiers levés, ils apportaient le café à l'équipage ; derniers couchés, ils lavaient à l'eau de mer plats et gamelles du souper avant de ranger et balayer le poste. Entre les deux : corvées de boëttage, énoctage et lavage des morues dans l'eau glacée ; il leur fallait également traîner les pottes chargés jusqu'à la gueule pour affaler leur contenu dans la cale. Il fallait aussi tourner la manivelle de la corne de brume, apprendre par cœur et réciter, mât après mât, le nom et la forme des voiles lorsqu'il leur restait un peu de temps. Sévices de toutes sortes et obligation de grimper sur les enfléchures[1] s'ils se trompaient, Pierre et Jean-Marie avaient vite appris leurs leçons et foc ballon, clinfoc, hunier fixe ou volant, voile d'étai de flèche, flèche d'artimon, voile d'étai de hune, pour ne citer qu'eux, n'avaient plus de secrets pour eux.

Tous deux, d'ailleurs, étaient fascinés par la majestueuse magnificence des voiles, la grâce de leur vol quand le vent portait bien, et ils rêvaient de courir dans la mâture par tous les temps, vifs à la manœuvre malgré leurs lourdes bottes, prenant des ris[2] sous des

---

1. Echelons fixés dans les haubans et utilisés pour grimper dans la mâture.

2. Le ris est la partie d'une voile qu'on replie pour en diminuer la surface. Une voile « au bas ris » est une voile réduite au maximum.

paquets de mer qui pouvaient à tout moment les arracher de leurs marchepieds et les précipiter sur le pont ou dans les flots. Ils révéraient les gémissements des poulies, les vibrations des cordages, les vastes frémissements de la toile luttant contre les vents.

La première fois qu'ils étaient montés tout là-haut, une ivresse sans nom les avait submergés. La goélette traçait sa route sans effort, les voiles se gonflaient, élégantes ; sous eux, l'étrave couverte d'écume tranchait l'océan en deux. Une félicité inexprimable les avait alors habités.

« Ah, que c'est biaou, avait murmuré Jean-Marie, on est plus haut que sur le clocher d'une église ! »

Et, oubliant toutes ses souffrances, il avait senti sa poitrine s'emplir d'infini, ses muscles se durcir puissamment à l'idée de parler au ciel, au soleil, et de tutoyer Dieu.

Près de lui, le petit Pierre semblait métamorphosé. Il n'était pas de l'estuaire de la Rance pour rien. Il appartenait à leur race de matelots, celle des « singes ». Il oubliait son teint blême. Le moment venu, il saurait se jouer des difficultés, étrangler les voiles les plus indociles, avant qu'elles ne battent trop, au risque de mettre en danger la vie de ses compagnons.

Jean-Marie avait observé son copain avec admiration. J'me suis gouré, la crevette est pas si rachitique que ça. Tiendra p't-être jusqu'à la fin de la campagne.

Une nuit d'août, Jean-Marie quitta précipitamment sa cabane et se rua sur le pont. La journée avait été particulièrement exténuante, et le ragoût de fayots au lard, avalé à la va-vite, avait du mal à passer.

Le mousse adressa au passage un signe de la main à l'homme de quart avant de choisir l'endroit qui lui semblait le mieux abrité du vent puis, échouant son pantalon sur les chevilles, il se cala au-dessus de la lisse pour rendre à la nature ce qui lui appartenait.

Le navire roulait bord sur bord. De lourdes vagues secouaient *la Valeureuse*, giflaient les fesses du gamin.

L'est pas trop froide. Pourrait être pire.

Mâchoires serrées, paupières fripées, front plissé sous l'effort, Jean-Marie se concentrait sur ses entrailles, tordues par de fichues crampes. Fallait vider tout ça, vite fait, pour être en forme dès l'aube. Sinon, le cap'taine ! Et les matelots, avec leurs grosses pattes et leurs gros sabots, qui gueuleraient après le jus et lui flanqueraient des gnons !

Il songea au Bouledogue. Depuis la mort de son fils, celui-ci ne l'importunait plus.

Finalement, l'est pas pire que les autres. Un peu plus impressionnant, un peu plus tordu, c'est tout.

Une douleur terrible courut dans ses intestins.

C'est pas que la diripette, y a autre chose !

Il lâcha une de ses prises pour aller quérir un petit bouchon d'étoupe dans sa poche, afin d'essuyer ses fesses trempées. Un sourire éclaira sa figure d'ange. Il pensait au dicton des matelots au travail dans la voilure : « Une main pour l'homme, une main pour le navire. » Là, c'était une main pour le mousse, une main pour le trou de balle !

Il n'eut pas le loisir de philosopher davantage. Un énorme paquet de mer survint à ce moment précis, le souleva, l'enleva dans les airs tel un bouchon de champagne, lui faisant lâcher prise. Il culbuta en arrière.

Vorace, la mer se referma sur lui.

— Branle-bas ! Au jus !

Les hommes se réveillèrent en grognant. Hirsutes, les visages émergèrent des cabanes ; des yeux rongés par le manque de sommeil s'égaraient sur les cloisons poisseuses du poste. Bottes et sabots-bottes heurtèrent lourdement le sol. Certains s'étaient hâtés vers les lisses pour aller se soulager. D'autres, affaissés sur leurs coffres ou devant la table à roulis, guettaient l'arrivée du café qu'ils arroseraient d'un doigt d'eau-de-vie pour se donner du cœur à l'ouvrage avant d'affronter les affres du jour.

Une voix gronda bientôt, accompagnée d'un poing dressé :

— Et le Jean-Marie, qu'est-ce qu'il trafique ? Il devrait déjà être là avec le jus, nom de Diou ! On a pas que ça à foutre ! Maudite bigaille, quand même !

Tous s'entre-regardèrent. Le navire somnolait sur une mer docile, propice à une journée de pêche sans risques. Mais les têtes, soudain, étaient ailleurs. Le gamin était réputé pour son entrain, sa vivacité au travail. Gildas fronça les sourcils.

— Ce n'est pas normal qu'il soit pas là, il a dû lui arriver quelque chose, dit-il.

Il se dirigea vers l'échelle, fila vers la cambuse où un café fumant attendait le bon vouloir du mousse.

— T'as pas vu Jean-Marie ? demanda-t-il au cuisinier.

Celui-ci tourna une figure ronde vers l'avant de doris, haussa des épaules grassouillettes de cochonnet gavé à point.

— Pas encore. C'est bizarre. Il est pourtant pas feignant.

Gildas acquiesça distraitement, fouilla le pont du regard avant de l'arpenter à grandes enjambées, questionnant tous ceux qu'il croisait :

— Vous n'avez pas vu Jean-Marie ?

— Non, lui répondait-on.

Il dégringola à la hâte l'échelle du poste.

— Il est revenu ?

— Non.

Les figures étaient graves.

— C'est pas son genre de se défiler, déclara Fil de Fer. Gildas a raison : il a forcément dû lui arriver quèqu'chose.

Le Bouledogue quitta son siège. Une inquiétude sincère s'affichait sur sa face d'ordinaire inexpressive.

— Je vais avertir le cap'taine, bougonna-t-il.

Après une fouille en règle du bateau, il fallut se rendre à l'évidence, un homme de quart ayant signalé qu'il avait aperçu Jean-Marie sur le pont, cette nuit-là.

— Il aura été se soulager, et il aura été emporté par une vague, conclut le capitaine Le Guen en hochant la tête.

L'équipage tout entier s'était regroupé autour de lui.

— Le pauvre petit n'aura pas de linceul, dit-il encore, mais ce n'est pas une raison pour le laisser partir ainsi. Ses parents me l'avaient confié pour que j'en fasse un homme. C'était un brave mousse, drôle, quelquefois insolent mais rude à la tâche. Je ne l'ai jamais vu se plaindre ou dire du mal de quelqu'un. Il serait sans doute devenu un bon marin. Que le bon Dieu, là-haut, et la Vierge Marie aient pitié de lui, et aident sa famille à surmonter cette terrible épreuve. Avec moi, à présent, s'il vous plaît, en son honneur et pour son âme, prions. « Je vous salue, Marie... »

Bérets, casquettes et suroîts s'enfuirent des crânes, les rudes lèvres marmonnèrent les strophes ânonnées depuis la plus tendre enfance. Le Bouledogue écrasait ses battoirs l'un contre l'autre, pensait à Jean-Marie mais aussi à son fils. Saloperie de vie ! Autour de lui, le dos voûté, les hommes se recueillaient.

Un peu en retrait, les yeux levés vers le ciel gris, Gildas pleurait.

La prière achevée, un cri déchira l'espace :

— A la pique !

Par respect pour le défunt, le second n'avait pas ajouté, comme il le faisait souvent : « Bande de feignants ! »

Le capitaine regarda les hommes s'ébranler à pas lourds vers les doris. Le baromètre était optimiste, la mer calme, le ciel clément. La pêche avait été bonne hier, elle risquait de l'être encore aujourd'hui. Si tout allait bien, on ramènerait deux dorissées dans la journée.

8

Fin août, les cales étaient aux trois quarts pleines. Jean Le Guen épiait le baromètre, le ciel, ordonnait de fréquents changements de mouillage, dans l'espoir de dénicher des bancs de morues. Néanmoins, le poisson devenait rare. Désabusés, les hommes pensaient que la pêche à Terre-Neuve après juin n'était plus rentable. Ils savaient aussi que leur vieux rafiot livrait son dernier combat et, comme le capitaine, la plupart avaient accepté d'y servir après avoir reçu la promesse de l'armateur d'être embarqués l'année suivante sur son successeur, prévu pour affronter la pêche au Groenland.

Le 4 septembre, en fin d'après-midi, par temps clair, un bâtiment de la Marine nationale mit en panne à moins d'une demi-encablure de *la Valeureuse* au mouillage.

— On va avoir du courrier, espérèrent les marins.

Accompagné par deux dorissiers, le capitaine gagna le navire à bord d'un canot. Pressés contre la lisse, les hommes le regardèrent monter sur le bateau puis disparaître dans la chambre des officiers.

Quand il revint, une demi-heure plus tard, il ne rapportait aucune lettre. A peine débarqué sur le pont, il rassembla l'équipage avant d'annoncer d'une voix funèbre :

— La France et l'Angleterre ont déclaré la guerre à l'Allemagne hier. Les Boches ont envahi la Pologne. Nous devons rentrer en France sur-le-champ. Tous les hommes valides de vingt à quarante-huit ans sont mobilisés. La Marine nationale fait le tour des Bancs pour alerter les pêcheurs. La plupart ont déjà été prévenus par radio, mais nous, sur ce fichu rafiot, nous sommes encore au Moyen Age !

Clovis tirailla nerveusement sa lippe entre le pouce et l'index avant de prendre la parole :

— Cap'taine, vous dites qu'on rentre, mais on rentre où ? Pas à Belle-Ile, j'espère. On va pas perdre de temps pour qu'un officier de route nous indique dans quel port on doit livrer la morue, alors qu'on risque à tout moment de se faire arraisonner ou d'être torpillés par les Allemands ?

Jean Le Guen opina du chef.

— C'est une éventualité, mais je n'y crois pas trop. La guerre vient seulement d'être déclarée. Cependant, vous avez raison : plus on rentrera vite, plus on aura de chances de s'en sortir indemnes. On retourne à Saint-Malo. Si ça se complique, on visera l'Irlande du Sud. Elle n'est pas en guerre. Allez, au boulot, on n'a pas de temps à perdre !

Il y eut un remous dans l'assistance, des marmonnements inaudibles, des grognements sourds. La voix de Clovis s'éleva une fois encore, au-dessus du brouhaha :

— Cap'taine, et si on naviguait de conserve avec un terre-neuvier possédant la radio, on pourrait peut-être mieux savoir ce qui se passe et déjouer les pièges de ces putains de Boches ?

Jean Le Guen rajusta sa casquette sur son front buriné.

— C'est précisément ce que j'envisageais de faire. Sans radio, on est un bouchon de liège perdu sur l'océan, et on risque de se jeter dans la gueule du loup.

Il pointa un doigt vers Clovis.

— Maintenant, je sais pourquoi on vous a surnommé le Penseur !

Il promena un regard circulaire sur l'équipage.

— D'autres questions ?

— Quand c'est-y qu'on leur pétera la gueule, aux Chleuhs ? lança une voix atterrée.

— Quand vous serez de retour chez vous. Le pays a besoin de soldats. Souvenez-vous de 14-18. Le gouvernement ne manquera pas de se rappeler à votre attention... Bon, terminé, on n'a plus une minute à perdre. On débanque [1] à l'aube. Vous couperez toutes les lumières inutiles, vous voilerez les autres. Je veux pour demain matin tous les hublots peints en bleu marine, et tous les signes voyants, couleurs trop vives, nom du bateau, etc., peints en gris. Et, bien sûr, je ne veux plus apercevoir aucun éclairage sur le pont.

Les hommes s'égaillèrent. Jean Le Guen pivota vers le second, l'entraîna sur la dunette pour lui transmettre ses consignes.

— Henri, tu veilleras à ce que les feux de navigation soient éteints, et vérifie l'équipement des doris. Ceux-ci doivent être prêts à être mis à l'eau en cas de nécessité. Fixe à chacun son rôle, au cas où je

---

1. « Débanquer » signifie quitter les bancs.

donnerais l'ordre d'abandonner le navire. Il faudra alors éviter tout risque de pagaille.

Il se pinça le nez d'un air rêveur avant de poursuivre :

— Cela dit, dans l'immédiat il ne faut pas s'alarmer outre mesure. Nous sommes loin des mers à risques, et le danger ne sera vraiment réel que lorsque nous nous approcherons des îles Britanniques. Ce n'est cependant pas une raison pour ne pas prendre toutes les précautions tout de suite. Pense aussi à faire doubler le quart de veille, organise des rondes de sécurité et ordonne à tout l'équipage de dormir avec les brassières [1].

La nuit s'écoula dans la fièvre. La guerre hantait les esprits. Chaque matelot comptait un ou plusieurs morts dans sa famille en 14-18. La haine de l'Allemand était ancrée dans les cœurs.

— Quand je pense qu'à cause de ces salauds on ne peut même plus fumer une pipe ou une cigarette parce qu'on pourrait nous repérer ! tonna Fil de Fer de sa voix haut perchée.

— Il te reste la chique, lui rétorqua-t-on.

— C'est pas la même chose, c'est bien mais c'est pas la même chose, gronda-t-il, mais attendez qu'on soit rentrés ! J'ai toujours le Lebel du grand-père, et je vais leur exploser la goule !

On rit, malgré la gravité de l'instant. Ce sacré Fil de Fer, tout de même !

1. Gilets de sauvetage.

L'ancre hissée, *la Valeureuse* débanqua par vent portant le 5 septembre. La brume, que tout le monde maudissait d'ordinaire, devenait une alliée pour ne pas se faire surprendre par d'éventuels ennemis.

A mi-chemin, la goélette navigua de conserve avec le *Jacques-Cartier*, terre-neuvier muni de la radio qui, lui aussi, prenait le risque de mettre le cap sur Saint-Malo.

De temps à autre, les deux navires se rapprochaient à une vingtaine de mètres pour échanger des nouvelles au porte-voix. Les semaines passèrent vite. Aidées par des vents favorables, à peine alourdies par les algues des bancs accrochées à leurs coques, toutes voiles dehors, les goélettes fendaient les flots. Les hommes de la Rance démontraient leur étonnante agilité dans les mâtures.

Les ordres fusaient : « A larguer ! » « A serrer ! » « A hisser ! » « A carguer ! », Gildas galopait dans les enfléchures, calait ses sabots-bottes sur les marchepieds sans jamais perdre de vue le capitaine dont les joues faseyaient, à la façon des voiles, lorsqu'il tonnait ses consignes. Les « singes » observaient Gildas avec admiration. Décidément, ce Belle Goule possédait tous les dons. Même lorsque les matelots entonnaient à pleine gueule les chants à hisser, à ramer, ou les belles complaintes maritimes, sa voix légère, d'une singulière pureté, dominait toutes les autres.

Le chant qu'ils préféraient était, racines et impertinence obligent, « Le capitaine de Saint-Malo » :

Le capitaine de Saint-Malo
Ali alo
Qui fait la pêche au cachalot
Ali alo ali alo
Ali alo

Il donne la goutte à ses matelots
A grands coups de barre de guindeau

Il mange la viande, nous laisse les os,
Il boit du vin et nous de l'eau

Et son second qui est un salaud
Il fume des cigares et nous laisse les mégots

Il a trois filles qui font la peau
A Nantes, au Havre et à Frisco

De leur con
grand comme un seilleau
Le foutre coule à plein tonneau

Du foutre rouge des Anglos,
Du foutre vert des Portugos

Du foutre froid, du foutre chaud,
Des Norvégiens, des Italos

Celui-là, qu'elles en jouissent plutôt,
C'est celui du Français faraud

Le foutre blanc, le foutre chaud
Des baleiniers de Saint-Malo

Pique-leur ton vit, fier matelot,
Comme ton harpon au cachalot.

Cette chanson, on s'en douterait, scandée par les marins à la manœuvre, faisait rire jaune le capitaine Le Guen et Henri Quémeneur, mais il fallait bien la supporter si l'on voulait que le travail s'accomplisse en rythme et dans une relative bonne humeur.

Avec l'approche de la Manche, les chants cessèrent. Nulle lumière, nul bruit. L'inquiétude sculptait les visages. Les deux navires se séparèrent. Les jumelles du bord rivées sur la mer brûlaient les mains. Chacun pensait à demain. A la guerre. Au foyer à peine retrouvé qu'il faudrait de nouveau quitter. Aux enfants sans père. Vingt à quarante-huit ans. Il y en aurait, des logis vides. Et pour combien de temps ? Quatre ans, cinq ans, davantage ? Et pour combien de morts ? On ne riait plus. On n'était pas vraiment ravi de rentrer. Les cales étaient pourtant presque pleines, même si l'on avait dû écourter la campagne de quelques semaines. L'ombre de la Grande Guerre et de ses millions de morts rôdait dans les pensées les plus frustes.

Gildas souffrait plus que les autres. Chaque jour, il songeait à Jean-Marie. A sa disparition. Il ne supportait pas que ce gamin gorgé de joie de vivre ait pu tirer sa révérence d'une manière aussi imbécile. Cinq doigts pour toi, cinq doigts pour l'armateur. Il n'avait pas assuré sa prise, avait failli aux lois les plus élémentaires de sécurité. Un grand vide tordait les côtes du jeune avant de doris. Jean-Marie lui avait sauvé la vie. Il n'était plus un mousse parmi tant d'autres, il était presque un frère.

Alors que, accoutumés à la dure loi des terre-neuvas, la prière achevée, les matelots de *la Valeureuse* avaient rangé leur tristesse pour affronter l'épreuve des jours, Gildas conservait sa peine comme une offrande.

Et plus la Manche s'avançait vers eux, plus les côtes de Bretagne se rapprochaient, plus Gildas écoutait dans sa poitrine gronder des chagrins étouffés. Il pensait à la mère du mousse, à sa sœur. A leur appréhension lorsque *la Valeureuse* accosterait dans le port de Saint-Malo avec, annonçant la mort, son pavillon en berne à mi-hauteur sur le mât d'artimon. A leur désespoir lorsque, de la bouche étroite du capitaine, tomberait l'aveu que Jean-Marie avait disparu, emporté par une lame.

L'océan se mit en colère au moment où la goélette abordait les portes de la Manche. Le ciel noir avalait les cimes des mâts, les vagues déferlaient sur les lisses, provoquaient des avalanches liquides qui malmenaient les marins intrépides.

— Une consolation, Henri, confia le capitaine à son second entre deux consignes pour maintenir le voilier sur son cap, c'est du foutu temps pour nous, mais c'est pas du bon temps non plus pour ces nom de Dieu de sous-marins allemands !

La visibilité était nulle. Les bottes glissaient, dérapaient sur le pont. Les hommes résistaient, les doigts crochés dans les manœuvres[1] et dans la toile.

— Il manquait plus que ça, grommela Clovis à Gildas occupé à récupérer un espar[2] tombé près du mât d'artimon, y a la guerre et voilà que le bon Dieu et la Vierge Marie s'y mettent aussi !

La tempête s'apaisa d'un coup. Les marins aperçurent alors la côte bretonne. Un soupir souleva les poitrines. Le Bouledogue haussa ses monumentales épaules avant de lâcher d'une voix lasse :

— Avec un peu de pot, on arrivera peut-être à Saint-Malo sans se retrouver par le fond !

Partout sur le pont gisaient, dans un savant désordre, des vestiges du coup de vent : espars,

1. Cordages.
2. Pièce de bois ou de métal sur un navire : mâts, vergues, bôme...

poulies, cordages, barils, mannes, casseroles et marmites de la cambuse.

Le second contempla un bref instant la pagaille avant de hurler :

— Au nettoyage de notre fiancée, *la Valeureuse*, et au rangement, bande de feignants !

Puis, dans un grand rire, il ajouta :

— Après, vous penserez à vous récurer et à vous astiquer soigneusement la couenne ! Ce ne sera pas du luxe ! On sera bientôt à Saint-Malo, si les Boches nous le permettent ; et si le Diable est avec nous, des jeunes filles et des moins jeunes vous y attendent !

9

Le pont du navire remis à neuf, les hommes se hâtèrent de défroisser les vêtements qu'ils avaient conservés dans leurs coffres. Henri Quémeneur avait raison. La côte bretonne défilait devant eux. Bientôt, ils se blottiraient dans les bras des êtres chers les guettant sur le quai de Saint-Malo, le capitaine du *Jacques-Cartier* leur ayant promis d'annoncer par radio l'arrivée imminente de *la Valeureuse.*

Pour la première fois depuis sept mois, ils étrillèrent leurs peaux rudes, se lavèrent avec soin à l'eau douce, rasèrent des barbes dont certaines avaient oublié la caresse du blaireau, troquèrent leurs bottes et ciré pour des souliers vernis, un béret, une casquette propre et des habits sentant le renfermé. Ils tiraillaient les vestes, les chemises dans l'espoir d'en effacer les plis. Les peignes avaient retrouvé le chemin des cheveux lavés, et épouillés quand c'était nécessaire.

Ils ne parlaient plus, pensaient aux instants à venir, redoutaient une attaque allemande toujours possible.

Vers midi, le cap Fréhel surgit, puissant, dominateur, surplombant une mer vide. A la tempête avait succédé le calme. Un soleil pâle et quelques nuages blancs se disputaient un beau ciel d'automne. L'île de Cézembre se dirigea bientôt vers eux. *La Valeureuse* se faufila dans l'estuaire de la Rance, gagna le port de Saint-Malo.

L'équipage s'affaira à nouveau. Le môle franchi, voiles carguées, la goélette se laissait tirer par un remorqueur. Dans un instant, elle s'amarrerait contre le quai.

On était le 1er octobre. *La Valeureuse*, malgré son âge, portait bien son nom. Elle avait résisté aux coups de vent, aux tempêtes, avait mené bon train pour le retour de son dernier voyage.

Le navire immobilisé, les hommes descendirent. La radio du *Jacques-Cartier* avait rempli son office. L'armateur, les familles attendaient depuis plusieurs heures l'arrivée de la goélette, affrontant, stoïques, les entêtantes odeurs de tan, de goudron, de chanvre, de peinture, qui caractérisaient tous les ports du monde. Chacun avait remarqué le pavillon en berne, et chacun, une main étreignant une gorge nouée par l'angoisse, s'interrogeait. Etait-ce un des siens qui avait péri en mer ?

Au fur et à mesure que les marins débarquaient sur le quai, des silhouettes se détachaient, venaient se presser contre eux. Des mots, toujours les mêmes, semés de baisers, sonnaient dans la clarté du jour :

— Ah, t'es là, mon houmme, t'es bien là, ce que j'ai eu pou ! Je croyais que c'était toi qu'étais mort !

Gildas descendit le dernier. Appuyé sur la lisse, il observait la foule. Après quelques brefs propos échangés avec l'armateur, Jean Le Guen s'était dirigé vers la mère de Jean-Marie. Sa casquette à la main, il lui annonça la terrible nouvelle. Madame Josselin demeurait immobile, statufiée dans sa robe noire.

Soudain, sa coiffe cancalaise se mit à osciller sur sa tête et, le dos secoué par les sanglots, la malheureuse femme tomba dans les bras du capitaine.

La rage submergea Gildas. Le monde était aveugle, injuste, impitoyable. Dieu perdait la raison. Et la Vierge Marie. Le petit Jean-Marie, la guerre. Les gendarmes. Des soldats sur le quai, mêlés aux familles.

Il se demanda s'il ne devait pas aller voir madame Josselin. Lui expliquer que son fils était devenu son ami. La consoler avec des mots ronds et chauds. Il songea que le chagrin était trop grand. Qu'il était trop lâche. Trop jeune pour l'affronter. Il renonça. Il irait lui rendre visite dans quelques jours. Il soupira. S'il allait chez elle un dimanche, il croiserait peut-être Angélique. Il eut honte de ce calcul, haussa les épaules, se dirigea vers l'arrêt du tram qui l'emporterait à Cancale.

Isolée dans une modeste fermette située non loin du village de Saint-Coulomb, Honorine, sa mère, ignorait son retour.

DEUXIÈME PARTIE

10

Gildas sauta du char à bancs qui l'avait amené jusqu'à la maison familiale, le conducteur, Francis Outin, un fermier voisin, s'étant gracieusement proposé pour le raccompagner chez lui en le voyant descendre de la gare de tramway la plus proche de Saint-Coulomb.

— Demain, si tu veux, je t'emmènerai à Saint-Malo chercher ton coffre et ton baril de langues et de joues de morues, déclara le père Outin. C'est qu'il y en a, là-dedans. Ça doit peser lourd, ces machins-là !

Gildas pivota vers le brave homme, contempla l'immense et énorme charpente aux chairs tremblotantes qui trônait sur le siège près de lui, les mains boudinées ligotées dans les brides de la jument.

— C'est très gentil à vous, dit-il, mais mon patron de doris rapportera mes bagages demain. Merci pour tout. Si vous avez un moment, vous prendrez bien un mic ?

A l'intérieur de la maison, le chien aboyait, grattait nerveusement le bas de la porte à deux battants, gémissait, démontrant ainsi qu'il avait décelé la présence et l'odeur de son jeune maître.

— Pas aujourd'hui, déclara Francis Outin en flattant d'un léger claquement de fouet l'air au-dessus de l'encolure de sa jument, tu viens juste d'arriver. Madame Honorine et ton grand-père ont sûrement des millions de choses à te raconter depuis que vous vous êtes vus ! Ce sera pour une autre fois.

La jument se ramassa sur elle-même puis, dans un puissant mouvement de garrot et d'épaules suivi d'un fracas de sabots et de roues violant les pierres du chemin, elle entraîna sa charge.

Le char à bancs disparaissait au premier virage quand la porte s'entrebâilla. Sa queue balayant l'espace, noir comme l'enfer, moitié griffon, moitié labrador, le chien jaillit, se précipita sur son maître, toute langue dehors.

— Calme, Lucifer, ordonna Gildas en esquivant les assauts de la bête éperdue d'amour, calme, mon joli !

Une silhouette apparut dans l'embrasure.

— Mon éfant, c'est toi ? Excuse-maï de ne pas avoir ouvert plus vite, mais j'étais aux commodités ! Ah, te voilà enfin !

Ecartant le chien d'un geste ferme, le jeune homme s'avança vers sa mère. Ils s'étreignirent, leurs mains en quête de dos oubliés. Des baisers sonores claquaient les joues.

— Attention, je vais déranger ta coiffe !

— Ma couèfe, elle en a vu d'autres ! riait Honorine.

Elle s'était écartée de son fils pour mieux le contempler. C'est alors que Gildas sursauta violemment.

— Mais, ton œil, que lui est-il arrivé ?

Elle effleura d'un doigt sa paupière à demi fermée.

— C'est rien. Un accident. En me baissant pour mettre du fagot dans la cheminée, j'ai oublié le tisonnier qui dépassait, et je me suis crevé l'œil !

Gildas frissonna.

— Crevé ? Et c'est tout ce que ça te fait ? Tu as vu le médecin, au moins ?

— Pour quoi faire ? Le mal était là. Et puis crevé, c'est trop dire. Ça a cogné juste sur le bord, c'est pas rentré profond. J'ai juste perdu la vue et un peu de sang, c'est tout. De toute façon, il me reste l'autre, et ma foi, c'est le meilleur des deux ! Et puis, ça me suffit bien pour ce que j'ai à en faire !

— Maman ! Et tu n'as même pas eu peur ?

— Pou ? Non. Pas pour ça. J'ai eu pou pendant sept mois, pou de pas te revoir, et je peux te dire que je suis allée prier Notre-Dame-du-Verger pour toi plus souvent qu'à mon tour, et que j'ai eu bien raison puisque te voilà !

Son visage rayonna.

— Mais, allez, viens, ton grand-père t'attend. Tu vas nous raconter !

Il suivit sa mère à l'intérieur de la maison. Louis, le grand-père, s'impatientait, immobile, sphinx figé à sa place habituelle dans l'unique fauteuil en bois blotti à deux pas de la cheminée éteinte. Honorine s'était écriée en ouvrant la porte, tout à l'heure : « Mon Dieu, voilà Gildas ! » Et il savait que son petit-fils allait entrer.

Sitôt dans la pièce, le jeune homme se porta d'un pas chaloupé vers son grand-père.

— Ah, je suis content de te revoir !

— Moi aussi, mon petit !

Ils s'étreignirent, l'ancêtre toujours assis, l'avant de doris courbé au-dessus de lui, les bras enroulés avec précaution autour de ses épaules. Ancêtre, pas vraiment : soixante-cinq ans, pas davantage. Mais une vie fertile en événements, en misères. Louis avait été marin en son temps, car déjà à son époque, à la bascule des dix-neuvième et vingtième siècles, si l'on voulait survivre, le pain était là-bas. Là-bas où règnent les bancs de morues, les brumes, les glaces perfides, les hommes fous, les navires en détresse. Il avait été mousse, novice, avant puis patron de doris. Bon an, mal an, il subvenait aux besoins de ses quatre enfants, aidé en cela par Jeanne, sa femme, une courageuse fille de la Houle, au verbe haut et coloré, au cœur grand comme l'océan, rencontrée lors d'une fête paroissiale, qui cousait à domicile pour arrondir les fins de mois, au cas où la pêche serait mauvaise et où le mari reviendrait sans complément de salaire.

En février 1911, il avait participé à Cancale à la grève des marins-pêcheurs de Terre-Neuve emmenés par Rivelli, un Marseillais petit et maigre, au regard pétillant de malice, qui parlait « vif et bien ». Trente et un établissements avaient été touchés, dont vingt-cinq à Cancale et six à Saint-Malo. Sur mille deux cents employés en grève, huit cents étaient des dorissiers. Conscients d'être exploités, ceux-ci réclamaient une nouvelle base d'évaluation du mille de morues pêchées.

Louis se souvenait de tous ces événements comme s'ils avaient daté d'hier. Afin de faire fléchir les armateurs, les terre-neuvas de la région de Cancale ne s'étaient pas présentés à la date du départ des trois-mâts pour la Grande Pêche, contraignant au chômage l'ensemble des charpentiers et calfats attachés à la construction des bateaux.

Début mars, une bagarre qui s'était transformée en une violente mêlée générale à laquelle participaient les femmes et les familles de marins avait nécessité l'intervention des gendarmes à cheval, les marins pêcheurs voulant interdire le départ des voiliers du port de Cancale pour Saint-Malo.

Après une intervention du préfet d'Ille-et-Vilaine, d'un bataillon du 45e RI et grâce à la présence du torpilleur *Grenadier*, le calme était revenu et un accord avait été signé, assurant une meilleure rétribution aux terre-neuvas.

Le conflit s'était achevé le 10 mars, marquant le début du déclin de la prospérité du port de la Houle, les armateurs ayant décidé de quitter Cancale au profit des ports de Saint-Malo et de Saint-Servan.

Puis il y avait eu la guerre de 14-18. A quarante ans, Louis avait été rappelé. En 1916, lors de l'assaut d'une tranchée allemande, sous une pluie battante, il avait été pris sous le feu ennemi. Sa course avait vite été interrompue, un éclat d'obus ayant séparé sa jambe droite en deux tronçons retenus au niveau du genou par des lambeaux de chair. Abandonné par ses camarades, il était resté plusieurs heures dans la boue après s'être confectionné lui-même un garrot. Les ordres étaient formels : on ne devait pas s'occuper des blessés mais marcher et vaincre. La tranchée allemande enlevée, on avait consenti à l'emmener à un poste de secours, où on l'avait amputé dans l'urgence.

Il errait depuis, appuyé sur deux béquilles, de la porte à la cour, de la cour à la porte, son éternelle pipe de Terre-Neuve au bec, sa casquette de marin rivée sur son crâne clairsemé. Il ne fallait jamais lui parler de la guerre. Elle était maudite. Elle symbolisait le Mal, l'absence divine. Curieusement, alors que tous, autour de lui, révéraient le bon Dieu et la Vierge Marie, lui, assurait avec impertinence que le Ciel était vide. La preuve : après tous ses malheurs, on lui avait même dérobé le seul être qui le ralliait encore à l'existence, Jeanne, sa Jeanne, emportée, voilà dix ans déjà, par une cruelle tuberculose.

Sa seule consolation était ses souvenirs de terre-neuvas, de bagnard de la mer, métier d'aventure surtout, où les angoisses du lendemain, les somptueuses engueulades et les franches camaraderies aidaient à oublier les rudesses du quotidien et les caresses des femmes.

Ainsi, les deux hommes qui s'étreignaient se ressemblaient. Ils possédaient le même sang, revendiquaient les mêmes océans ; l'un avait connu la guerre, l'autre la découvrirait bientôt.

L'émotion passée, Gildas jeta un regard circulaire dans la salle. Rien n'avait changé depuis son départ : la grande table en chêne, l'armoire cancalaise en bois de cerisier, à la corniche cintrée, aux larges portes enrichies par des fermetures en cuivre sous lesquelles s'alignaient trois tiroirs destinés au rangement, le vaisselier sous l'escalier conduisant au grenier, l'horloge signée *Robinot Cancale*, qui mesurait avec fidélité le temps, le lit clos où il dormirait ce soir, placé le long du mur opposé à la porte d'entrée et aux deux fenêtres ouvrant sur la cour. Sur le manteau de la cheminée étaient exposées quelques photos jaunies par les ans de voiliers sur lesquels avait navigué le grand-père, la photo de mariage d'Honorine et de Mathurin, un compas de doris, un couteau de piqueur, un autre de trancheur, un fer taillant de calfat, une pipe de Saint-Pierre, une réserve de tabac à chiquer pour Louis et une tabatière emplie de tabac à priser pour Honorine.

De chaque côté de la cheminée reposaient les coffres à matelots du grand-père et du père, une manne à lignes vide et un potte à morues, vide lui aussi.

Les souvenirs de pêche entassés dans la pièce permettaient à Louis de survivre. Il ne quittait la salle à manger ou le banc de la cour que pour gagner sa chambre à l'heure du coucher. Une chambre appartenant à l'origine à la sœur aînée de Gildas, partie vivre en Angleterre avec son époux, un Londonien fortuné.

La seconde chambre revenait à Honorine. C'est là qu'elle remisait ses modestes toilettes et les photos de ses enfants.

Gildas soupira d'aise. Couché à ses pieds, Lucifer le contemplait avec une paisible adoration tout en s'étirant avec langueur.

— Assieds-toi donc, mon garçon, dit Honorine, tu dois avoir faim, tu veux sûrement boire ou manger quelque chose ?

Gildas jeta un œil à l'horloge.

— Tu es gentille, maman, mais ça va, il est trop tôt.

— Même pas un petit bâton de carimollet [1] ? Il n'est que cinq heures. Avec ton voyage tu dois être affamé.

La salive humecta les papilles de Gildas.

— Un carimollet avec une bonne bolée de cidre, je veux bien.

1. Ou carimolet. Spécialité cancalaise, sorte de sucre d'orge, mélange de sucre cristallisé, d'eau, de vinaigre d'alcool et de mélasse.

Louis se redressa sur ses béquilles et quitta son fauteuil pour venir s'échouer dans un grand *ouf!* devant la table familiale, sur la même bancelle que son petit-fils.

— Et moi, j'y ai point droit ?

— Mais si, ronronna ironiquement Honorine, je ne voudrais pas vous priver d'un petit plaisir, beau-papa !

Elle se tenait debout, à l'extrémité de la table, vêtue de noir, à l'exception de sa coiffe et de sa devantière blanches.

Tout en dégustant son carimollet, Gildas ne pouvait détacher ses yeux d'elle. La voilà borgne, songeait-il, mais elle est toujours pareille, toujours belle.

Malgré ses quarante-cinq ans révolus, Honorine demeurait longue, fine, élancée sans fragilité. Ses mains et son visage bronzé, dénué de rides, dégageaient en effet une sorte de force tranquille. Mince mais robuste étaient les deux épithètes qui sautaient à l'esprit de ceux qui la connaissaient. Une troisième supplantait les autres : fascinante. La plupart de ses soupirants regrettaient qu'elle fût seule depuis dix ans. Certains lui avaient proposé de l'épouser. C'était misère, n'est-ce pas, de la voir s'étioler ainsi, alors qu'elle avait encore de si nombreuses années à vivre ! Elle refusait, prétextant son caractère irascible et son beau-père à charge. Puis, mélancolique, grave soudain, elle ajoutait : « Et j'ai trop aimé mon Mathurin. »

« Et les démangeaisons, s'était un jour emporté un prétendant éconduit, un gros fermier de la région, et les démangeaisons, vous n'en avez donc jamais ? »

Une gifle retentissante sur les joues du rustre, devant témoins, avait clos la conversation. L'anecdote avait calmé les soupirants en puissance. Tous ou presque avaient renoncé à séduire la rebelle. Certains se consolaient en affirmant qu'en vérité son œil crevé nuisait un tantinet à son charme.

— A propos de faim, qu'est-ce qu'on mange ce soir ? questionna Gildas.

Les mains enfouies dans la poche de sa devantière, Honorine fixait pensivement les solives du plafond.

— Un ragoût d'horbiche[1], ça t'irait ?

Gildas interrompit la mastication de son carimollet, avala une gorgée de cidre.

— Non, s'il te plaît. J'ai mangé du poisson pendant sept mois. Je préférerais autre chose.

Honorine fronça les sourcils dans un effort de réflexion avant de se diriger vers la petite cuisine dont la porte ouvrait sur la salle à manger.

— Attends, je vais voir ce que je peux trouver.

Elle revint un instant plus tard, l'œil triomphant.

— De la galette de blé naï[2], c'est mieux ?

Gildas pointa un doigt vers les chapelets d'andouilles et de saucisses suspendus dans la cheminée.

— Hmm, avec des saucisses ?

— Si tu veux.

— Parfait, ça va me changer.

— Il faudra pas être pressé, faut que je prépare la pâte et que je la fasse reposer. Tu as de la chance, j'ai aussi du lard, du jambon et des œufs. Les poules pondent bien, en ce moment.

---

1. Roussette. Spécialité cancalaise. On appelait les Cancalais « les mangeous d'horbiches ».

2. Galette de blé noir.

Le grand-père tapota le sol de terre battue avec une de ses béquilles pour réclamer le silence.

— Et si vous laissiez votre fils souffler un peu ? dit-il. Il revient des Bancs. Il arrive, y a la guerre. On pourrait peut-être causer de choses plus importantes ?

Honorine riva un œil noir dans les yeux de son beau-père.

— Vous avez raison, je suis de trop ici !

Et d'un pas vif, offensée, elle se dirigea vers sa cuisine.

Gildas se leva.

— Excuse-moi, grand-père, mais on discutera tout à l'heure. J'ai besoin de prendre l'air, le temps de faire le tour du courtil.

Ses coudes osseux calés sur la table, Louis Le Morvan massait ses tempes avec ses doigts.

— Comme tu voudras, mon gars, comme tu voudras, dit-il.

Gildas remarqua que le vieil homme s'était tassé. Les épaules, les bras avaient fondu, s'étaient amenuisés. Victime de son handicap, le robuste terre-neuvas avait troqué sa prestance pour un dos voûté et une musculature d'enfant.

Flanqué de son chien, le jeune homme sortit dans la cour. Dans un petit clos de trois mille mètres carrés où se blottissaient de modestes dépendances, se dressaient quelques pommiers, deux cerisiers, un noisetier, un prunier. Cinq chèvres, un bélier, un jars, deux oies, des poules, un coq et quelques canards se disputaient l'espace restant. Un peu plus loin, derrière la maison, soigneusement entretenu par sa mère, le courtil produisait salades, haricots, pois, poireaux, carottes, pommes de terre, choux-fleurs, oignons, persil, ciboulette, cerfeuil, selon les saisons.

Gildas s'attarda un instant pour contempler les arbres dont les feuilles commençaient à jaunir. Depuis plusieurs années il disparaissait fin février, début mars pour Terre-Neuve, de sorte qu'il ne savait plus ce qu'était un pommier ou un cerisier en fleurs. De son pays, il ne connaissait plus que l'automne et l'hiver.

Il reprit sa déambulation, cheminant entre les clos sur un sentier chargé de fondrières sculptées par les eaux, les sabots des chevaux, des troupeaux de vaches, et les roues des chariots. Il flâna une demi-heure, d'une démarche chaloupée qui n'avait pas encore oublié le pont de la goélette. Autour de lui, des haies vives hérissaient les talus dominés parfois par des chênes aux bras tors. Le soir venant, les nuages s'effilochant paresseusement dans le ciel paraissaient plus noirs, plus menaçants, et une fraîcheur de marécage, annonçant des pluies prochaines, pesait sur ses épaules.

Gildas contemplait cet univers sombre et magique où les plus superstitieux craignaient de s'éloigner, la nuit tombée, des maisons, de crainte de croiser sorcières ou korrigans.

Quand il rentra chez lui, la table était dressée, la cheminée et une lampe à pétrole allumées, et une bonne odeur de saucisses et de lardons grillés embaumait la salle.

— Tu en as mis du temps, le gronda Honorine, on ne croirait pas que tu ne nous as pas vus pendant sept mois !

Il s'approcha de sa mère, déposa un baiser sur son front bombé et lisse, se faufila à sa place sur la bancelle avant de s'excuser :

— J'avais besoin de sentir la terre sous mes pieds, après tout ce temps passé en mer.

Puis, les bras encadrant son assiette, il attendit sa galette. Il savait qu'il était l'enfant prodigue, et que la première serait pour lui. Elle arriva en effet, enrichie d'un œuf et de lardons, glissa de la poêle, chaude, délicieuse, servie avec une petite noix de beurre et une échalote.

— Mange, mon éfant, mange ! C'est que du bon. Ça va te requinquer !

Louis haussa les épaules, pianota sur le sol avec le pied d'une béquille.

— Le requinquer, c'est pas la peine, il le sera bien assez pour partir bientôt dans cette saloperie de guerre !

— Oiseau de malheur, ronchonna Honorine, je me demande si vous méritez que je vous serve à souper !

Le vieil homme ricana, cala sa chique sur un coin de son assiette.

— Pour boire, je n'ai pas besoin de vous, mais pour manger, ma foi, je commence à avoir un petit creux. Alors, dépêchez-vous !

Honorine secoua la tête, fronça les sourcils. Mais son œil, ses joues riaient.

— Voilà qu'il me commanderait, le bougre ! Tu vois, mon petiot, voilà l'houmme avec qui je vis, à présent. Comment veux-tu qu'on me demande en mariage ?

Elle fila à la cuisine, en revint bientôt avec une galette pour son beau-père. Trois galettes chacun plus tard, repus, ils savourèrent un mic, et la conversation s'engagea enfin. Celle que tous appréhendaient et n'osaient aborder.

— C'est la guerre, commença Louis. Tu as dix-huit ans, mais il faudra sûrement que tu y passes bientôt, et avec les batailles navales à venir, la pêche est compromise pour un moment.

— La guerre, la guerre, elle ne va pas forcément durer longtemps, tenta de se rassurer Honorine en caressant du bout de ses doigts le contour de son assiette vide.

— Avec les Boches, elle durera, pronostiqua Louis en portant à sa bouche une pipe de Saint-Pierre culottée par les ans.

Il l'alluma avec un briquet à amadou avant de conclure :

— Ils ont perdu 14-18, ils vont vouloir gagner celle-ci et le reste !

Gildas protesta d'un hochement de tête avant d'enchaîner :

— A Saint-Malo, quand on est descendus de *la Valeureuse*, il n'y avait que des femmes, des gamins, des douaniers et des gendarmes. Pas un homme. Ils sont tous partis sur le front. Et avec la ligne Maginot on n'est pas prêts d'être envahis !

Louis tira nerveusement sur sa pipe.

— La ligne Maginot, les Fridolins s'en foutent, ils la contourneront par la Belgique. Reste à savoir si on saura les arrêter. Ils viennent de signer un traité de partage de la Pologne avec les Russes. Ils sont tranquilles de ce côté-là !

— On les arrêtera quand même, gronda Gildas en serrant les dents, et si on ne peut plus aller pêcher en mer, je devancerai l'appel !

— Ah, non, s'indigna Honorine, les joues tremblantes d'inquiétude et de colère, tu ne vas pas faire ça ! Tu viens tout juste de rentrer, c'est pas pour aller te faire zigouiller sur le front ! On a besoin de toi, ici. Il faut des bras si on veut manger quelque chose, à c't'heure ! Et tu es mineur, je te rappelle. Tu dois obéir à ta vieille mère !

Elle se leva, repoussa sa chaise avec violence, arpenta la pièce en fouettant ses hanches avec ses mains. La mer avait épargné son fils, la guerre allait le lui reprendre ?

Louis allongea son unique jambe, s'étira, ôta sa pipe de sa bouche, se retourna pour expédier un long jet de salive noir dans le brasier de la cheminée avant d'abonder dans le sens de sa bru :

— Ta mère a raison. La guerre, c'est une folie inventée par les hoummes. Il n'y a pas le feu pour aller y mourir. Il sera bien temps que tu y ailles quand tu auras l'âge ou quand ils te mobiliseront pour aller remplacer les morts. Attends de voir comment tournent les premières batailles. Tu verras ensuite ce que tu dois faire.

Gildas s'était levé à son tour. Bras grands ouverts, il barra le passage à sa mère. Elle chavira contre sa poitrine, laissa échapper des sanglots brefs, son corps secoué par une houle profonde.

— Mon petit gars, mon petit gars !

Il abdiqua :

— Je reste, maman, je ne partirai que lorsque l'armée m'appellera.

Puis, caressant la nuque offerte, oubliant qu'il avait déjà bu son mic, il questionna :

— J'ai encore un petit creux, tu n'aurais pas un morceau de far pour me caler, par hasard ?

11

Gildas quitta son lit clos avant l'aube. Il lui faudrait du temps pour renouer avec la vie paysanne. Entre les quarts, les marées qu'il ne fallait pas rater quand elles promettaient des flancs de doris alourdis de morues, les tempêtes, les coups de vent, l'entretien et la marche du navire, il était habitué à travailler de quinze à dix-huit heures par jour.

Après quelques craquelins additionnés de confiture de prunes, une galette de sarrasin noyée de beurre et un grand bol de café fumant, Lucifer collé à ses basques, Gildas sortit pour arpenter la terre de ses ancêtres. Du plus loin qu'il remontait dans sa mémoire, ses aïeux étaient nés, avaient vécu, s'étaient éteints ici, à l'exception de son père, mort sur le Grand Banc. Du plus loin encore, jusqu'à quatre générations, les Le Morvan étaient terre-neuvas. Avant, l'histoire familiale ne se souvenait pas. Louis soutenait qu'en 1750 les Le Morvan avaient quitté le Finistère et leur métier de tanneur pour venir s'installer au Clos-Poulet. Aucune preuve ne venait étayer ces assertions qu'il tenait de son propre arrière-grand-père.

Peu importe, Gildas aimait sa terre. Charnellement. A la façon d'un vrai marin qui ne pense qu'à elle et aux siens quand il est sur l'océan, et n'aspire qu'à la mer dès qu'il a les pieds ancrés sur le plancher des vaches.

L'humble maison des Le Morvan était encadrée par deux fermes assez importantes disposant de plusieurs hectares de bons clos. C'est là que sa mère se louait en saison pour compléter les revenus de son mari. A présent que Mathurin avait disparu, même si son beau-père lui confiait sa maigre pension et Gildas son pécule, elle devait redoubler d'efforts pour mettre un peu de piment dans le quotidien.

C'était là aussi, sans doute, que Gildas travaillerait bientôt en attendant d'être appelé sous les drapeaux. Bientôt, si la guerre se révélait gourmande de vies humaines. Il était toutefois trop tôt pour se faire une opinion. Tout en se laissant guider par ses pas, Gildas songeait que s'il voulait être informé de l'évolution du conflit il lui faudrait souvent aller à Cancale ou à Saint-Malo, car, sans électricité et sans TSF, la maison était coupée du reste du monde.

Cancale... Il faut que j'aille chez les Josselin aujourd'hui, se dit-il. Il faut que j'aille leur rendre visite, c'est mon devoir.

Il secoua des épaules agacées. Menteur ! Maudit menteur ! Ce n'est pas pour donner des nouvelles de Jean-Marie, les consoler, c'est seulement dans l'espoir de rencontrer Angélique, de lui parler !

Il s'arrêta, fixa, l'œil sombre, le chemin qui s'enfonçait entre les clos. Il avait plu toute la nuit. Une pluie hargneuse, crépitante, qui multipliait des flaques d'eau jaune et faisait sangloter les feuilles des arbres.

Il ne faut pas dire ça, c'est un mensonge. Tu as envie de voir Angélique, c'est vrai, mais tu aimais bien le mousse, tu as envie de parler de lui à sa mère, tu as envie de lui dire qu'il était gai, heureux de vivre, rigolo. Ce ne serait pas ta faute s'il y avait Angélique en plus...

Il avisa un gros caillou égaré sur le sentier, lui décocha un coup de sabot dévastateur qui l'envoya dinguer dans le fossé à vingt pas de là, faisant sursauter et lever la truffe à Lucifer, affairé à marquer son nouveau territoire.

— Voilà, il ne fallait pas te trouver là quand je suis de mauvais poil !

Il rebroussa chemin. C'était décidé. Il irait à la Houle tout à l'heure, chercherait la maison. Ensuite, on verrait.

Il arriva chez lui vers sept heures, Honorine et Louis prenaient leur petit-déjeuner.

— Ah, te voilà, dit-elle en tendant une joue rose et fraîche vers les lèvres qui s'inclinaient sur elle, tu t'es bien promené ?

— Oui, j'avais du mal à dormir. Le changement d'air, et puis, à cette heure-ci, sur la goélette, j'étais au travail depuis longtemps.

Louis opina du chef.

— Ça, quand on a été terre-neuvas, on ne s'en remet jamais. Toutes les nuits, à quatre heures, je me réveille et j'écoute l'horloge mesurer le temps jusqu'à ce que je me lève. Ça fait pourtant vingt-cinq ans que je n'ai pas navigué. Mais la tête, le corps se souviennent.

Honorine regardait Gildas.

— Tu as déjà déjeuné, mais tu veux peut-être une poume[1] ?

— Merci, je n'ai pas faim.

Il s'échoua près d'eux, étala ses bras sur la table, les contempla distraitement.

— Il faut que j'aille à Cancale, j'ai du monde à voir.

— Du monde, il y en a de moins en moins, grommela Louis, avec la guerre, tout ce qui porte des braies est parti.

— Justement, je veux voir ça, et puis je dois aller rendre visite aux parents d'un mousse qui s'est noyé pendant la campagne de *la Valeureuse*.

Les joues d'Honorine se durcirent, son œil s'emplit d'eau. Elle vérifia que son fils était bien là, vivant. Puis :

— Ah, la mé ! La garce ! Le pauvre petit, quel âge avait-il ?

— Je ne sais pas. Je n'ai pas pensé à lui demander. Quatorze ans, peut-être. Peut-être pas. C'était un bon gamin, pétant de santé, toujours drôle.

Le père Le Morvan assena un violent coup de poing sur la table, faisant sursauter son bol de café fumant.

— Chienne de vie, quand même ! jura-t-il entre ses dents, des chicots noircis, plutôt, qui résistaient vaillamment à l'usure des jours et au manque d'hygiène.

Couché à ses pieds, Lucifer le considérait d'un regard craintif et étonné.

— C'est pas après tes copines que j'en ai, le rassura-t-il en lui gratouillant la nuque, mais chienne de vie, ça veut bien dire ce que ça veut dire !

1. Pomme.

Les mains serrées sur les freins, Gildas descendit à vélo le Vaubaudet, rude pente dévalant du bourg de Cancale au port de la Houle. Il déboucha à la pointe des Crolles, y flâna un moment pour contempler la jetée de la Fenêtre, le phare, la Maison des Associations [1] et le marché aux huîtres. Son grand-père avait raison, l'activité du port semblait réduite de moitié. La plupart des bateaux restaient au mouillage et la mer était quasi déserte. Le pittoresque tramway à vapeur, flanqué, sur les toits des wagons, de ses éternelles enseignes publicitaires *Dubonnet*, *Picon*, *Saint-Raphaël-Quinquina*, en partance pour Saint-Malo, s'ébranla, à demi vide, sous ses yeux.

Gildas suivit le quai Gambetta, longeant bistrots et cafés dans l'espoir d'apercevoir à travers les vitrines quelqu'un de sa connaissance. Les cafés de la Chapelle, de la Boule-d'Or, du Progrès, de la Houle, du Commerce, défilèrent devant lui. Quelques vieux et rares marins y étaient attablés devant une moque de cidre, une chope de bière, un mic.

Place du Calvaire, au café du Lion-d'Or, il remarqua le Bouledogue, debout au comptoir, discutant avec la patronne. Il poursuivit son chemin, peu désireux de converser avec un homme qu'il n'appréciait guère.

Enfin, au café des Pêcheurs, quai de l'Epi, il trouva ce qu'il cherchait. Il cala son vélo le long du mur et se dirigea tout droit vers une table où Clovis, son patron de doris, la pipe scellée entre ses dents, le front barré d'une large ride, semblait ruminer de sombres

1. Située à l'emplacement du restaurant Victor, aujourd'hui.

pensées en contemplant un bock rempli à ras bord d'une bière blonde gorgée d'écume.

— Salut, Clovis !

Le patron de doris leva sa large face vers le nouveau venu.

— Ah, c'est toi, Belle Goule ? Quel bon vent t'amène ? Assieds-toi !

Du plat de sa grosse main, il tapotait un siège près de lui.

Gildas obtempéra, adressa un signe à la serveuse.

— La même chose que mon camarade, s'iou plaît !

Puis, enfonçant ses yeux émeraude dans ceux de son ami, il questionna :

— Et toi, comment ça va ?

Clovis haussa les épaules.

— Ça va comme quelqu'un qui se demande s'il reprendra un jour la mé avec tous ces navires de guerre et tous ces sous-marins allemands qui doivent rôder partout. J'ai bientôt cinquante ans, je ne serai pas rappelé sous les drapeaux, mais ce n'est pas le cas de ceux qui étaient sur *la Valeureuse* avec nous. Nous voilà mal partis. Je ne sais pas comment on va ramener du pain à la maison, avec toute cette misère. Je suis un gars de Port-Mer, moi. Depuis tout petit je pêche, et je ne sais faire que ça. Et toi, mon gars, tu as tout juste dix-huit ans, qu'est-ce que tu comptes faire ?

Gildas lampa une gorgée de bière avant de répondre.

— Moi, c'est différent, on a un petit bout de terre. Je vais aider ma mère à cultiver notre courtil, et je louerai mes services au plus offrant en attendant d'avoir l'âge d'aller me faire tuer.

— Avant de doris aux beaux jours, cul-terreux l'hiver, c'est un avantage, tu peux t'adapter, au moins, t'auras le temps de voir venir. Moi, je n'ai pas un sou pour acheter une coquille de noix, histoire de pêcher dans la baie. Tu sais comment on appelle ce côté du quai de l'Epi où on est en ce moment ?

— Non.

— Le pays du plat gousset, celui des sans-bourse, des sans-boulot. Avec la guerre et les bateaux cloués dans les ports, on va tous se retrouver au chômage, et c'est pour le coup que le quai portera bien son nom !

Ils se turent. L'avenir était noir, il n'était point nécessaire de le mesurer sans cesse avec des mots.

— Toi qui viens souvent à la Houle, questionna brusquement Gildas, tu sais peut-être où habitait Jean-Marie ?

— Josselin, le mousse ?

— Lui-même.

— Rue Jeanne-d'Arc, une ruelle qui débouche sur le quai juste après le café du Port. C'est une maison sur la droite.

— Je vois, merci.

Clovis secoua les cendres de sa pipe dans une coquille Saint-Jacques vide servant de cendrier avant de la bourrer à nouveau avec soin.

— Tu vas rendre visite à sa pauvre mère ?

Gildas acquiesça du chef avec gravité.

— Je ne sais pas si c'est une très bonne idée.

— Pourquoi ?

— La peine est encore trop forte. Tu risques de déranger.

— Tu as peut-être raison, approuva Gildas, je vais vérifier où elle habite, je verrai ensuite sur place ce que je dois faire.

Il se leva, demeura un moment hésitant, se dandinant, les mains appuyées sur le dossier de la chaise, avant de poursuivre :

— Ça va être l'hiver, la guerre est là, les hostilités vont sûrement se déclencher bientôt, mais on ne sait jamais, si tu entends causer d'une opportunité de campagne à Terre-Neuve ou au Groenland, tu me tiens au courant ?

— Bien sûr, tu sais bien que tu es comme un fils pour moi. A propos, je devais te livrer ton coffre et ton baril de langues de morue dans la soirée, mais je n'aurai la carriole que demain. Demain après-midi, ça te va ?

— Pas de souci.

— Prépare la goutte.

Gildas jeta une pièce sur la table, serra la grosse main calleuse, crevassée par les eaux glacées et les années de nage sur les doris.

— A demain.

12

Gildas connaissait bien les quartiers de la Houle, ses maisons de pêcheurs aux étroites façades en schiste, plus profondes que larges, adossées à la falaise, égayées par les encadrements de fenêtres peints le plus souvent en blanc, et de fleurs dès l'instant où un minuscule coin de verdure le permettait. On rencontrait là tout à la fois une pauvreté digne et de la joie de vivre. Certaines ruelles étaient si étroites qu'un pas suffisait pour se retrouver sur le seuil du voisin d'en face. Ne disait-on pas qu'un seul baudet suffisait à en boucher le passage ?

Gildas longea la place du Calvaire, arriva bientôt devant le café du Port et se glissa dans la petite rue indiquée par Clovis.

Une dame occupée à laver les carreaux de ses fenêtres lui indiqua la demeure de Jean-Marie. Une bâtisse modeste, dont on supposait qu'elle s'enfonçait en profondeur comme les autres.

Il en observa un instant la façade ; elle était identique à ses voisines : soupirail et fenêtres signalaient une cave, un rez-de-chaussée, un premier étage et un grenier.

Gildas hésitait à actionner la cloche de la porte, quand celle-ci s'ouvrit soudain devant lui. Une jeune fille se découpa dans l'embrasure, vêtue de noir, comme l'exige le deuil, sans coiffe, le cheveu brun et frisé étranglé vers l'arrière par un ruban, noir lui aussi.

Hypnotisé, Gildas la dévorait des yeux, se demandant si, comme le supposait la tradition, elle ne descendait pas d'aïeux portugais dont on prétendait qu'ils avaient échoué sur les côtes de la baie, voilà bien longtemps. Elle n'avait pas changé depuis qu'il l'avait aperçue dans le bourg ou à la sortie de la messe, sur le parvis de l'église. Elle était un peu ronde, un peu grande, unique, avec ce regard qu'elle posait sur lui. Un regard résolument rêveur, tourmenté par le chagrin.

— Vous êtes Angélique ?

— Oui.

Comme il roulait d'une hanche sur l'autre devant elle, incapable de prononcer un mot, elle le questionna :

— Et vous ?

— Je m'appelle Gildas. Votre frère, sur *la Valeureuse*, m'appelait Belle Goule, comme tous les autres d'ailleurs.

— Belle Goule ?

Elle avait articulé *Belle Goule* d'une voix chaude et triste, en détachant toutes les syllabes, Bel-le-Gou-le, comme si elle avait voulu conserver longtemps le nom dans sa bouche.

Il sembla à Gildas que ses souliers devenaient trop étroits. Il fourra ses mains dans les poches de son pantalon parce qu'il ne savait plus qu'en faire. Il se décida à la regarder franchement, lui décocha un sourire contrit.

— Je viens présenter mes condoléances à vos parents. J'étais un copain de Jean-Marie.

Une onde de chagrin courut dans les yeux de la jeune fille.

— Mon père et mes frères ont été mobilisés et ma mère est partie se recueillir à Notre-Dame-du-Verger. Je suis seule avec ma sœur. Mais entrez donc !

Elle s'effaça de l'embrasure, referma la porte derrière lui, le précéda ensuite dans une petite salle à manger où une gamine d'une dizaine d'années ravaudait une poche de devantière sur un coin de table.

— Lucie, présenta Angélique.

La fillette hocha la tête avec un sourire triste.

— Bonjour, monsieur.

— Pas « bonjour, monsieur », « bonjour, Belle Goule », dit Gildas.

— Belle Goule, c'est pas un nom, ça ?

— C'est celui qu'on me donnait sur le bateau où j'étais avec Jean-Marie.

La petite demeura la main en suspens, les doigts serrés sur son aiguille. Ses lèvres se pincèrent et des larmes roulèrent sur son visage. Elle renifla bruyamment, essuya ses joues d'un revers de manche.

Angélique s'approcha d'elle, la berça doucement dans ses bras.

— Ne pleure plus, mon cœur, ne pleure plus. Il est parti, mais il n'est pas loin. Il est autour de nous. Il nous regarde. Il est avec le bon Dieu, pour nous protéger.

Lucie étouffa un sanglot, replongea son nez dans son ouvrage.

— Oui, mais quand même, on ne le verra plus, il ne jouera plus avec moi !

Angélique indiqua une chaise à Gildas.

— Asseyez-vous, vous prendrez bien quelque chose ? Un café, une bolée de cidre ?

— Du cidre, si ce n'est pas trop vous demander.

— Je vous laisse un instant, je vais aller en chercher un cruchon à la cave.

Elle disparut, et il sembla à Gildas que la pièce était vide. Il regarda autour de lui. Lucie cousait avec application tout en l'observant parfois à la dérobée. Comme dans la plupart des maisons de pêcheurs, deux lits clos superposés taillés dans le chêne, auxquels on accédait par un escabeau à trois marches, et une armoire bretonne habillaient tout un mur. Un placard où l'on rangeait probablement la vaisselle se blottissait en pignon sous l'escalier conduisant au premier étage. Une cuisinière en fonte, dont un tuyau de tôle s'enfonçait dans le plafond pour en ressortir Dieu sait où, était censée chauffer toute la pièce l'hiver. Partout enfin, sur la moindre étagère, sur le sol, dans le recoin le plus intime, accrochés aux murs, s'exhibaient, incroyable et touchant bric-à-brac, les souvenirs d'une famille tournée depuis des générations vers la pêche : photo grand format d'un trois-mâts goélette, baromètre, gros coquillage servant de corne de brume pour doris, manne de ligne hors d'usage, médailles de pardon, coffre à biscuits, pelle à sel...

En arrivant chez les Josselin, Gildas avait remarqué, comme c'était le cas pour beaucoup de maisons de la Houle, un crochet, avec une poulie et son cartahu [1], fixé au-dessus de la fenêtre éclairant le grenier. Les habitants du village entreposaient dans leurs combles

1. Manœuvre courante passant dans une poulie simple et servant à hisser des charges.

tout un matériel : mâts, voiles, vergues, filets, avirons, qu'ils descendaient par là pour armer leurs barques, les uns pratiquant la pêche côtière, les terre-neuvas parce qu'il fallait bien continuer à pêcher dans la baie entre deux campagnes afin d'arrondir les fins de mois.

Ainsi, c'était ici que demeurait Angélique. Elle revint bientôt, lui servit un cidre frais et pétillant, puis elle s'assit en face de lui.

— Vous ne prenez rien ? lui demanda-t-il.

Elle souffla lentement par la bouche, contempla la toile cirée à fleurs rouges, jaunes et bleues qui protégeait la table.

— Non, je n'ai pas vraiment le cœur à ça.

— Je comprends, dit Gildas.

Après un léger silence, il parla de Jean-Marie, évoqua sa gentillesse, sa joie de vivre, son désir de devenir très vite un bon marin pêcheur, et peut-être davantage.

La petite avait cessé sa couture. Le menton calé sur ses bras croisés sur la table, elle fixait Gildas de ses grands yeux bruns. Angélique le regardait aussi. Les mots du jeune homme entraient en elle, cautérisaient un peu sa peine. Il lui semblait que Jean-Marie était toujours vivant. Les deux sœurs ébauchèrent même des sourires quand Gildas leur conta quelques frasques du mousse.

Puis il y eut un nouveau silence. L'avant de doris avait achevé de boire son cidre. Tout ou presque avait été dit, concernant le disparu.

— Et vous, questionna alors Angélique, parlez-nous un peu de vous ?

Gildas se tortilla sur sa chaise. Le front baissé, il roulait sa moque de cidre entre ses paumes pour se donner une contenance.

— Moi, c'est simple, c'est comme chez vous. Mes parents sont dorissiers de père en fils depuis toujours. La différence, c'est qu'à la Houle, pêche côtière ou hauturière, vous vivez du poisson toute l'année. Nous, on est paysans l'hiver et terre-neuvas l'été...

Angélique se récria :

— Pas moi, en tout cas, je ne vis pas de la pêche, et je n'en vivrai jamais. Voyez ce qu'elle a fait à mon frère, elle l'a tué !

Ses yeux s'emplirent de larmes ; elle les chassa d'un revers excédé de la main.

— Partout à la Houle et ailleurs, on compte les familles brisées. Et je ne parle pas que de Terre-Neuve ou du Groenland, je parle aussi de la pêche dans la baie. Mais le résultat est le même. Regardez autour de vous, toutes les femmes ou presque portent le deuil. Est-ce une vie, ça ?

— Dans tous les métiers, il y a des risques, hasarda timidement Gildas.

— Oui, le risque de mourir dans un lit !

Elle fixait le jeune homme avec une intensité qui le laissa pantois. Elle aussi l'avait remarqué en ville, à plusieurs reprises. Son élégance naturelle, son visage viril, ses prunelles qui vous transperçaient dès qu'elles s'attardaient sur vous.

Mon Dieu, qu'il est beau, le bandit !

Elle eut honte de penser à de telles futilités alors qu'elle venait de perdre son frère. Elle s'insurgea :

— En tout cas, moi, je n'épouserai jamais un marin ! Je n'ai pas envie de me retrouver veuve à vingt-cinq ans avec deux ou trois marmots à nourrir et mes yeux pour pleurer !

— Il ne faut pas exagérer, protesta Gildas, il n'en est pas toujours ainsi.

— Parce que dans votre famille, ce n'est jamais arrivé ?

— Si, mon père, avoua piteusement Gildas.

Ils se turent. Tel un pouls, l'horloge égrenait le temps. Onze heures sonnèrent. Ils échangeaient des regards en coulisse. Lucie les observait tour à tour, étonnée. Pourquoi ne causaient-ils plus ? Pourquoi Belle Goule ne se levait-il pas pour s'en aller ? Pourquoi sa sœur ne lui disait-elle pas qu'elle avait autre chose à faire que de le recevoir ?

Gildas comprit que le moment était venu de prendre congé. Il se leva, posa la question qui lui brûlait les lèvres :

— Si vous ne vivez pas de la pêche, quel métier faites-vous ?

Elle l'accompagnait vers la sortie. Elle pivota vers lui. Il était plus grand qu'elle, fort, carré, rassurant.

— Je travaille comme vendeuse au Bazar Parisien, rue du Port.

— Près de l'église paroissiale, chez Jean les Poupettes ?

Elle eut un petit rire. Jean les Poupettes, ainsi surnommé parce qu'on trouvait dans sa boutique un bel assortiment de poupées, s'appelait en vérité Jean Lebreton.

— Je vois que vous connaissez bien Cancale !

— Pas plus que ça.

Elle le salua devant la porte. Il se retrouva dans la ruelle. Elle était debout sur le seuil, éclatante de fraîcheur et de gravité, dans ses habits noirs.

Il s'inclina.

— Encore toutes mes condoléances.

Il n'osait pas lui serrer la main, la toucher. Elle s'inclina à son tour.

— Merci, au revoir.

Puis elle disparut.

Gildas vissa sur sa tête la casquette qu'il avait ôtée en entrant dans la maison. Il enfourcha son vélo, démarra, évita de justesse une vieille femme poussant devant elle une brouette remplie de poissons. L'aïeule s'arrêta, tourna une face desséchée et rieuse protégée par un fichu noir vers le jeune homme, et l'apostropha :

— Core un qui pense à sa belle au lieu d'ergarder devant lui !

Elle conclut par une grimace malicieuse provoquant une avalanche de rides, et un retentissant :

— Core un qu'a ben d'la chance ! T'es un rude biaou garçon, tu sais ! J'dis pas, si j'avais ton âge !...

13

De retour chez lui, Gildas découvrit son grand-père absorbé dans la lecture d'un *Ouest-Eclair* vieux de plusieurs jours, prêté par Francis Outin, le voisin qui l'avait ramené la veille en char à bancs. Louis accorda un sourire distrait à son petit-fils, accompagné d'un « Ça va, mon gars ? », puis il replongea dans sa lecture.

On était vendredi. De bon matin, sans jamais rater une semaine, une femme entre deux âges, un grand panier de poissons à chaque bras et une manne d'huîtres calée sur sa tête, sillonnait la campagne et s'arrêtait devant chez Honorine pour lui proposer sa marchandise. Comment refuser d'acheter maquereaux, plies et autres dons de la mer, ce jour-là, sans s'attirer les foudres du Seigneur ?

Une odeur caractéristique de ragoût d'horbiche, religion oblige, passait par la porte entrouverte de la cuisine où s'activait Honorine. Elle se battait avec ses chaudrons quand Gildas la rejoignit. Elle se retourna à son arrivée, une louche à la main, contempla son fils avec admiration, lança :

— Ecoute, c'est pas pour dire, mais ton père et maï on a été bien inspirés quand on t'a fait ! Tu as une bien jolie tournure...

— Une jolie tournure, je ne sais pas, riposta sombrement Gildas, en tout cas, ce n'est pas suffisant. Je suis amoureux, mais je ne suis guère payé de retour.

Honorine haussa les sourcils.

— Amoureux ? Comment as-tu fait ? Hier, tu étais core sur la mé, et avant ton départ tu ne fréquentais personne ?

Gildas enfouit ses mains dans les poches de son pantalon.

— C'est compliqué. Sur *la Valeureuse*, j'étais copain avec Jean-Marie, un mousse de la Houle. Il s'est noyé. Je suis allé voir ses parents, ce matin, pour leur présenter mes condoléances, et j'ai rencontré sa sœur, Angélique.

— Et tu es tombé amoureux ?

— Ben oui.

Honorine lui tourna le dos, piqua une pointe de couteau dans les pommes de terre qui cuisaient à la vapeur dans une marmite afin de vérifier leur cuisson.

— Et alors, t'es mon fils, elle ne pourra pas résister, elle fera comme tes morues, elle mordra tout dret dans tes hameçons !

— Maman !

— Quoi ?

— Tu dis n'importe quoi !

Gildas se décolla du mur contre lequel il s'était adossé, plaqua ses mains sur les épaules de sa mère.

— Si tu veux tout savoir, elle m'a dit qu'elle n'épouserait jamais un pêcheur. Elle refuse d'être veuve à vingt-cinq ans !

Honorine blottit sa tête contre la poitrine de Gildas.

— Ta, ta, ta, ta ! Elle a dit ça parce qu'elle ne te connaissait pas avant. Elle changera d'avis. Et puis, dis don, tu es un peu jeunot pour penser à te marier !

— Je sais que c'est la femme de ma vie.

Elle se détacha de lui, recula un peu pour mieux le contempler.

— Ah là là ! T'as bien mon sang ! J'avais seize ans quand j'ai rencontré ton père. Ç'a été le seul. Et maintenant qu'il est trépassé, je pense toujours à lui, et il n'y a pas de place pour un autre.

Gildas s'approcha de sa mère, l'étreignit à nouveau avec force, cria :

— Maman, je t'aime !

Elle le repoussa en riant.

— Arrête, tu vas déranger ma couèfe !

Elle passa une main sur son front et sa nuque pour la rajuster, tira sur son tablier.

— Et qu'est-ce qu'elle fait comme métier ?

— Vendeuse au Bazar Parisien.

— Eh ben, au moins, si tu as besoin, tu sais où la retrouver. En attendant, va dresser le couvert, on mange dans deux minutes.

Elle tourna les talons, se dirigea vers les marmites.

— Et le petit qui s'est nayé, comment s'appelait-il, déjà ?

— Jean-Marie.

— Jean-Marie... Pauvre petit bouloume. Marin, c'est bien du malheur quand même...

Les semaines s'écoulèrent. L'automne s'avançant, Gildas émondait les haies, arrachait les souches, les fendait en bûches. C'est qu'il en fallait du fagot et du bois pour apaiser la gourmandise de la cheminée qui les chaufferait tout l'hiver. Il récolta les pommes, fit du cidre, retourna la terre du courtil, bricola une étagère dans la chambre du grand-père, qui réclamait un espace pour exposer à hauteur d'yeux tout un bric-à-brac tassé dans son coffre de marin et qui lui rappellerait les temps anciens où il avait deux jambes et où, malgré la rudesse des jours, il se sentait heureux.

Ainsi, Gildas prenait à son compte tout ce qui pouvait être fatigant pour sa mère. Mais il disposait d'une telle vigueur qu'il avait l'impression de n'en jamais faire assez. Où étaient les journées harassantes de pêche sur les Bancs ?

« J'ai l'impression de tourner en rond », confiait-il souvent à Honorine.

Elle lui répondait toujours par le même discours :

« Je ne vais quand même pas te demander de traire les vaches du père Outin à ma place, de nettoyer ses étables et son écurie, ni de confectionner son beurre, son fromage blanc, sa crème, et de laver son linge. Ne t'inquiète pas, mon garçon, tu connaîtras bientôt les coups de feu. Le père Outin compte t'embaucher pour les gros travaux. Avant, tu étais à l'école, ensuite tu es parti sur la mé, mais tu verras, à la campagne il n'y a pas beaucoup de feignants !

— Je préférerais être en mer. Journalier ici, ça ne rapporte pas assez pour vivre convenablement.

— A cette heure, tu n'as pas d'autre solution. Il y a la guerre, tu ne peux plus naviguer, tu peux être mobilisé à n'importe quel moment. Il faut bien faire quelque chose.

— La guerre, quelle guerre ? Il ne se passe rien. C'est à croire qu'elle n'est pas déclarée. Mais tu as raison, il faut attendre. »

— Et Angélique, lui demanda-t-elle un jour, tu l'as revue ?

— Non.

— Tu devrais lui rendre visite.

— Pourquoi ? Elle ne voudra pas de moi.

— Qu'est-ce que tu en sais ?

— Je le sais.

— Tu ne sais rien du tout. Va vérifier, et tu verras que tu as tout faux ! Un gars comme toi, elle ne pourra pas résister !

— Maman, arrête, tu dis n'importe quoi, tu n'y connais rien, tu n'as eu qu'un seul homme !

— Et j'en suis fière. Mais ce n'est pas pour ça que je dis des âneries. J'ai de l'instinct, maï, et je suis sûre de ne pas me tromper.

Gildas quitta le courtil où ils retournaient ensemble un coin de terre pour couper court à la discussion. Une voisine allait arriver bientôt pour aider Honorine au piquage des patates. Après les avoir dégermées, elles les planteraient une à une, debout, les « yeux » en l'air, dans des boîtes réservées à cet usage. Leur tâche achevée, elles se réfugieraient dans la salle à manger pour y savourer plusieurs tasses d'un mélange de café et de chicorée assorties de far breton et de craquelins dégoulinants de beurre et de confiture, tout en épluchant sans cruauté excessive les potins du coin.

Ce rendez-vous se renouvellerait en février pour terminer l'ouvrage. Elles couperaient alors les patates en trois ou quatre morceaux, selon le nombre de germes existant, les placeraient dans des boîtes, les « semeuses », ou des paniers, avant de les transporter dans le courtil et de les mettre en terre fin février, début mars.

Toutes ces manœuvres se répéteraient, à quelques jours près, dans les clos du père Outin, à une échelle beaucoup plus importante, cette fois.

Pour l'heure, Gildas s'imaginait mal participer aux futiles conversations des deux femmes.

— Où vas-tu ? s'écria sa mère en le voyant s'éloigner vers la maison.

Il poursuivit son chemin sans se retourner, leva un bras évasif.

— Je file à Cancale voir Angélique !

— Fais-toi biaou, et change de braies !

Les lèvres de Gildas s'ouvrirent dans un gloussement silencieux. Décidément, Honorine était unique. D'une insolente beauté, en dépit de son œil dédié au malheur, elle affichait un langage coloré, distillant au passage quelques mots de patois inattendus dans la bouche d'une dame au port altier de princesse. Une princesse en sabots claques, levant le petit doigt lorsqu'elle portait avec précaution à ses narines une pincée de tabac à priser sortie d'une tabatière en argent héritée de sa mère. Princesse toujours, lorsqu'elle lessivait avec grâce au ruisseau, une fois par semaine, le linge de la maisonnée.

Une femme authentique, précieuse, qui lui faisait oublier un peu la précarité de sa condition du moment.

Il s'arrêta dans la cour, saisit un seau d'eau près du puits pour faire ses ablutions. On était début décembre. Un soleil pâle ne parvenait pas à réchauffer une terre endormie. Gildas se mit quand même torse nu, sous l'œil attentif de Lucifer, puis, sa toilette achevée, il rentra dans la maison pour se changer, abandonnant sur le seuil ses sabots torchés de boue.

Remis à neuf, chaussé de souliers vernis, trop étroits à son goût, il se rendit dans la remise où séjournait son vélo. Il vérifia si la chaîne était assez graissée, inspecta les freins, nettoya la plaque d'immatriculation puis, ayant enfermé Lucifer dans la salle à manger, debout sur les pédales, la casquette enfoncée jusqu'aux oreilles pour ne pas la perdre en chemin, il s'élança vers Cancale.

La campagne défilait autour de lui. Au milieu de la route, une colonie de corbeaux se disputant d'une voix aigre la dépouille d'un renard mort s'écarta à peine sur son passage.

Enfin, la petite ville apparut, campée sur la falaise. L'après-midi s'avançait. Quelques voitures automobiles stationnaient, çà et là, comme assoupies. Le « haut bourg », ainsi nommé pour le distinguer de la Houle, était surtout animé le matin. Les habitants des villages avoisinants venaient s'y approvisionner. C'était le moment choisi par les poissonnières pour accourir avec leurs brouettes proposer leur marchandise tout frais pêchée, aucune poissonnerie n'ayant pignon sur rue.

Zigzaguant entre carrioles, automobiles, charrettes et passants, Gildas gagna la place de l'église et s'immobilisa devant le Bazar Parisien. Il appuya sa bicyclette contre un mur puis, la gorge sèche, s'approcha de la devanture, hésitant sur ce qu'il allait faire : entrer, acheter une bricole, parler à Angélique, lui avouer qu'il souhaitait la revoir ? Ou rester dehors, l'observer à travers la vitrine, emplir sa mémoire de son image ?

L'intrépide matelot opta pour la seconde solution. Son cœur s'accélérait dans sa poitrine, le sang battait contre ses tempes. Il se sentait incapable d'affronter la jeune fille, de crainte de subir un échec.

Il demeura un moment à deux pas de la vitrine, des deux vitrines, devrait-on dire, séparées par la porte du magasin, sur le fronton duquel on pouvait lire, en vastes lettres majuscules que l'on déchiffrait de loin : *BAZAR PARISIEN*.

Exposés dans les devantures, triomphaient des maquettes de voiliers de toutes sortes, sloops, goélettes, bisquines, un Mont-Saint-Michel, des coquillages peints avec plus ou moins de bon goût, de la vaisselle décorative fleurant bon la Bretagne et de superbes poupées, de toutes tailles, celles-là mêmes qui avaient valu à monsieur Jean Lebreton, propriétaire de ces lieux, d'être surnommé Jean les Poupettes.

Gildas se décida enfin à s'approcher. Il glissa un œil entre deux trois-mâts et inspecta l'intérieur. Les rayons regorgeaient de marchandises diverses : jouets, droguerie, parfumerie, articles de plage. Quelques clients circulaient dans la boutique, réfléchissaient avant de faire affaire.

Gildas aperçut enfin Angélique. Debout au fond du magasin, elle vantait apparemment les vertus d'un parfum à une dame élégante à la taille élancée, affublée d'un charmant chapeau vert et d'une écharpe dans les mêmes tons.

Statufié, le front collé contre la devanture, il épia chaque geste de la jeune fille. Elle portait une longue jupe noire, des chaussures sans talons, un corsage blanc mettant en valeur le rose de ses joues et ses cheveux frisés cascadant sur ses épaules.

Gildas la regarda se diriger vers la caisse avec la cliente, tendre à son patron ce qu'il présumait être un flacon de parfum.

C'est alors qu'Angélique le vit. Il le devina à son regard sombre rivé sur lui, à sa bouche s'entrouvrant sous l'effet de la surprise et au tressaillement de ses épaules. La cliente sortie, Angélique retourna au fond du magasin. Quelquefois, ses yeux glissaient sur lui, sans s'arrêter, comme s'il n'existait pas. Des gens entraient et sortaient. Il restait là, la contemplant, immobile. Entre deux clients, un plumeau à la main, elle époussetait flacons, bâtons de rouge à lèvres, brosses, peignes, poupées.

Jean Lebreton avait remarqué le manège de Gildas. Il quitta sa caisse, se dirigea vers lui. Le jeune homme décampa avant que le patron du bazar ne gagne le trottoir pour éventuellement l'inviter à entrer s'il le désirait. Avant de filer, il reçut comme un cadeau le sourire d'Angélique qui le regardait.

Elle m'a vu, songeait-il, tout en appuyant avec vigueur sur les pédales de son vélo. Elle m'a vu et elle m'a souri !

Il retourna aussitôt chez lui, se changea pour affronter les tâches quotidiennes. Honorine était partie traire les vaches du père Outin. Depuis son retour au logis, c'était lui désormais qui, accompagné par le brave Lucifer, se chargeait de l'entretien des lapins, du cochon, des animaux et de la basse-cour.

Il expédia son ouvrage avec entrain, raviva le feu de la cheminée puis, sa mère rentrée et le repas fini, s'excusa auprès d'elle et de Louis, et, prétextant de la fatigue, se coula dans son lit clos dont il tira soigneusement les rideaux. Là, niché sous la couette de plumes, les mains croisées derrière la nuque, il ferma les yeux, revivant en boucle le sourire d'Angélique qui le regardait s'enfuir.

Depuis qu'il avait rencontré la jeune fille, il pensait à elle nuit et jour. Dans son lit, dans le courtil, dans les clos, à table, partout. Elle habitait derrière chaque buisson, chaque virage du chemin, peuplait chaque seconde de sa banale existence.

Il faut que je la revoie, que je lui cause, que je lui dise qu'elle me plaît bien. Il gloussa. Elle ne me plaît pas bien, je l'adore, oui !

Il se retourna pour se caler sur le flanc, se révolta soudain : Ah, et puis merde ! Je suis trop timide, je dois réagir ! Demain, j'entre dans le bazar, et je lui dis que je l'aime !

Une petite voix intérieure questionna : Et si elle te dit qu'elle ne t'aime pas, qu'est-ce que tu lui répondras ?

Eh bien, qu'elle ne m'a pas bien regardé, patate ! Si tout le monde m'appelait Belle Goule sur *la Valeureuse*, c'est qu'il y a une raison !

Un rire contenu entrouvrit des lèvres consternées par l'indigence de cet argument.

Ce n'est pas suffisant. Faut que je la surprenne, que je lui devienne indispensable.

Sa figure s'assombrit. Comment faire pour devenir indispensable ? Rude question.

A l'aube, quand le coq se mit à chanter, Gildas n'avait toujours pas trouvé la réponse.

14

Hiver 1939-1940

Les fêtes de fin d'année se déroulèrent dans la morosité. Dans la plupart des foyers, on comptait des membres de la famille partis sur le front. Francis Outin souffrait du départ de ses deux fils, Jean et Jean-Baptiste, cantonnés l'un à Sedan, l'autre à Charleville-Mézières, autant dire aux premières loges quand le conflit se déclencherait. Grâce à un cousin résidant à Cancale, il se tenait régulièrement informé de l'évolution de la guerre. Des rumeurs avaient circulé, annonçant que les Allemands envisageaient de lancer une offensive à l'automne, mais que le mauvais temps les en aurait dissuadés. Depuis, c'était le calme. Un calme apparent, prélude à des lendemains difficiles.

L'activité à Cancale et dans tout le Clos-Poulet tournait au ralenti. Des étrangers fuyant les hostilités, des Français résidant le long des frontières du Nord et de l'Est, anticipant le déclenchement du conflit, avaient abandonné leurs foyers pour venir se réfugier chez des parents qui leur avaient trouvé un gîte ou les accueillaient chez eux quand c'était possible.

Janvier survint, puis février. Tout en travaillant chez sa mère, Gildas se rongeait les sangs. Pas question cette année de s'engager pour une campagne. Les terre-neuviers de Saint-Malo ou d'ailleurs restaient ancrés au port. A la Houle, seules quelques bisquines et quelques barques se hasardaient dans les zones de pêche proches. Les chantiers navals somnolaient, au grand dam des artisans spécialisés, poulieurs[1], forgerons, et la vie des riverains n'était plus rythmée par le chant incessant des poulies et le bruit des masses cognant le métal chauffé à blanc et des marteaux façonnant en cadence les pièces sur l'enclume.

Le petit monde des ports s'était éclairci, faute de bras valides et de possibilités de partir en mer.

Mi-février, comme prévu, Gildas entra au service de Francis Outin. Secondé par deux chevaux, il labourait la terre. Deux passages de herse et un roulage plus tard, Francis Outin, qui n'aurait cédé sa place à personne, utilisait la charrue à patates tirée par un cheval pour tracer des sillons de dix centimètres de profondeur. Derrière lui, quatre femmes et Gildas, pliés en deux, déposaient une à une, tous les trente centimètres environ, les patates retirées de la semeuse, en veillant à ce que les germes soient tournés vers le ciel.

Le regard rivé sur le sol, le père Outin ouvrait son sillon avec le socle de la charrue pendant que le grand versoir lui permettait de couvrir simultanément le rang précédent que ses aides avaient ensemencé.

1. Fabricants de poulies.

C'est ainsi que Gildas reprit contact avec les vérités de la terre, plantant dans un même geste monotone des patates, du matin jusqu'au soir. Si tout allait bien, la levée aurait lieu environ trois semaines plus tard.

Ce travail fini, Gildas compta les muscles endoloris de son dos, expédia les corvées de la maison familiale puis, profitant d'un samedi après-midi de mars 1940, enfourcha à nouveau sa bicyclette et roula vers le Bazar Parisien.

Trois mois durant, il avait repoussé, jour après jour, son désir de revoir Angélique. Il ne dormait plus, pensait sans cesse à elle, différait toujours la date fatidique d'une nouvelle rencontre. Il était allé à la Houle à deux ou trois reprises, avait renoncé, l'appel de la mer étant trop fort, trop inhumain. L'air était si vif, si exaltant. Les marées dégageaient d'enivrantes odeurs de goémon, contant l'infini aux marins attentifs. Partial, Gildas oubliait la puanteur des bulots en décomposition, la viande de cheval putréfiée, et vouait aux gémonies les remugles de crottin, de bouse, de purin et de basse-cour. La terre, en vérité, brûlait ses sabots. Mais il n'avait pas d'autre choix pour le moment. La guerre se déclencherait bien un jour, et il serait alors appelé sur les champs de bataille, où on l'encouragerait à occire son prochain !

Devant cet avenir bouché, il lui restait Angélique. Elle l'espérait peut-être, se demandait s'il reviendrait au bazar ? Il savait où la trouver, elle non. Il haussait les épaules : Je ne l'intéresse pas, je suis un journalier, un bouseux, un gagne-petit, et elle ne veut pas d'un marin. Je n'ai aucune chance !

C'étaient là les raisons pour lesquelles il n'était pas retourné la voir.

Il s'était confié à sa mère. Elle l'avait secoué :

« Cesse de te lamenter, tu ne connais guère le cœur des femmes. Moi, je suis sûre qu'elle est folle de toi !

— Pourquoi ?

— Parce que !

— Parce que, ce n'est pas une réponse.

— Parce que tu es mon fils, maudit cancrelat ! »

Elle l'avait observé, avec un sourire malicieux, avant de conclure :

« T'es coume ton père. Si je n'étais pas allée lui faire des avances, on ne se serait jamais mariés, et tu ne serais point là à écarquiller les yeux coume un grand benêt ! »

Sa mère avait raison. Il devait tenter sa chance avec Angélique. Et il roulait sur sa vieille bicyclette, pas trop vite pour ne pas sentir la sueur s'il avait la chance de s'approcher d'elle et de lui parler. La nuit n'était pas encore tombée. Les jours rallongeaient en ce début mars. La nature frémissait, évoquait des promesses de printemps. Primevères et autres fleurs précoces et fragiles pointaient le bout de leurs pétales. Une pluie de grêlons, aussi brève que vive, vint saluer sa casquette et une veste neuve qu'il avait enfilée pour l'occasion.

Il arriva devant le Bazar Parisien, hésita, les jambes coupées par le trac. Il respira très fort, s'accorda le droit à la réflexion en fuyant un peu plus loin, à quarante pas, pour contempler, dans la rue Wilson [1], située elle aussi le long de la place de l'église, les vitrines du Grand Bazar Moderne et de la mercerie

1. Rur Jean-Marie-Savatte, aujourd'hui.

Trotin. Son vélo à la main, il s'attarda devant cette dernière afin de se donner une contenance.

La mercerie Trotin était bien connue des Cancalais et des gens du Clos-Poulet. On y trouvait en abondance des articles religieux : cierges, chapelets, scapulaires, et ces fameuses médailles qui avaient valu à monsieur Prudent Trotin le surnom familier et cordial de Prudent les Médailles.

Chaque année, à Noël, une superbe crèche, riche d'une multitude de personnages, d'animaux et d'illuminations, installée dans la grande salle attirait clients, badauds, enfants surtout, qui laissaient échapper des soupirs d'admiration et de joie.

Gildas demeura un moment en face de la devanture, regrettant qu'on ne fût point en décembre. Puis, prenant soudain conscience de sa lâcheté, il retourna vers le Bazar Parisien, gara sa bicyclette contre le trottoir et pénétra d'un pas décidé dans la boutique. Celle-ci était vide, à l'exception de Jean Lebreton et d'Angélique, devisant devant la caisse, les bras croisés.

Gildas laissa errer son regard sur les rayons avant de se diriger, la gorge sèche, vers le coin parfumerie. Il observa les flacons, en prit un au hasard, les mains tremblantes, pour en déchiffrer l'étiquette. Il se sentait ridicule, mort de trouille.

— Je peux vous être utile ?

Il sursauta, reconnut la voix chaude. Elle était là, devant lui, souriante, un zeste d'espièglerie tapi dans le velours sombre de ses yeux.

— Euh, oui, je cherche une eau de toilette pour ma mère. C'est pour son anniversaire.

— Quel âge a-t-elle ?

— Quarante-cinq ans.

— Alors, je vous conseille celle-ci. Vous voulez tester ?

— Euh, oui.

Elle saisit familièrement son poignet, déposa une goutte d'eau de toilette dans le creux de sa paume, l'éleva jusqu'à son nez.

— Allez-y, sentez !

— Euh, oui.

Un rire joyeux creusa deux charmantes fossettes dans les joues d'Angélique.

— Vous ne savez dire que ça ?

— Que ça quoi ?

— Euh, oui !

Il rit à son tour, se détendit. Ses mains avaient cessé de trembler.

— Non, je sais même causer !

Puis il avoua tout de go, dans un grand frémissement d'épaules :

— C'est l'émotion, j'avais tellement envie de vous revoir !

La figure de la jeune fille vira au pourpre. Elle tourna le dos à son patron afin que celui-ci ne remarquât point son trouble.

— Alors, cette eau vous convient ?

— Oui.

— Désirez-vous un paquet cadeau ?

— Volontiers, ça fera plaisir à ma mère.

Celui-ci terminé, elle leva les yeux vers Gildas, murmura :

— Le magasin ferme dans dix minutes.

— Vous voulez dire...

— Oui, attendez-moi en contrebas, dans la rue du Port, à l'angle du premier carrefour. Monsieur Lebreton part toujours dans l'autre sens.

Gildas acquiesça d'un signe de tête, incapable de proférer un mot.

Ils se dirigèrent vers la caisse. Un instant plus tard, Gildas remisait le cadeau dans la sacoche de son porte-bagages et empoignait le guidon de son vélo. Il descendit à pied les cinquante mètres qui le séparaient de leur lieu de rendez-vous. Le bourg était désert. Un froid piquant s'infiltrait sous son veston. Il n'en avait cure. Un brasier intense réchauffait sa poitrine, irradiait ses entrailles.

Elle va venir. Elle m'a demandé de l'attendre. Et moi qui n'osais pas ! Maman avait raison, je suis un sacré couillon !

Elle survint d'un pas vif, s'immobilisa devant lui, ouvrit de grands yeux. Puis, sans l'ombre d'une hésitation, comme si cela allait de soi, après un bref regard jeté alentour pour s'assurer que nul ne s'intéressait à eux, elle le poussa dans l'ombre d'une porte cochère, enfouit son front contre son épaule, l'étreignit de toutes ses forces comme si elle avait craint qu'il ne fuie, et souffla :

— Ah, ça fait mille ans que j'espérais ce moment ! J'ai eu peur. Je t'avais remarqué derrière la vitrine, l'autre jour, et le temps passait, le temps passait, et j'ai cru que tu ne reviendrais jamais !

Elle recula un peu pour mieux se noyer dans le regard océan.

— Dès que je t'ai vu, j'ai su que je t'aimais !

— Moi aussi, répondit Gildas en enfouissant ses doigts dans la belle crinière bouclée.

Angélique plaqua sa bouche sur celle du jeune avant de doris puis, avec la complicité d'une petite langue gourmande et agile, en viola joliment l'entrée. Une onde de bien-être jaillit des souliers de Gildas et traversa tout son corps. Ils oublièrent la fraîcheur du soir. Les rares passants ralentissaient, se retournaient devant eux. Une voiture automobile klaxonna gaiement en les découvrant enlacés.

— Il faut que j'y aille, ma mère va s'inquiéter, soupira Angélique.

— On se revoit quand ?

— Demain après-midi, si tu veux, on sera dimanche.

— Si je veux ? Euh, oui, que je veux !

Elle éclata de son rire chaud.

— Arrête, avec tes bêtises ! Plus d'« euh, oui », promis ?

— Promis. On se retrouve où ?

— A deux heures, sur le port, à la jetée de la Fenêtre.

— Entendu.

Gildas déposa un ultime baiser sur les lèvres d'Angélique. Des lèvres délicieusement ourlées, qui n'avaient point le parfum des mûres, comme il s'était plu à l'imaginer, mais celui, tout aussi capiteux, de pêches mûrissant au soleil.

15

Ils arrivèrent au même moment, le lendemain, au lieu de leur rendez-vous. Ils se saluèrent avec une réserve qui leur coûta, mais les quais de la Houle étaient déjà foulés par les pas des curieux et des gens du pays.

— On prend le chemin des douaniers ? proposa Angélique.

Gildas acquiesça d'un signe de tête, ravi de s'éloigner des voies trop fréquentées. Ils dépassèrent la pointe des Crolles, s'engagèrent sur le sentier serpentant à flanc de falaise, le long de la mer, en direction de la pointe du Grouin.

Ils se tenaient à un mètre l'un de l'autre, les bras ballants, contrariés à l'idée de croiser des gens de connaissance. Leurs regards cependant les trahissaient. Ils ne se quittaient des yeux que pour déjouer les pièges faits de racines torturées de pins accrochés sur les bords escarpés de la falaise, et de roches qui surgissaient sous leurs pieds, risquant de les faire tomber. Ils s'arrêtaient souvent, quand les rideaux d'arbres le permettaient, pour admirer la baie. Le rocher de Cancale, le Châtellier, l'île des Rimains découpaient leurs dos de pierre sur les flots immobiles. Au loin, sur la ligne d'horizon, le Mont-Saint-Michel s'effaçait dans des couleurs dégradées, teintées de gris, unissant le ciel et l'eau.

Ils ne parlaient pas, cheminaient à pas lents, stupéfaits d'être ensemble. Au-dessus d'eux, sur leur gauche, de belles maisons se mussaient derrière les frondaisons. Ils longeaient des murs rongés par le temps, tapissés de fougères, d'herbes folles, au travers desquels, par endroits, entre deux pierres disjointes, jaillissaient des arbustes ; ils gravissaient des poignées de marches, que l'on avait placées là quand la pente du chemin était trop abrupte. Passé la pointe de la Chaîne, ils se réfugièrent dans un havre de roche, de terre et d'arbres qui les protégeait de la vue, sombrèrent dans les bras l'un de l'autre, s'embrassèrent à bouche que veux-tu, avides de rattraper le temps perdu. Se susurrèrent des mots doux qui les faisaient chavirer de bonheur. Gildas sentait le corps de la jeune fille soudé au sien. Il devinait les chairs tendres, les seins aux aguets sous le manteau. N'osait pas les toucher. Ils ne se connaissaient pas assez. Elle aurait pu se cabrer, le repousser. De toute façon, ce n'était pas l'endroit. Et puis, il avait envie de la respecter. Il l'aimait, tout simplement.

Elle est belle. Elle est à moi. Belle, pas vraiment, il en convenait. Elle affichait quelques kilos de trop. Mais des tout petits, de ceux qui font que les os ne sont plus des écueils effarouchés par de trop vives étreintes, mais des havres où l'on aime s'attarder. En vérité, Gildas préférait les demoiselles un tantinet replètes. Il était hypnotisé par la houle bouclée des cheveux de la jeune fille, par son regard de velours toujours en embuscade sous des sourcils bien dessinés, sa voix chaude, ses moues enfantines, son rire cascadant et espiègle qui illuminait tout son visage.

Repus de baisers et de caresses, ils rebroussèrent chemin, se pressant la main quand la voie était déserte.

— Tu m'aimes ? lui demandait-elle tous les trente pas.

— Je t'aime.

— Tu me le rediras encore ?

— Oui.

Ils riaient, enivrés par la simplicité des mots.

Ils n'envisageaient pas demain. Ni les sujets qui fâchent. Ils se découvraient, savouraient la joie d'être ensemble.

De retour sur la jetée de la Fenêtre, Gildas demanda à Angélique quand ils se reverraient. Il n'habitait pas à la Houle. Ils travaillaient tous deux, finissaient souvent tard. Elle était jeune, de surcroît, avait des comptes à rendre à ses parents.

— Samedi soir, au même endroit qu'hier, près du Bazar Parisien ?

Il opina du chef, la regarda s'éloigner à pas lents, d'une démarche gracieuse et nonchalante, comme si elle voulait qu'il l'aperçoive longtemps. Comme si elle souffrait déjà de l'avoir quitté.

Ils se revirent, bien sûr, quelques minutes, grappillées le samedi soir à la fermeture du bazar, puis le dimanche après-midi, au cours de promenades le long de la mer.

Mais cela ne leur suffisait pas. Gildas cessa d'aller à la messe le dimanche matin dans la petite église de Saint-Coulomb pour fréquenter celle de Cancale. Il s'asseyait à un ou deux rangs d'Angélique accompagnée de sa mère et de sa sœur Lucie, contemplait sa nuque, son profil, son sourire radieux quand leurs regards se croisaient. Ils n'écoutaient pas le prêche du curé, suivaient d'une façon distraite le service religieux, chacun s'enivrant de la présence de l'autre.

Quelquefois, cependant, le visage soudain grave, Gildas fixait, dans la nef, la stèle consacrée aux marins de Cancale péris en mer. Près de cinq cents noms y étaient gravés, et il se demandait si un jour celui de Jean-Marie Josselin s'y ajouterait. Puis ses yeux revenaient se river sur Angélique.

Ce manège ne pouvait échapper longtemps à la vigilance de madame Josselin. Un dimanche, profitant de ce que le prêtre se taisait, elle se pencha vers sa fille et murmura :

— Y a un grand biaou gars qu'arrête pas de t'ergarder, tu le connais ?

Angélique faillit mentir, elle n'en eut pas le temps. Lucie moucharda, sa bouche soudée à l'oreille de sa mère.

— Il était sur *la Valeureuse*, avec Jean-Marie. Il est venu à la maison pour te présenter ses condoléances. Il a pas arrêté de loucher sur Angélique.

Madame Josselin hocha sa grande coiffe cancalaise repassée avec soin.

— Ah, c'est de lui que vous m'aviez causé ! Je vois...

Elle se tourna vers Angélique.

— Eh ben, ma fille, en effet, c'est pas moi qu'il ergarde. A mon avis, il te trouve à son goût. Quèqu't'en penses ?

Angélique n'eut pas à répondre. L'office fini, les fidèles quittaient leurs sièges, gagnaient la sortie avec une lenteur mesurée. Elles se retrouvèrent sur le parvis. Gildas s'y trouvait déjà et, pour se donner une contenance, pointait son nez vers la tour de l'église, dont la flèche du clocher n'avait jamais été construite.

Une main se posa sur son bras. Il se retourna, ne put réprimer un sursaut de surprise. Campée devant lui, encadrée par ses filles, madame Josselin savourait son embarras.

— Alors, mon bon monsieur, Angélique me dit que vous avez bien connu mon Jean-Marie ?

— Bonjour, madame, oui, en effet, on était copains sur la même goélette.

Une ombre glissa sur le visage aux pommettes griffées par des rides précoces, le chagrin et les rigueurs des embruns de la Houle, où la brave femme travaillait aux huîtres.

— C'était un bon petit gars, vous savez. A cette heure, mon mari et mes deux autres fils sont partis Dieu sait où avec la guerre. Je n'ai pas de nouvelles.

— Salut, Belle Goule, ça va-t-y ?

Ils se retournèrent. Le Bouledogue leur souriait, les mains fourrées dans les poches de son pantalon, une chique naviguant d'une de ses énormes joues à l'autre.

— Ça va, comme ça peut aller quand il y a la guerre, et qu'on ignore de quoi demain sera fait, lui répondit Gildas.

— Moi, ça va, je ne risque pas d'y aller. J'ai passé l'âge d'aller me faire tuer mais pas celui de ne plus travailler.

Il secoua ses épaules en forme d'armoire bretonne avant d'enchaîner :

— Il faudrait que je reparte sur un terre-neuvier, j'ai une famille à nourrir, mais on est déjà tard en saison, et les armateurs ne se bousculent pas pour risquer leurs bateaux.

— Je te souhaite bonne chance, conclut Gildas en lui tournant le dos. Excuse-moi, il faut que j'y aille.

— Salut, alors, et bonne chance à toi !

Ils le regardèrent s'éloigner, désœuvré, roulant d'une hanche sur l'autre, son museau humant au passage les odeurs de poulet s'échappant d'une rôtissoire installée sur le trottoir devant la boutique d'un charcutier traiteur.

Madame Josselin rajusta pensivement sous son menton la lanière sanglant son bonnet cancalais, jaugea Gildas avec un sourire malicieux.

— Belle Goule, voilà un bien joli surnom ! Ça vous va bien. Et ma foi, je crois que ma fille Angélique le pense aussi.

— Maman !

— Mais si, mais si !

Elle jeta un œil au clocher de l'église.

— Oh, là, là ! Vous avez vu l'heure ? Il faut qu'on se hâte d'aller manger, sinon vous allez rater votre rendez-vous de deux heures !

Il y eut un silence stupéfait.

— Eh oui, je suis au courant. La mé, les arbres, les murs, les réverbères ont des oreilles. Toute la Houle le sait, le bourg du haut aussi, et même les hors-venus[1]. Tout le monde dit qu'il y a du han[2] entre ma fille Angélique et un gars du Clos-Poulet, et tout

1. Ceux qui viennent d'ailleurs.

2. Expression cancalaise venant du verbe « hanter » : se hanter, se fréquenter.

le monde dit que vous êtes bien mignons tous les deux et bien assortis.

Elle marqua une pause avant de poursuivre :

— Vous savez, à votre âge, je fréquentais déjà mon mari. En tout bien tout honneur, bien sûr. Il n'y a point de honte à cela.

Une buée légère voila son regard.

— Alors, jeune homme, cet après-midi, après votre promenade avec ma fille, passez me voir au logis. On en profitera pour causer un peu de mon pauvre petit Jean-Marie.

16

Le printemps survint, inattendu. Gildas avait oublié cette saison. Il redécouvrit les talus, les jardins en fleurs, contempla avec émotion les frondaisons offrant de l'ombre aux animaux et aux hommes. Depuis des années, les seuls arbres qu'il connaissait, de mars à octobre, c'étaient les mâts des navires sur les Bancs.

Il réapprit les chevaux attachés à des querres, ces chaînes de cinq à six mètres de long, fixées à des palots[1] au beau milieu des champs de trèfle. Ils y paissaient, hennissaient, tiraient sur leurs entraves, agacés par leur privation de liberté. Ils couchaient dehors, les pattes avant entravées par une « patinette » qui les empêchait d'arracher leurs pieux à grands coups d'encolure et de fuir à l'aventure, au risque de provoquer des dégâts ou de se colleter avec des congénères à l'attache dans des clos voisins.

Les vaches, attachées elles aussi à un piquet, étaient traites soir et matin à la ferme où elles dormaient la nuit. Honorine, secondée par un commis, s'occupait des quinze vaches de Francis Outin. C'était beaucoup, mais quand on aime, on ne compte pas.

---

1. Pieux en fer à tête ronde.

Car Honorine aimait son ouvrage et les bêtes qu'on lui confiait. Il fallait les voir, son commis et elle, les mener à l'herbage et les ramener chaque jour. Ce spectacle banal devenait pittoresque quand l'une d'entre elles se laissait entraîner dans des chemins buissonniers et qu'il fallait la récupérer en la houspillant et en lui administrant quelques coups mesurés de bâton sur la croupe et les reins.

Francis Outin ne renonçait pas à séduire Honorine. Il s'attardait souvent à l'étable au moment de la traite, observait la trayeuse, le front collé sur le flanc d'une de ses vaches, appréciait à leur juste valeur ses doigts habiles, la joliesse de sa taille, l'élégance du cou et des épaules, la puissance du jet de lait crépitant dans le seau.

Il soulevait alors sa casquette noircie par la crasse, épongeait sa figure et son crâne clairsemé souillés d'une vilaine sueur, hochait la tête. Sa voix s'élevait alors, grondante, caverneuse :

« Ah, Honorine, si vous vouliez m'épouser ! »

Mais elle ne voulait pas. Il était si grand, si énorme, si au-delà de la toise commune ! Ogre et homme à la fois. Il pouvait, en un seul repas, dévorer un poulet ou un lapin entiers. Il avait de surcroît le coude particulièrement agile quand il s'agissait de boire ou de trinquer. Ignorant les bienfaits de l'eau, il vantait les vertus du cidre, du vin, de l'eau-de-vie.

Et puis, elle ne s'imaginait pas partager sa couche avec lui. Dans un lit, même large, au sommier défoncé par le poids de son corps, il n'y aurait pas eu de place pour deux !

Elle s'interrogeait d'ailleurs, un sourire ironique posté aux commissures de ses jolies lèvres : comment, sur un plan technique, avait-il pu fabriquer des enfants avec sa défunte épouse ? Ne disait-on pas que, plus le ventre est imposant, plus les attributs sexuels, étouffés sous des plis graisseux, s'avèrent peu performants ?

S'il n'y avait eu que cela ! Chacun savait dans son entourage que, le maître couché, il était impossible de trouver le sommeil, car, terrorisée par ses ronflements, des fondations jusqu'à la toiture, c'était toute la maison qui tremblait !

De toute façon, il y avait Mathurin. Honorine était la femme d'un seul homme, et elle le resterait.

Les patates avaient été buttées. Bien protégés de la lumière et de l'air, les tubercules s'étaient idéalement développés.

L'heure était venue de procéder à l'arrachage. C'est alors que la vraie guerre se déclencha. Le 10 mai, les Allemands firent irruption en Hollande, le 13 ils franchissaient la Meuse, s'enfonçaient dans les Ardennes en direction de Sedan. Un exode massif s'ensuivit, jetant la population sur les routes, freinant la circulation des convois militaires.

Quand Francis Outin apprit la nouvelle, il brisa une chaise de sa salle à manger en se laissant choir trop violemment dessus et s'affala sur le sol. Secouru par Francine, sa bonne, une petite femme maigriotte au visage flétri, et Auguste, son cousin de Cancale accouru en automobile pour lui annoncer les mouvements de l'ennemi, il parvint à se redresser. Appuyé d'une main sur la table, l'autre écrasée sur sa poitrine au niveau du cœur, les yeux fixes, la bouche ouverte pour mieux reprendre son souffle, ses bajoues secouées par une tempête intérieure, il fixa son maigre auditoire et tonna :

— Sedan ! Nom de Diou ! Et mes fils qui sont aux premières loges ! Il n'y a plus qu'à prier pour qu'ils foutent les Boches dehors, et qu'il ne leur arrive rien !

Il s'assit ensuite avec précaution sur une bancelle en chêne, étala ses énormes bras sur la table, désigna un siège à Auguste et ordonna :

— Francine, allez nous chercher une bouteille de calva et du bon ! On a besoin de se remonter le moral après une nouvelle pareille !

La guerre existait enfin. Mais la terre n'attend pas. Deux jours plus tard, nonobstant son angoisse, Francis Outin faisait appel à Honorine et à des tâcherons pour procéder à l'arrachage des pommes de terre. Ceux-ci venaient d'ordinaire des Côtes-du-Nord[1] et des marais de Dol. Mais, là aussi, la mobilisation avait taillé des tranchées dans les rangs, et l'on vit arriver des hommes âgés, moins nerveux à la tâche, accompagnés d'adolescents inexpérimentés. Qu'à cela ne tienne, ils avaient le cuir rude et le caractère trempé. Les tâcherons étaient en général payés au « mannequin », panier en osier d'une contenance de cinquante kilos que l'on chargeait jusqu'à cinquante-cinq kilos pour le même prix, le père Outin prétextant la jeunesse de la plupart de ses employés et l'âge des autres.

Il y eut des grognements, vite éteints. C'était à prendre ou à laisser, et puis le patron impressionnait par son regard sévère, sa haute taille, sa voix

1. Aujourd'hui Côtes-d'Armor.

d'outre-tombe, sa redoutable corpulence. De toute façon, il fallait bien manger. Cet excès de poids par mannequin était d'ailleurs en usage dans la plupart des fermes. Cela dit, Outin accorda le prix en vigueur aux anciens, par respect, et à Gildas, parce qu'il était le fils de celle qu'il aimait et convoitait depuis près de deux lustres.

Et le harassant labeur commença. Ils arrivaient dans le clos avant le lever du jour, enfonçaient leur boucard[1] d'un coup sec dans le sol pour en arracher les tubercules. D'un geste précis et répété, ils séparaient ceux-ci des ramas[2]. Les patates étaient ensuite collationnées par une femme mise au service de deux ou trois tâcherons.

Gildas s'adapta aisément à ce travail épuisant qui allait durer des semaines, ainsi qu'au rythme des repas avalés la plupart du temps sur le pouce. Neuf heures : collation sur place. Midi : déjeuner rapide dans le clos ou à la ferme. Seize heures : un bout de lard, un morceau de gâteau et une bolée de cidre redonnaient de la vigueur aux plus défaillants. A vingt et une heures, voire plus tard, on reprenait des forces devant un bol de soupe, de la charcuterie, du lard, une bouillie de sarrasin, des œufs durs, du fromage, avant d'aller s'effondrer sur sa paillasse pour récupérer dans un sommeil de brute qui n'était pas sans rappeler à Gildas les nuits sur les terre-neuviers.

Et on recommençait le lendemain, plié en deux, trempé de sueur, brûlé par les rayons souvent ardents du soleil.

---

1. Croc à deux dents.
2. Fanes.

Chaque jour, les mannequins chargés sur une charrette, Francis Outin s'engageait sur le chemin conduisant au marché de Saint-Malo-Rocabey, afin de les vendre à un prix qu'il souhaitait le plus favorable pour lui. Il en revenait avec des nouvelles alarmantes du front. Le déclenchement des hostilités, se conjuguant avec une amélioration du temps, avait permis à Hitler de lancer simultanément son aviation dans les airs et ses troupes sur terre, provoquant un exode massif de réfugiés fuyant la région parisienne, la Seine-Inférieure[1] et le nord de la France, comme l'avait stipulé le plan gouvernemental de 1939 concernant les zones à risques en cas de conflit.

L'exode touchait Cancale et Saint-Malo. Les réfugiés utilisaient le train, le bateau, la route pour s'éloigner au plus vite des champs de bataille, et, tout en besognant, les tâcherons redressaient la tête pour voir passer des voitures automobiles, des calèches, des brouettes, des carrioles, des chariots tirés par des chevaux ou des hommes, surgis de nulle part et allant n'importe où, dès l'instant que l'on s'éloignait des zones de combats.

Début juin, Francis Outin annonça aux saisonniers consternés que les Boches progressaient en direction de Paris et sur les arrières de la ligne Maginot.

Durant toute cette période, saturé de travail, Gildas n'avait vu Angélique que le dimanche. Ils ne se cachaient plus, déambulaient ensemble dans un Cancale brusquement passé de cinq mille à six ou sept mille habitants. Dans le port de la Houle, la

1. Aujourd'hui Seine-Maritime.

flottille de pêche s'était enrichie de bateaux remplis de réfugiés qui, malgré les risques encourus, avaient cherché le salut par la mer. Dans sa modeste maison de pêcheur, madame Josselin avait gracieusement offert l'hospitalité à un couple de Lillois et à leurs deux enfants, car un bon chrétien doit toujours secourir plus infortuné que lui. Ce bel élan de solidarité était loin d'être unique en son genre. Avec la guerre, des âmes s'élevaient et des mains se tendaient pour aider des familles ayant tout abandonné derrière elles.

Le dimanche soir qui suivit l'annonce de son patron, Gildas raccompagna Angélique chez elle. Ils s'arrêtèrent devant sa porte.

— Tu rentres un instant ? demanda la jeune fille.

Gildas hocha la tête.

— Non, je ne veux pas déranger, avec les réfugiés vous êtes déjà bien assez nombreux comme ça.

Angélique acquiesça d'un mélancolique coup de son charmant menton, puis elle demanda à Gildas comment il envisageait l'avenir avec elle. Il redoutait cette question qu'il avait toujours évité d'aborder, et il hésita avant de répondre.

— Pour l'instant, je travaille à la ferme à côté de chez moi. C'est du boulot, c'est saisonnier, mon patron les lâche avec des élastiques. Il me garde parce que ses deux fils sont à la guerre, mais comme je vais sûrement être bientôt appelé, je ne fais pas de projets, je n'envisage rien d'autre.

— Et après ?

Il joua les benêts :

— Après quoi ?

— Quand la guerre sera finie ?

— La guerre n'est pas finie. Elle vient juste de commencer. Celle de 1914 a duré quatre ans. Pour l'instant, si ce qu'on dit est vrai, on est en train de prendre une dérouillée, et on ne va pas être content, là-haut. Et il va falloir qu'on aille se sacrifier. Alors, après, c'est loin.

— Tu ne réponds pas à ma question.

Il eut un petit rire tendre.

— J'y répondrai, je te le promets, quand le moment sera venu. Mais si tu me demandes si je veux t'épouser, c'est oui. Mais pas tout de suite. On est trop jeunes et l'avenir est incertain.

Elle renonça à lui faire dire ce qu'il voulait taire. Il voulait l'épouser. Plus tard. Elle l'aimait. Trop, peut-être. Elle refuserait de convoler en justes noces s'il reprenait un jour ses campagnes sur un terre-neuvier. Elle avait peur de le perdre. Il avait raison, cependant : à quoi bon tirer des plans sur la comète ? La guerre le happerait bientôt sans doute, avec des risques pires encore.

Elle soupira, promena un regard alentour. La ruelle était déserte. Elle se coula dans ses bras, et ils échangèrent un long baiser durant lequel elle laissa échapper une grosse larme, comme si elle avait été certaine de ne plus jamais le revoir.

Ils n'eurent pas beaucoup à attendre pour savoir ce que deviendrait Gildas. A la mi-juin, le gouvernement quitta Paris pour Tours, puis Bordeaux. Le 21, voitures, camions, des side-cars, des motocyclistes et une avant-garde de soldats allemands soigneusement vêtus et bien armés défilaient dans le bourg de Cancale.

Le lendemain, 22 juin, un armistice était signé dans un wagon en forêt de Compiègne, confirmant l'effondrement définitif des forces françaises.

La France ayant perdu la guerre, Gildas ne serait pas enrôlé dans l'armée pour aller combattre. L'Occupation commençait, avec ses interrogations et ses terribles contraintes.

17

Chez les Le Morvan, en ce funeste mois de juin, le moral s'était effondré dans les sabots. Louis n'en finissait pas, lui, d'ordinaire si peu prolixe, de gronder sa fureur. Quand Gildas lui annonça l'armistice, il ne put retenir une larme de rage. C'était la première fois que Gildas voyait pleurer cet homme rude.

— Tu te rends compte, fulmina-t-il, on s'est battus en 14, on a donné nos vies, on a juré « Plus jamais ! », et ça recommence ! Et on se couche devant ces maudits Chleuhs au bout de quelques semaines ! La France a perdu son honneur !

Il brandit une béquille vers le plafond, la secoua, ses lèvres minces tordues par la colère.

— Nos gouvernants sont des lâches, et nos généraux sont encore pires que ceux de la Grande Guerre ! Moi, je vais te dire : ce sont des incapables ! Il serait grand temps qu'on leur interdise de commander aux troupes !

— C'est ce qui va arriver, commenta placidement Gildas, puisqu'on a perdu la guerre. Il paraît qu'un général, le général de Gaulle, a déclaré que la guerre n'était pas finie, et qu'il fallait continuer à se battre...

— Qui c'est, celui-là ? Encore un qui dit n'importe quoi, qui n'est sûrement pas mieux que les autres, et dont on n'entendra bientôt plus causer ! conclut Louis en lançant un jet de salive rageur dans l'âtre.

Il le loupa. Le crachat s'écrasa sur la terre battue.

Honorine, qui allait et venait dans la pièce, un balai de genêt à la main, haussa des épaules fatalistes.

— Papa, tout de même, qui c'est qui va encore ramasser ça ? Vous n'avez pas honte ?

— Nenni, je suis trop vieux. Je n'ai même plus honte d'être français !

Honorine hocha la tête, contempla le plafond.

— Mon Dieu, qu'est-ce qu'il ne faut pas entendre, des fois !

Et elle poursuivit son ouvrage.

Les saisons harcelaient le labeur des hommes. Des convois allemands précédés de side-cars et de motos circulaient quelquefois sur la route zigzaguant entre les clos. Les paysans levaient le front, juraient entre leurs dents. Mais à quoi bon ? La cause était entendue, la défaite consommée. Les nouvelles arrivaient jusqu'à eux comme assourdies. Pas toutes. Fin juillet, Francis Outin apprit ce qui était survenu à ses deux fils. L'un, Jean, était mort au champ d'honneur, dès le début des hostilités, dans les Ardennes ; l'autre, Jean-Baptiste, fait prisonnier, avait été expédié en Bavière, où il remplaçait le propriétaire d'une ferme appelé lui aussi sous les drapeaux.

Durant plusieurs jours, on ne le vit plus. Il restait enfermé dans sa chambre, à l'étage de sa grande maison. Seule Francine, sa servante, avait le droit d'entrer dans la pièce pour lui apporter ses repas et un broc d'eau pour d'éventuelles ablutions. Elle en redescendait deux fois par jour, ses maigres épaules ployant sous la charge d'un seau d'aisances rempli à ras bord, car le chagrin du géant ne réduisait en rien son féroce appétit.

Il réapparut à l'improviste, attiré par les bruits caractéristiques d'une automobile et d'un camion, aux pneus crissant sur les graviers de la cour devant la maison. Cinq soldats allemands, bottés et casqués, inspectaient les dépendances pendant qu'un sous-officier, campé devant le perron, parlementait dans un français approximatif avec Francine.

Il y eut un silence stupéfait quand la masse du père Outin combla le chambranle pourtant monumental de la porte d'entrée. Il balaya les intrus d'un regard dédaigneux, puis questionna la servante d'une voix caverneuse :

— Qu'est-ce qu'ils veulent, ceux-là ?

Le sous-officier escalada les quelques marches qui le séparaient du fermier, claqua des talons.

— Bonjour, monsieur, nous passons dans les fermes pour acheter des provisions pour nos soldats. Nous sommes corrects, nous payons bien.

Une houle profonde parcourut les chairs de Francis Outin.

— Des provisions pour vos soldats qui ont assassiné un de mes fils et exilé l'autre dans votre foutu pays ? Plutôt crever !

— C'est la guerre, monsieur, s'excusa le sous-officier en frémissant sous l'insulte.

— Justement, c'est la guerre, alors allez-vous-en, barrez-vous !

Alertés par les cris, et par les voitures allemandes qu'ils avaient vues sur le chemin, Gildas et deux journaliers accouraient, boucards et fourches en main.

Le sergent adressa un signe de retraite à ses hommes.

— Nous désirons la paix avec vous, les Français, dit-il. Nous ne sommes plus en guerre. Nous allons faire de grandes choses ensemble.

— C'est ça ! Rendez-moi mon fils en captivité chez vous. Ensuite, on verra !

Le sergent haussa les épaules. Il aurait aimé donner une leçon à ce grotesque hippopotame ! Mais les ordres étaient formels : correct !

Il tourna les talons, se dirigea vers les véhicules.

— *Kommt, schnell !*

Les voitures disparurent en soulevant la poussière du chemin.

Les hommes se regardèrent. Dressé devant eux, Francis Outin inspectait son domaine pour voir si tout était en place. Le patron était de retour.

L'été s'avançait. Les blés avaient été fauchés, les javelles mises en gerbes, et dans la cour du père Outin on s'affairait au battage. La batteuse mécanique avait été louée par trois fermiers, et lorsqu'on en aurait terminé ici, tout ce petit monde se déplacerait avec la précieuse machine dans l'exploitation voisine. Les hommes participaient au battage, les femmes se réunissaient à la cuisine pour préparer poulardes, rôtis, cochonnailles et pâtisseries.

Car l'ouvrage étant épuisant, il fallait rassasier les ventres affamés.

Ils étaient là, une quinzaine tout au plus, âgés ou jeunes. La main-d'œuvre manquait à tel point que quelques femmes, parmi les plus robustes, secondaient les travaux d'ordinaire réservés à la gente masculine. Elles servaient surtout à couper ou défaire les liens des gerbes et à les démêler avant de les engouffrer dans la goulotte de la batteuse.

Des lieurs récupéraient la paille sortant par l'arrière et la ficelaient. Elle serait ensuite engrangée pour l'hiver, car une partie de cette paille était réservée à la nourriture des vaches.

Le grain tombait à l'avant dans des sacs, que les plus robustes pesaient quand ils étaient destinés à la vente. Ils montaient aussi dans les greniers le blé pour la volaille et la semence pour l'année suivante.

En raison de sa force et de sa jeunesse, Gildas avait été choisi pour cette tâche. Il allait et venait, torse nu comme la plupart des autres, le corps luisant de sueur, sous un soleil généreux.

Tout en supervisant les travaux, Francis Outin observait le jeune homme. Le petit Le Morvan avait le geste sûr, l'épaule solide et du cœur à l'ouvrage. Jamais une plainte, toujours le sourire. Intelligent, avec ça. Comprenant tout au quart de tour. Avant de doris ! Outin savait que ces pêcheurs de l'extrême appartenaient à une caste à part. Il savait également que Gildas n'aspirait qu'à une chose : remonter sur le pont d'un terre-neuvier, dès que l'occasion se présenterait.

La victoire éclair des Allemands servait les projets du jeune marin. Il ne serait pas appelé avant l'âge pour aller se battre, l'armistice étant signé. Restait l'insécurité des mers. Les Anglais résistaient, et pour eux tout navire était suspecté d'être un navire espion susceptible de dénoncer leurs positions aux forces de l'Axe.

Le père Outin demeurait seul pour exploiter sa ferme. Jean était mort, et Dieu seul savait quand Jean-Baptiste, prisonnier en Bavière, reviendrait, s'il revenait un jour. Or, il fallait à tout prix faire tourner l'entreprise agricole.

Le colosse souleva sa casquette grise, balaya d'un revers de main son front dégoulinant de sueur, épongea à l'aide d'un grand mouchoir ses sourcils trempés. Gildas passait près de lui, portant sans effort apparent sur ses épaules un sac chargé de quatre-vingts kilos de blé.

Les yeux émeraude du jeune homme croisèrent ceux de Francis Outin.

Quel biaou gars, se dit celui-ci, quelle belle recrue ça ferait !

Quel beau gars !... Outin n'était pas le seul à penser ainsi. Les femmes le clamaient avec des voix fortes et rieuses dans la cuisine et ailleurs.

— Quel bouloume ! s'extasiait l'une devant Honorine. T'l'aurais-t-y pas dessiné avec un pinceau ?

— C'est sûr que c'est le plus biaou mâle du Clos-Poulet et d'ailleurs, renchérissait une autre.

Et toutes d'acquiescer, avec de gros rires, surtout à l'heure des repas, au moment où, passant près de lui, histoire de voir ce grand couillon rougir de confusion, elles le frôlaient en vantant son charme et son irrésistible séduction. C'étaient là des plaisanteries qui ne font de mal à personne, et finissent par flatter, même s'il est timide, celui à qui elles sont destinées.

Seule une jeune fille ne riait pas. Servante depuis quelques mois dans une ferme voisine, où on se déplacerait demain quand l'ouvrage serait achevé chez le père Outin, Roberte avait craqué en découvrant les yeux de Gildas et tout le reste. Roberte avait un peu plus de quinze ans et, la valeur n'attendant pas nécessairement le poids des années, elle dévisageait d'un œil effronté les hommes qui avaient l'heur de lui plaire. Ils étaient nombreux, car elle était attirée par tout ce qui bouge, dès lors qu'il s'agissait de personnes portant des braies. Elle en tirait quelques succès, et bien des meules de paille s'en souvenaient. Il est vrai qu'elle était plutôt appétissante, avec ses seins haut perchés, des hanches affriolantes et une croupe chaloupant à ravir sous une jupe grise laissant entrevoir des chevilles fines et racées triomphant au-dessus des sabots claques.

Seule sa figure carrée, au front bas et buté, la desservait, soulignant, pour ceux qui auraient eu un doute, que son intelligence s'arrêtait au niveau de ses sourcils. Des sourcils particulièrement fournis, ombrageant des yeux de jais, calculateurs et gourmands.

Mais ce qu'elle offrait, avec un naturel confondant, résidait à l'étage inférieur, et les prétendants d'un moment n'en exigeaient pas davantage.

Bonne chrétienne, elle se confessait à intervalles réguliers au curé de sa paroisse. Celui-ci lui enjoignait en vain de cesser ses turpitudes avant de la laver de ses péchés au prix de quelques Pater et Ave. Et le brave homme se demandait comment elle se débrouillait pour ne pas être déjà enceinte. Dieu veillait sur elle, sans doute. A moins qu'elle ne fût tout bonnement stérile.

La jeune fille, en tout cas, s'était entichée de Gildas dès le premier regard, de sorte qu'elle était toujours volontaire pour aller porter à boire aux journaliers ahanant dans le nuage de poussière dégagé par la batteuse. Elle se faufilait entre eux avec un panier chargé de boissons, les regardait basculer la tête en arrière pour siffler à la régalade une piquette additionnée d'eau, non par économie mais parce qu'avec la chaleur ils auraient pu être incommodés par trop d'alcool, et le travail s'en ressentir. Ils se rattraperaient le soir, quand le soleil aurait rejoint sa couche à l'horizon et que la fraîcheur serait de retour.

Beaucoup parmi eux avaient succombé à ses charmes. Elle avait inscrit leurs prénoms sur un carnet, pas leurs noms, certains étant mariés, heureux en ménage, et elle ne leur voulait pas d'ennuis, au cas où le carnet tomberait entre d'autres mains. Elle aimait, le soir avant de s'endormir, effleurer de ses doigts, à la lueur de la bougie, les prénoms de ses conquêtes. Elle revivait alors des moments délicieux emplis de soupirs, de gémissements et de gaieté, à l'ombre d'un arbre, à l'abri d'herbes hautes, d'une soupente, d'une étable, d'une écurie.

Elle n'était pas compliquée, Roberte. Elle était généreuse. Elle offrait ce qu'elle avait. Les hommes s'en contentaient volontiers. Avec de grands sourires silencieux, ils allaient à la Roberte par hygiène, pour rompre la monotonie des jours, et parce que ça faisait circuler le sang. Où était le mal ?

Gildas, c'était différent. Il était l'image même de tout ce qu'elle désirait. Plus elle le regardait lamper sa piquette avec élégance, plus elle admirait la pureté de son profil, sa peau glabre et bronzée, son regard dévastateur, plus elle fondait de convoitise. Elle le voulait. Pas à la façon de ses prétendants, qui se pressaient autour d'elle dans l'attente d'une furtive étreinte. Pas seulement pour demain et après-demain.

Pour toujours. Elle serait fidèle. Elle n'enroulerait plus ses bras autour du cou du premier ostrogoth venu. Curieusement, elle se sentait redevenir vierge. Il était le premier, il serait le dernier. Ah, que je l'aime !

Le soir venu, le battage terminé, on s'installa dans la grande salle à manger où des tables de fortune, planches et tréteaux, avaient été ajoutées pour accueillir tous les convives. Demain, la batteuse changerait de ferme, accompagnée par les mêmes équipes.

Avant de rentrer dans la maison, comme l'exigeait la tradition, les jeunes gens avaient fleuri une gerbe d'épis avec des dahlias et, comme Francis Outin était veuf et qu'il n'avait pas de fille, ils l'offrirent à Honorine, rouge de confusion, parce qu'elle était la cadette des dames présentes, à l'évidence la plus jolie, parce qu'elle était aussi celle qui travaillait depuis le plus longtemps dans la ferme.

— Mais je n'suis point la patronne, protesta-t-elle mollement en secouant la tête tandis que son œil s'emplissait de plaisir.

Le père Outin tourna un regard humide vers elle, poussa un énorme grognement avant de lui susurrer dans l'oreille :

— Vous n'êtes point la patronne, c'est vrai, mais il ne tient qu'à vous de le devenir !

On se régala, ce soir-là, on échangea des plaisanteries pas toujours fines, mais toujours bon enfant. Ce n'était toutefois pas une soirée comme les autres. Le maître des lieux avait perdu un fils, l'autre était absent pour longtemps ; certains des convives avaient également un ou plusieurs membres de leurs familles en captivité en Allemagne. La déroute de l'armée française et l'Occupation pesaient sur les épaules et les consciences.

Aussi, le soir, on se sépara plus tôt que de coutume.

Aimé, le commis de la ferme, un gosse de quatorze ans, torse grêle, visage étroit, tapota le dos de Gildas au moment où celui-ci franchissait le seuil de la porte menant au perron.

— La Roberte voudrait te causer, dit-il, elle t'attend sous le marronnier derrière l'étable.

— Derrière l'étable, pourquoi pas ici ? s'étonna Gildas.

Le gamin lui jeta un regard en coulisse.

— Parce que t'es le prochain sur sa liste. Elle est boune, tu sais !

— Qu'est-ce que tu racontes ?

Gildas n'en sut pas davantage. Aimé galopait déjà vers la salle à manger pour aider les femmes à desservir les tables.

Le jeune homme haussa les épaules, observa un instant les étoiles dérivant dans le ciel, une lune pleine qui l'empêcherait sans doute de dormir cette nuit, puis, d'un pas nonchalant, il se dirigea vers le marronnier.

Adossée au tronc de l'arbre, Roberte guettait son arrivée. Quand il s'approcha d'elle, elle lui adressa un signe de la main puis lui avoua, avec une grande simplicité :

— Tu me plais bien, tu sais. T'es bien mignon !

Elle l'empoigna ensuite à plein corps, le plaqua contre sa devantière, écrasa sa bouche sur ses lèvres.

Il la repoussa d'un geste brusque, sidéré par l'assaut.

— Qu'est-ce qui te prend ? Pourquoi tu m'embrasses ?

— Parce que tu me plais, pardi ! J'suis amoureuse de toi !

Il contempla, stupéfait, la fille au front bref, aux sourcils de vieux loup de mer, qu'il ne connaissait pas la veille et qui lui déclarait un amour surgi de nulle part.

— Moi aussi, je suis amoureux, dit-il, mais pas de toi.

— Et alors, qu'est-ce que ça fait ? Tu peux bien en aimer deux en même temps ! Après, tu choisiras. Et pis d'abord, est-ce qu'elle en a des aussi jolis que les miens ?

Sans plus de façons, elle emprisonna les mains de Gildas dans les siennes et d'un geste doux mais ferme les moula sur sa poitrine. Il demeura pantois un moment, les paumes emplies d'une chair tendre. L'effet de surprise passé, il contourna de ses doigts inexpérimentés les mamelons dressés, vérifia avec précaution la ferme élasticité des seins.

Puis, se détachant de la jeune fille, il tourna les talons, s'éloigna d'un pas décidé, lançant par-dessus son épaule :

— Il ne faut pas m'en vouloir, mais j'ai une amie, et je ne peux pas lui faire ça !

18

Le lendemain de cette nuit mémorable, alors que la batteuse avait changé de ferme, au moment d'une pause-collation, Francis Outin s'approcha de Gildas.

— J'aimerais te parler un moment, lui dit-il.

Le jeune homme haussa des sourcils étonnés.

— Allez-y.

— Pas ici, viens !

Ils quittèrent la cour, s'assirent sur un muret de pierre encerclant la propriété.

— Je vous écoute.

— Voilà, je vais te causer avec franchise. Tu sais aussi bien que moi que les soldats français qui n'ont pas été pris dans la nasse des combats rentrent chez eux, et on a retrouvé une partie de notre main-d'œuvre. Mais pas moi. Je suis seul, maintenant, et sans doute pour un bon bout de temps.

Il y eut un silence. Les paumes écrasées sur le muret, le front penché en avant, le père Outin tendait ses grosses jambes devant lui, dans l'espoir d'apercevoir ses sabots. Il releva finalement la tête, adressa un regard fuyant à Gildas avant de poursuivre :

— Alors voilà, si tu es d'accord, je peux t'embaucher à plein temps à la ferme. Tu ne gagneras pas des cent et des mille, mais tu disposeras d'un salaire sûr. Qu'en penses-tu ?

Gildas contempla l'azur à peine brouillé par quelques fines écharpes de nuages.

— Je suis très touché, mais j'ai déjà un métier.

— Je sais, mais pour le moment la guerre te cloue sur le plancher des vaches.

— Ça ne durera pas toujours.

— Bien sûr, mais ça peut durer longtemps.

— Vous avez raison, mais je préfère qu'on reste comme ça. Je travaillerai volontiers pour vous quand vous aurez besoin de moi, mais je ne veux pas m'engager. J'ai la mer dans le sang, et je voudrais y faire carrière.

— Carrière, carrière... tu as une petite amie qui n'épousera jamais un marin, à ce qu'on dit ?

— Qui vous a raconté ça ?

— Ta mère.

— Ça ne regarde que moi.

Le père Outin opina rêveusement du bonnet.

Les hommes s'activaient de nouveau autour de la batteuse. Il se leva, pivota vers Gildas qui l'avait imité.

— Ta mère... Tu sais que j'ai le béguin pour elle.

Il écarta ses bras comme s'il allait prendre son envol, écrasa ses grosses mains sur ses cuisses dans un grand geste d'impuissance.

— Tu comprends, je suis seul. Horriblement seul. Si elle m'épousait, tu serais comme mon fils. Quand la guerre sera finie, et Jean-Baptiste de retour, il y a de la place ici pour vous deux.

Ils s'ébranlèrent en direction de la cour.

— Cause à ta mère, conclut le père Outin en tordant sa casquette trempée de sueur devant lui afin de l'essorer, dis-lui que je suis fou d'elle. Moi, je n'oserai pas. Et pense à la proposition que je t'ai faite. Il n'y a que les sots qui ne changent jamais d'avis.

— Je lui parlerai, le rassura Gildas en retenant un sourire, et en ce qui me concerne, je vous promets de réfléchir.

Deux jours plus tard, les battages finis, Honorine et Gildas retournèrent chez eux. Louis apprécia. Quand le travail appelait sa belle-fille chez le père Outin, le brave homme se retrouvait seul pour manger, et surtout pour cuisiner. Et avec deux béquilles, ce n'était pas une sinécure. Tout rentrait dans l'ordre enfin, jusqu'aux prochains coups de feu, et à la campagne, ceux-ci se succédaient vite.

Ainsi, la vie reprenait son train-train quotidien. Honorine s'absentait plusieurs heures par jour pour assurer la traite des vaches du père Outin et l'entretien de l'étable et des dépendances qu'elle effectuait de concert avec Aimé, le commis. Le reste du temps, secondée par Gildas, elle s'intéressait à son courtil, ses animaux et sa basse-cour, qui leur fournissaient tout ce qui manquait déjà en ville. La viande, le beurre, le fromage étaient taxés, et la carte pour se procurer du pain avait fait son apparition.

Un matin, après la traite, de retour chez elle, Honorine demanda à Louis où se trouvait son fils. Celui-ci cessa de tirer sur sa pipe, considéra l'intruse qui l'arrachait à ses rêves d'océan et répondit :

— Il m'a dit qu'il allait au courtil. A vous de voir.

Gildas y était, en effet, agenouillé pour récolter des haricots verts qu'il déposait dans un seau près de lui. Il releva la tête à l'arrivée de sa mère.

— J'ai presque fini. Après, je binerai et sarclerai ce coin-là, pour l'aérer. Il en a besoin.

— Tu as raison, mon éfant. Tu as raison.

Debout devant lui, elle le dominait de sa taille élancée, l'œil interrogateur.

— Dis-moi, poursuivit-elle, le père Outin m'a demandé si tu m'avais causé ? De quoi devais-tu me causer de si important ?

Gildas déplia son grand corps, frotta ses genoux maculés de terre, étira ses membres ankylosés.

— De si important ? C'est vrai, c'est peut-être important. Je vais t'annoncer quelque chose que tu connais déjà depuis longtemps : le père Outin est amoureux de toi et il voudrait t'épouser !

Honorine haussa les épaules.

— Ah, ça, c'est vrai, pour du nouveau, c'est du nouveau ! Dans le pays tout le monde est au courant !

— Oui, mais si tu l'épouses, il m'a dit que je serais comme son fils ! C'est du chantage et je n'ai pas voulu t'embêter avec ça.

Honorine regardait des nuages bas s'éventrer sur la cheminée de la maison.

— Il va pleuvoir... Tu dis que tu serais comme son fils ? Ça ne m'étonnerait point, c'est un homme de parole.

Elle fixa Gildas d'un œil rêveur.

— Ce que tu ignores, tu n'étais pas né, c'est que le père Outin a été en prison. Il faisait du trafic. Un trafic idiot où il était obligé de se faire prendre, à se demander quelle mouche l'avait piqué, parce qu'il est plutôt madré, d'ordinaire. Bref, au marché aux bestiaux, il s'est mis à vendre trois ou quatre fois le même cheval à des clients différents. Alors, forcément, les gens ont porté plainte. Il s'est retrouvé à la prison de Rennes. Jeanne, sa femme, avait pour consigne de dire à ses amis et à ses voisins qu'il était parti en vacances. La Jeanne était enceinte quand il a été emprisonné, mais quand il a fini sa peine, deux ans plus tard, il a retrouvé deux rejetons à son logis au lieu d'un, et pas des jumeaux puisqu'ils avaient treize mois d'écart ! Tout ça pour te dire que le Francis était cocu et que le Jean-Baptiste n'est pas de lui. Il l'a pourtant accepté, et n'a jamais fait de différence avec son vrai fils.

— Eh bien, tu m'en apprends de bonnes !

— Tu vois, le père Outin, ce n'est point un méchant houmme, et s'il dit que tu serais comme son éfant, tu peux le croire.

— C'est sans doute vrai, mais je ne veux pas que tu te sacrifies pour moi. Tu t'imagines vivre avec cette montagne de saindoux ?

— Nenni. La Jeanne pesait à peine cinquante kilos, et je me suis toujours demandé comment ils avaient fabriqué leur Jean ! Quoique...

Elle eut un petit rire, poursuivit :

— Il avait prévu le coup. Comme il sait qu'il est trop lourd, sa bonne, la Francine, m'a dit qu'il a fait caler des billots de chêne sous son lit pour éviter de casser le sommier !

— Voilà, on en reste là. Tu as raison, le père Outin est un bon bougre. Il veut bien m'embaucher à la tâche. Ça me suffit. Ça me permet de me retourner en attendant d'embarquer sur un terre-neuvier.

Honorine posa un œil résigné sur son fils.

— Il n'y a rien à faire, t'as ça dans le sang, comme ton père, ton grand-père... C'est pourtant un métier de bagnard !

— C'est pire, maman, bien pire. Mais j'aime ça. La mer, ça ne s'explique pas.

Une pluie lourde, drue, rebondissant sur la terre, tomba brusquement, les trempant en un instant jusqu'aux os.

— Tu vois, maman, reprit Gildas, il pleut, le vent se met en colère, mais tout à l'heure tout s'arrêtera, et tout recommencera comme avant !

— Et alors, lança Honorine en trottinant pour se mettre à l'abri, son fils collé à ses sabots, pourquoi tu me dis ça ?

— Parce que, lorsque ça arrive en mer, on se demande si on en sortira, et c'est toute la différence. Dans ces moments-là, on vit mille fois plus qu'ici !

— On y meurt aussi dix fois plus qu'ici, et tu trouves ça biaou ? déplora sa mère en poussant les battants de la porte de la maison.

— Non, mais c'est grand, ça donne du prix à la vie !

Honorine décrocha son bonnet blanc dégouttant d'eau, le posa avec soin sur le manteau de la cheminée pour le faire sécher.

— Ce n'est pas la peine de palabrer avec vous, les hoummes. On perd son temps. Il n'y a qu'une chose qui vous intéresse vraiment, en dehors des femmes et d'un boujaron d'eau-de-vie, c'est la mangeaille. J'ai envie de faire un potage au tapioca et des poires de Pennerin [1] pour le dessert. Qu'est-ce que tu en penses ?

---

1. Petites poires très dures mûrissant en août, que l'on faisait cuire au four.

— Tu as raison. Avec cette foutue Occupation, on mange aujourd'hui, on ne sait pas si on mangera demain. Les Fridolins sont nombreux, ils ont de l'appétit et on n'est pas quittes de les avoir sur le dos ! Alors, profitons-en pendant qu'on peut encore !

19

Ils étaient partout, en effet. Dès juin 1940, la population de Cancale avait presque doublé. On vit alors des soldats allemands chercher leur tambouille dans une cuisine roulante stationnant derrière l'église. La plupart étaient logés dans les écoles, les maisons, des établissements publics. Des villas étaient réquisitionnées pour accueillir les officiers.

Sur tous les bâtiments officiels flottait le drapeau à croix gammée. La Kommandantur, la GAST[1] avaient établi leurs quartiers, et les Cancalais s'habituaient mal à cette présence bottée et aux patrouilles circulant le soir après le couvre-feu pour cogner aux portes des maisons où filtrait de la lumière.

Des militaires se promenaient en ville, souvent par deux ou par petits groupes, flânant, en quête d'emplettes, à la devanture des nombreux commerces de la rue du Port, de la rue du Centre et de la place Bricourt, où s'était installée la sinistre Kommandantur.

---

1. Pour *Grenzaufsichtsselle* : service de surveillance des frontières qui obligeait chaque patron de bateau à signaler son départ et à faire viser son retour de pêche à l'heure autorisée.

En cette fin septembre, de nombreux réfugiés avaient quitté Cancale pour regagner leurs foyers, quand il leur en restait un, et chacun s'organisait comme il pouvait pour affronter les premières récessions.

Des Allemands étaient revenus chez le père Outin pour lui acheter des provisions. Il avait refusé avant de céder, les soldats l'ayant mis en joue avec leurs fusils, avec la claire intention de tirer s'il refusait de les servir. Ils avaient en revanche réglé correctement tout ce qu'ils avaient emporté.

Corrects, pour l'heure, ils l'étaient encore. Un jour qu'une patrouille défilait en chantant le trop célèbre *Ein Heller und ein Batzen*, scandé par le refrain fixé dans de nombreuses mémoires : *Heidi, heido, heida, ha, ha, ha, ha, ha !*, quelques gamins d'une douzaine d'années se soudèrent à l'arrière du cortège et entamèrent « La Marseillaise » sous le regard inquiet puis hilare des badauds, le gradé qui dirigeait la troupe les laissant faire en souriant.

Un enfant plus inconscient ou plus intrépide que les autres, reprenant le chant allemand, l'adapta alors à sa façon, et d'une voix grêle et enjouée improvisa :

— Heidi, heido, bande de salauds, heidi, heido, heida, ha, ha, ha, ha, ha, bande de gros tas !

Le gradé avisa une jeune femme sur le trottoir et lui demanda :

— Que chante cet enfant ?

— Je ne sais pas, je n'ai pas compris.

Ainsi, pour l'heure, les Allemands évitaient les heurts avec la population.

Pendant ce temps, insouciants, tout à leur idylle, Angélique et Gildas continuaient de se voir le dimanche. Emile, le père de la jeune fille, était de retour au foyer, l'un de ses frères avait lui aussi réintégré son domicile ; l'autre, comme Jean-Baptiste Outin, se retrouvait en captivité en Allemagne.

Quoi qu'on fît, la guerre était omniprésente. Grâce à la TSF, les Cancalais suivaient les bombardements de la Luftwaffe destinés à détruire au sol les avions de chasse de la Royal Air Force et les aérodromes des grandes villes anglaises, l'objectif final étant un débarquement en Grande-Bretagne.

Dans les cafés, dans les maisons du bourg et de la Houle, dans tout le Clos-Poulet, les langues se déliaient autour de ce sujet brûlant. Tous admiraient le courage des Britanniques, et chacun se demandait s'ils tiendraient encore longtemps. Les pronostics allaient bon train. Gildas se passionnait pour cette future bataille d'Angleterre ; il en débattait souvent avec Emile Josselin, car désormais le jeune homme avait ses entrées dans la maison d'Angélique, où on le considérait déjà comme appartenant à la famille. Pour Emile et sa femme, il ne faisait aucun doute que, le temps venu, Angélique et l'avant de doris se marieraient, tant il était évident qu'ils allaient bien ensemble.

Les tourtereaux poursuivaient leurs promenades amoureuses à vélo ou à pied, sillonnant la campagne environnante. Ils affectionnaient particulièrement le chemin des douaniers, et leurs pas les entraînaient souvent vers la pointe des Crolles, où un soldat allemand se tenait en faction près d'un petit canon pointé vers la mer. Ils empruntaient ensuite le sentier, en quête de sublimes points de vue et surtout d'un refuge à l'abri des regards où ils s'embrasseraient et s'étreindraient à loisir.

Depuis le soir où Roberte avait plaqué les mains de Gildas sur sa poitrine, celui-ci avait le plus grand mal à trouver le sommeil. Tous ses sens étaient en ébullition. A dix-neuf ans, il ne connaissait pas grand-chose des mystères de l'amour, et le peu qu'il en avait appris venait de confidences évasives de camarades de son âge, qui n'en savaient guère plus que lui. Ce qu'il retenait en revanche, c'est qu'il avait été bouleversé par ces seins palpitants offerts à sa gourmandise. Et il rêvait de partager cette émotion avec Angélique. Certes, lorsqu'ils s'embrassaient, le corps de la jeune fille se soudait au sien, certes, il appréciait sa gorge contre sa poitrine, mais il n'avait jamais osé l'effleurer de ses doigts.

Un jour, alors qu'ils se promenaient sur le chemin des douaniers, ils s'attardèrent pour la énième fois à la pointe de la Chaîne pour admirer le rocher de Cancale et l'île des Rimains. D'aimables nuages blancs grignotaient un ciel bleu mettant en valeur une mer émeraude.

L'après-midi était dans son plein. Une mouette flânait au-dessus d'eux. Ils étaient seuls. Ils se blottirent l'un contre l'autre, et pour la première fois depuis qu'ils se fréquentaient, Gildas posa une main sur un sein d'Angélique. Elle ne protesta pas, n'eut aucun mouvement de recul. Elle s'emboîta davantage contre lui, respira plus fort, l'embrassa avec plus d'ardeur, se mit à trembler, murmura :

— Je t'aime !

Sans s'encombrer de périphrases, il répondit :

— Moi aussi !

Puis, s'enhardissant, il poursuivit ses investigations sous le corsage de la jeune fille. Elle le repoussa à regret.

— Quelqu'un pourrait nous voir !

Ils quittèrent le sentier, se réfugièrent dans un bosquet de pins à l'abri des regards, s'allongèrent sur un tapis d'aiguilles. Ils ne parlaient plus, s'étreignaient. Les doigts de Gildas découvrirent les globes blancs et parfaits d'Angélique, s'égarèrent vers les hanches. Elle emprisonna ses poignets dans ses mains.

— Non !

Rajusta ses vêtements, se leva, les joues rouges, les yeux emplis de désirs interdits.

— Il ne faut pas. Nous sommes jeunes et pas mariés.

Il se leva à son tour.

— Tu as raison, mais qu'est-ce que j'en ai envie !

Elle rit, sûre de son charme, de son ascendant sur lui.

— Moi aussi, mais ce serait mal, nous ne sommes pas majeurs ; et puis tu ne m'as toujours pas dit ce que tu comptais faire, maintenant qu'on a perdu la guerre.

Il ne répondit pas. Ils rebroussèrent chemin, reprirent, mélancoliques, le chemin des douaniers. La Houle leur apparut bientôt. Profitant des marées d'équinoxe, une multitude de gens avaient envahi la plage pour pratiquer la pêche à pied, seuls ou en famille. C'était un va-et-vient incessant de silhouettes chargées de râteaux, de paniers et de seaux, zigzaguant entre les barques échouées sur le sable. Quelques bisquines somnolaient à l'abri du môle de l'Epi.

Des uniformes allemands se mêlaient sur le quai à une foule assez dense venue profiter de la splendeur du site et des caresses du soleil.

Ils s'étaient pelotonnés sur un banc de pierre pour contempler la mer. Angélique pressa la main de Gildas.

— Quand vas-tu te décider à me dire ce que tu comptes faire à présent ? demanda-t-elle encore. Tu ne risques plus d'aller te bagarrer contre les Boches !

Il haussa les épaules, éluda une réponse précise.

— Bien sûr, mais va-t'en savoir ce qui se passera dans les mois à venir... Dans un an j'aurai l'âge légal pour être appelé sous les drapeaux.

— Quels drapeaux ? s'agaça Angélique. L'armée a été anéantie, désarmée, et les soldats démobilisés, à l'exception de cent mille hommes nécessaires au maintien de l'ordre intérieur. Ce sont les accords de l'armistice !

— Je sais, mais ça peut changer.

— Et si ça ne change pas, s'il n'y a plus de service militaire, si la paix est signée avec les autres nations ?

— Ça fait beaucoup de « si ».

— Tu sais très bien pourquoi je te pose toutes ces questions.

Elle le fixait dans les yeux. Il détourna le regard, contempla la baie.

— Je n'ai pas beaucoup de solutions. Je suis un gars du Clos-Poulet. J'ai mon certificat d'études. Point. Dans ta famille, les hommes sont marins pêcheurs, les femmes travaillent aux huîtres ou font des petits boulots autour du poisson. Dans la mienne, les hommes sont terre-neuvas, les femmes se louent dans les fermes à la journée et cultivent un petit clos pour joindre les deux bouts. Et quand les campagnes sur les Bancs sont mauvaises, on mange de la vache enragée. Toi, tu as de la chance, tu travailles au Bazar Parisien, mais ce n'est pas un métier pour moi. Tu me vois vendre des parfums, des rubans ou des tasses de porcelaine, comme Jean les Poupettes ?

— Ce n'est pas ce que je te demande, je désire seulement que tu renonces à la Grande Pêche. Et puis je te signale que monsieur Jean-Marie Lebreton, le père de mon patron, était dorissier à Terre-Neuve. Et il a préféré que son fils joue au foot à la Cancalaise, anime les kermesses paroissiales, fasse du théâtre, où il est très drôle, surtout dans les rôles de femmes, et rentre chez lui tous les soirs auprès de ses enfants et de sa chère épouse Elisabeth, après avoir gagné paisiblement sa vie dans son commerce. Alors, évite de dire du mal de monsieur Lebreton, ça me fera plaisir.

Gildas leva les bras devant lui dans un grand geste désemparé.

— Je n'ai rien contre ton patron, tout le monde sait que c'est un homme charmant. Je voulais seulement te dire que je ne sais rien faire d'autre que terre-neuvas. J'apprends à travailler la terre, mais je n'ai pas de terre. Je ne suis propriétaire que de mes mains !

— A Terre-Neuve aussi tu ne possèdes que tes mains.

— Oui, mais j'irai un jour aux cours du soir à l'école des Rimains, pour gravir les échelons et devenir capitaine !

Le visage d'Angélique se ferma.

— Si tu choisis les Bancs, tu me perdras. Je ne veux pas t'attendre des mois, en suppliant la Vierge Marie de te garder en vie. Pense à mon petit frère Jean-Marie, pense à ton père disparu en mer, à ton grand-père estropié.

— Mon grand-père n'a pas été estropié à Terre-Neuve, mais pendant la guerre de 14, ça n'a rien à voir.

Elle haussa les épaules avec humeur.

— Tu sais très bien ce que je veux dire. Je t'aime trop pour supporter ton absence sept ou huit mois par an. Je t'aime trop pour avoir peur à chaque minute qui passe. Je t'aime trop pour me retrouver enceinte chaque fois que tu reviendras des Bancs. Je voudrais une vie toute simple, avec des jours sans angoisse. Je voudrais une vraie vie avec toi.

Elle marqua une pause avant de répéter :

— Alors, que comptes-tu faire ?

— Tu veux une réponse claire, la voici : je te l'ai dit tout à l'heure, je n'ai pas de fortune pour acheter de la terre et devenir patron. J'ai une autre solution, la mer et suivre des cours pour être capitaine. Pour l'instant, tant qu'il y aura la guerre, je travaillerai aux champs. Dès que j'en aurai l'occasion, j'embarquerai sur un terre-neuvier...

Angélique bondit du banc où ils étaient assis.

— Ce n'est pas demain la veille. Pour le moment, personne ne part pour la Grande Pêche, c'est trop risqué. Et si tu fais ça, tu me perdras définitivement !

— Mais je t'aime !

— Oui, mais moins que les Bancs.

— Ce n'est pas comparable.

— C'est vrai, Terre-Neuve c'est mieux, j'ai bien noté !

— Angélique !

— Oui ?

— Je t'aime !

— Je sais. Tu n'es pas le seul. Plusieurs prétendants me supplient de devenir leur petite amie et... autre chose...

Elle était à deux pas de lui, dressée, fière, indignée ; ses yeux, d'ordinaire si tendres, lançaient des éclairs de mauvais augure.

— Ça fait au moins dix minutes qu'on ne s'est pas embrassés !

Elle était fille de la Houle, vive et de caractère trempé.

— Eh bien, tu n'as pas fini de poireauter ! Quand tu auras changé d'avis, tu me le diras. Mais ne traîne pas trop longtemps avant de te décider. Des soupirants attendent !

Il se leva, voulut l'enlacer. Elle le repoussa. Ils redescendirent vers la pointe des Crolles, à deux pas l'un de l'autre, comme des étrangers.

20

Les pommes avaient été récoltées et le cidre pressé depuis bien longtemps. L'hiver pointait son nez, pluies, frimas, nuits longues chahutées par le vent. Par les insomnies pour Gildas. Réfugié dans son lit clos, nuit après nuit, il repassait dans sa tête le jour où il avait avoué à Angélique qu'il ne se priverait jamais de la mer. Je l'ai perdue, se disait-il, elle ne voudra pas de moi si je remonte sur un terre-neuvier.

Ils se revoyaient, pourtant. Comme avant. Ils s'enlaçaient fiévreusement, échangeaient d'ardents baisers. Elle refusait désormais qu'il explore ses seins, laisse courir des doigts impatients sur ses hanches rondes.

« Ça, ce sera pour mon mari, plus tard, disait-elle, un mari qui ne contemplera les vagues que debout sur les quais ! »

Elle évoquait parfois la horde de jeunes gens rôdant dans son sillage.

« A la Houle et même au bourg, ça ne peut être que des pêcheurs comme moi », ruminait-il.

Elle minaudait :

« Pas tous, pas tous ! Il y en a, oui, mais il y en a aussi qui font de la pêche côtière et qui rentrent chaque jour. Il y en a d'autres qui ont des professions honorables et qui n'ont pas besoin de naviguer pour être de vrais hommes. Bref, je ne sais plus où donner de la tête ! »

Il la savait cependant toujours éprise de lui, et souffrait à l'idée de la perdre.

Il s'ouvrit un jour de sa peine à sa mère. Il lui expliqua qu'Angélique refusait d'épouser un marin.

— Je la comprends, répondit Honorine, la pêche à la morue, c'est pas un métier pour des êtres humains.

Elle lui dit être prête à épouser Francis Outin. C'était un homme de parole. Il l'accepterait comme son fils. Il aurait un véritable avenir. La certitude de jours laborieux, mais paisibles.

Gildas refusa ce sacrifice, d'autant plus aisément que sa décision était prise. Marin il était, marin il resterait, et si Angélique l'aimait vraiment, elle réviserait ses exigences, consentant le moment venu à l'épouser.

Il exposa ce point de vue à Honorine. Elle haussa les épaules, observa son fils avec fierté avant de grommeler :

— T'es pas l'éfant de ton père pour rien. Le même caractère, le même orgueil, et t'es core plus biaou que lui ! Mais ton Angélique, c'est quelqu'un. Tu ne la manipuleras pas à ton gré. Elle sait ce qu'elle veut, et elle a bien raison. Tu as pensé à ce qu'elle pense, elle ?

— Comment ça ?

— Tu te dis : Je serai marin et si elle m'aime elle m'épousera. Tu ne penses qu'à toi. Et tu ne te demandes pas si de son côté elle ne pense pas la même chose ? Elle se dit : S'il m'aime il renoncera à la morue. Alors, voilà, faut savoir si tu l'aimes vraiment ou pas.

— Alors, qu'est-ce que je dois faire ?

— Ça, mon petiot, c'est votre affaire. Il faut savoir si ton amour de la mé est plus fort que ton amour pour ta dulcinée, et il faut qu'elle sache si elle accepte d'être ta seconde amoureuse dans ton foyer !

— Maman !

— Eh oui, je suis une femme, et quand une femme décide de ne point partager...

Elle s'approcha de Gildas, promena une main sur son front, caresse unique d'une mère pour son enfant. Il l'enveloppa dans ses bras, la pressa avec précaution contre lui. Il se sentait minuscule, tout à coup, fragile. Et en même temps déterminé à étreindre le monde. A être heureux. Autour de lui, cependant, tout était incertain. En mouvement. Jour et nuit, les avions rayaient le ciel, les rumeurs de guerre s'étendaient, les Boches rôdaient partout dans le ventre chaud de la nation. La pêche côtière était autorisée sous conditions. Angélique ne l'aimait pas assez pour l'épouser. « Pour lui céder », aurait précisé sa mère, inflexible.

— Ah ! souffla-t-il.

Honorine tapota son épaule.

— Courage, mon éfant, courage. Tout ça s'arrangera peut-être.

Un matin de la mi-mars 1941, une automobile se gara dans la cour. Un homme en descendit, jeta un regard attentif alentour avant d'actionner la cloche d'entrée. Lucifer se rua sur la porte en aboyant. Honorine se hâta pour ouvrir le battant supérieur. Un inconnu d'une trentaine d'années, au visage franc et glabre protégé par une casquette de marin, lui souriait.

— C'est bien ici qu'habite Gildas Le Morvan ? questionna le nouveau venu.

Honorine rajusta sa petite coiffe, vérifia de ses doigts agiles l'alignement de ses cheveux.

— Oui.

— Puis-je le voir ?

— C'est pourquoi ?

— Pour un engagement sur une goélette, pour une campagne au Groenland.

— Entrez.

Honorine ouvrit le second battant de la porte, botta le postérieur de Lucifer qui grognait en reniflant les souliers du visiteur, puis elle s'effaça pour le laisser entrer.

Assis sur une bancelle, devant la table de la salle à manger, Gildas lisait un *Ouest-Eclair* vieux de plusieurs jours. En face de lui, le regard perdu dans le plafond, le grand-père tirait mélancoliquement sur sa pipe. Tous deux tournèrent la tête quand l'homme pénétra dans la pièce et s'immobilisa devant eux.

— Ce monsieur vient pour la pêche, annonça Honorine. Monsieur comment, déjà ?

— Joseph Delaunay, répondit celui-ci en ôtant sa casquette. Je suis capitaine sur le *Notre-Dame-du-Châtelet.*

Le cœur de Gildas sauta dans sa poitrine. Il se leva, indiqua la bancelle sur laquelle il se tenait.

— Asseyez-vous, cap'taine, dit-il, c'est un honneur de vous recevoir.

Ils se calèrent sur le siège, étalèrent leurs bras sur la table avant de se dévisager en souriant.

— Le *Notre-Dame-du-Châtelet*, je connais, dit finalement Gildas, je l'ai déjà vu dans le port de Saint-Malo, un beau trois-mâts « bougie[1] », avec coque en acier, armateur Marie-Ange Glâtre de Ploubalay.

— Et en 1936, il était commandé par le cap'taine Chas de Plouër, compléta Louis Le Morvan en rallumant sa pipe à l'aide de son briquet à amadou.

— Et par moi en 1937, précisa le capitaine Delaunay. Un bon bateau, en vérité, jauge de cinq cents tonneaux[2], la calée peut contenir neuf mille quintaux de morue[3]. C'est dire que chacun, avec une bonne campagne, y trouve facilement son compte.

Il y eut un silence, où chacun s'observait. Debout en bout de table, les mains plongées dans la poche de sa devantière, Honorine écoutait attentivement la conversation.

— Donc, si vous êtes là, dit-elle, c'est pour proposer un engagement à mon gars ?

Joseph Delaunay opina du chef.

— C'est que les routes pour le Groenland ou pour Terre-Neuve sont bien périlleuses, à c't'heure, poursuivit-elle, et il n'y a pas beaucoup de bateaux prêts à prendre le large.

Joseph Delaunay hocha la tête.

— Détrompez-vous, madame, dit-il, la France a faim, l'occupant aussi. Notre armateur a l'aval du gouvernement et des Allemands. Tous réclament du poisson. Pourtant, je peux vous assurer que j'ai le plus grand mal à rassembler un équipage.

— Que voulez-vous dire ? s'étonna Gildas.

---

1. Nom donné par les terre-neuvas au trois-mâts latin.
2. Unité de volume pour le jaugeage des navires équivalant à deux mètres carrés quatre-vingt-trois.
3. Le quintal équivaut à cinquante-cinq kilos de morue séchée.

— Je veux dire que quatre capitaines cherchent aussi des matelots pour partir sur les Bancs, et la concurrence est rude.

Louis Le Morvan ouvrit de grands yeux.

— Quels capitaines ?

Joseph Delaunay énuméra, en comptant sur ses doigts :

— Tréfield, de Trigavou, sur l'*Izara*, Pimoult, de Saint-Pierre-de-Plesguen, sur le *Martin-Pêcheur*, Convenant et Girard, du Pays cancalais, sur l'*Angélus* et le *Cancalais*.

— Eh ben dis don, s'enthousiasma Louis, ça c'est une nouvelle ! Je connais bien Convenant et Girard, ce sont de fiers marins !

— Peut-être, mais c'est moi qui suis ici pour proposer un embarquement à ce jeune homme.

— Comment avez-vous eu mon nom ? demanda Gildas.

— Par Clovis Rivat, votre patron de doris. Il part avec nous, et il aimerait que vous l'accompagniez. Il y tient vraiment beaucoup. Il n'a pas tari d'éloges à votre égard. Il m'a dit aussi que ce serait sa dernière campagne. Il s'achètera ensuite une barque pour pêcher dans la baie.

Louis souleva son béret, se massa la nuque d'une main distraite.

— Ça va chercher combien, un engagement d'avant de doris à l'heure d'aujourd'hui, avec tous les risques que ça comporte ? Dans le journal, pas plus tard qu'hier, ils disaient que la mé est bourrée de sous-marins allemands et italiens basés dans nos ports de Brest, Lorient et même Bordeaux. Ils y patrouillent en permanence à cause, ils disent, que le *Prinz Eugen* et le *Bismark* devraient arriver dans le coin incessamment sous peu, et que les escadres anglaises veulent les couler !

— Vous noircissez beaucoup le tableau, minimisa Delaunay, mal à l'aise.

— Ta, ta, ta, ta ! insista Louis. On dit aussi que les cuirassés allemands prennent nos navires de commerce pour cibles.

— Beaucoup d'effets d'annonce, dans tout cela... On est neutres, ce sont surtout les bateaux anglais qui sont visés...

— C'est la guerre, quand même ! protesta Honorine. On peut pas nier !

Puis, se souvenant que le visiteur venait de la part de Clovis, et qu'elle manquait à tous ses devoirs, elle ajouta :

— Qu'est-ce que je peux vous offrir, cap'taine, un p'tit mic ?

— Volontiers.

Elle s'éclipsa, réapparut bientôt avec une cafetière fumante remplie de chicorée et de café, une bouteille d'eau-de-vie et quatre tasses. Ils burent en silence. Delaunay observait ses hôtes. Les temps étaient difficiles, la tâche rude. Depuis fin février, il rayonnait dans toute la région pour recruter un équipage. Natif de Pleslin, où il était domicilié, il avait commencé par parcourir les chemins conduisant aux paroisses de son pays des Chas, autrement dit la rive gauche de l'estuaire de la Rance et les environs de Dinan.

Il lui fallait trouver une quarantaine de volontaires dont vingt-huit dorissiers. Captifs de leur passion de la mer ou du désir de nourrir leur famille, tous ou presque étaient prêts à signer et à s'embarquer malgré les risques encourus. Tous ne l'avaient pas fait. Ainsi, à Dinan, un jeudi, jour de marché, Joseph Delaunay avait rencontré le dénommé Joseph Cocheril. Après une moque de cidre sirotée dans un café de la rue Sainte-Claire débouchant sur la place Du Guesclin, Cocheril avait accepté les conditions de l'armateur, provoquant la colère de sa femme Eugénie quand celle-ci avait appris que son mari désirait partir pour le Banc.

Aussi, lorsque Delaunay s'était présenté chez Cocheril, pour lui faire signer son engagement, Eugénie s'était-elle interposée en ces termes :

« Cap'taine, mon bouloume, il a pas signé et y restera ici ! Il a quarante et un ans, c'est trop jeune pour faire un péri en mé à cause des sous-marins et laisser deux garçailles orphelins. Y s'ra ben mieux à retourner la terre dans notre petit clos et à pêcher au carrelet dans notre coin de Rance que d'risquer sa vie au Groenland, si vous arrivez jusque-là ! »

La signature n'avait pas eu lieu. Et hélas pour Delaunay, ce revirement n'avait pas été le seul. D'autres avaient suivi, comme celui de Joseph, domicilié au Vieux-Pont de Dinan, qui, après avoir perçu ses avances, s'était présenté à Ploubalay, chez son armateur Marie-Ange Glâtre, pour le rembourser et résilier son contrat.

Aussi, Joseph Delaunay affûtait ses arguments avec précaution. Gildas Le Morvan pouvait accepter son offre et sa mère la refuser, le jeune homme étant encore mineur.

— Vous n'avez pas répondu à ma question, tout à l'heure, remarqua Louis. Combien ça va chercher, une avance, à c't'heure, pour un avant de doris ?

— Mille trois cents francs.

Honorine haussa les épaules.

— Mille trois cents ? J'suis sûre que Convenant et Girard, du Pays cancalais, donnent plus que vous, dit-elle.

— Ça, c'est vous qui le dites. Ils ne sont pas venus vous voir, que je sache ?

— Non, mais ils pourraient bien.

— Ça m'étonnerait, leurs équipages sont au complet.

— Y a les risques, aujourd'hui.

— Pour eux aussi.

Gildas pressa le bras de sa mère, qui s'était assise auprès de lui.

— Mille trois cents, c'est bien, maman.

Louis vint au secours de son petit-fils. Lui aussi avait connu l'irrépressible appel du large. Il temporisa :

— C'est peu, mais c'est assez. C'est en tout cas beaucoup plus que s'il besognait chez le père Outin.

Joseph Delaunay adressa un sourire reconnaissant au vieux marin. Il ouvrit un carnet qu'il avait posé devant lui, étala sur la table une feuille pliée en quatre qui se trouvait à l'intérieur. De la pointe de son crayon il désigna les chiffres alignés derrière les noms.

— Vous voyez, c'est ce que j'ai conclu avec les autres matelots. Regardez les avants de doris, ils ont tous accepté l'avance que je vous propose. Pas plus, pas moins. Vous êtes tous égaux.

Il y eut un silence. C'était clair : à prendre ou à laisser.

Honorine hocha la tête.

— D'accord, mais va falloir vous rattraper sur le denier à Dieu, j'espère ! Demandez à Clovis Rivat, son patron, mon fils est un très bon avant. Faut bien que ça se retrouve quèque part, faut bien qu'il y ait une différence ! Et puis, faut bien que vous aussi vous arriviez à compléter votre équipage !

Joseph Delaunay marqua un temps de réflexion. La mère était plus madrée, plus exigeante qu'une épouse ! Elle portait l'attaque là où le ventre est mou. Les avances, comme il l'exigeait lui-même, étaient le plus souvent comparables à compétences égales. La décision d'embauche se concluait généralement avec le denier à Dieu. Offerte par l'armateur, cette somme, qui ne figurait pas sur le contrat, était toujours source d'âpres discussions.

Le capitaine proposa un chiffre, sachant que ses interlocuteurs s'indigneraient et en exigeraient un autre, celui qu'il avait d'ailleurs initialement prévu à quelques francs près. Ce qui fut fait. Ils tombèrent d'accord.

Joseph Delaunay dressa sur son carnet l'acte et les conditions d'engagement, versa le denier à Dieu à Honorine. Elle en aurait besoin pour compléter l'équipement de son fils avant son départ pour les bancs du Groenland.

Les démarches administratives, inscription maritime et autres, viendraient plus tard.

Un dernier mic scella l'accord. Tout en portant sa tasse à ses lèvres, Joseph Delaunay contemplait ses hôtes. Gildas Le Morvan rayonnait, le grand-père mâchouillait pensivement sa chique, la mère, le visage grave, fixait son fils, tremblant déjà à l'idée de le perdre.

Un gars costaud, songea le capitaine, une belle femme, dommage qu'elle ait un œil esquinté. Un gars costaud, oui, vraiment, et qui sera solide à l'ouvrage.

— On part quand ? demanda Gildas, rompant le court silence qui s'était installé.

— Fin avril, début mai. Pas avant. Les tractations avec les Allemands sont compliquées, et pour l'instant je ne dispose que de trente-deux hommes avec vous. J'ai ratissé le pays de Rance et le Clos-Poulet. Il va falloir que j'aille faire un tour dans la Manche.

— Et dans le pays berton [1], suggéra Louis.

— Bien sûr, je vais essayer vers Saint-Quay, Plouézec, Etables, Tréguier. Plus loin, c'est inutile, au-delà du Trégor, ils ignorent ce qu'est un doris !

Le capitaine se leva pour prendre congé. Il s'inclina devant madame Le Morvan, serra les mains des hommes.

— Merci pour votre accueil.

Honorine pointa le menton vers son fils.

— Vous me le rendrez en entier, hein ?

Joseph Delaunay opina du bonnet.

— Ne vous inquiétez pas, madame, le *Châtelet* est un excellent navire.

Puis, tournant les talons, accompagné par Lucifer et son futur avant de doris, il quitta la maison. La question qu'il appréhendait survint au moment où il ouvrait la portière de sa voiture :

— Dites-moi, cap'taine, vous me donnerez bien quelque chose pour acheter mon tabac ?

Delaunay hésita, extirpa un billet de son portefeuille, le tendit au jeune homme.

— Vous savez, dit-il, donner des sous pour le tabac, voilà une tradition qui se perd. C'est vraiment parce que c'est vous. A bientôt.

— A bientôt, merci, cap'taine.

---

1. Le pays breton, dans la langue gallo, soit la basse Bretagne bretonnante.

Gildas avait enfoui l'argent dans sa poche. Il servirait à offrir un cadeau à Angélique. Il fumait peu, ne chiquait pas encore.

Angélique... Il réprima une grimace d'anxiété. Comment allait-il lui annoncer la nouvelle ?

Il rentra dans la maison. Debout devant la fenêtre, les bras croisés sur la poitrine, un mouchoir pressé dans une main, Honorine épongeait son visage noyé de larmes.

Il s'approcha d'elle, l'enlaça. Elle s'abandonna contre la robuste poitrine.

— Ne pleure pas, maman, je serai prudent, je ferai attention.

Il sentit la tête rouler sur son épaule. Une voix hésita avant de s'élever vers lui :

— Ton père aussi disait ça, et tu vois ce qui lui est arrivé, il a péri en mé !

Il s'écarta un peu d'elle pour la contempler, étonné.

— Alors, pourquoi tu n'as rien dit au capitaine, pourquoi tu m'as laissé m'engager sans protester ? J'aurais peut-être changé d'avis...

Elle le repoussa d'un geste agacé, épongea ses joues à l'aide de son mouchoir, s'éloigna vers la cuisine d'un pas décidé, jeta :

— Parce que si j'avais dit non, ç'aurait été comme si je t'arrachais le cœur. Je ne sais pas si t'aimes ton Angélique, mais ce que je sais, c'est que t'adores la mé et qu'on peut pas lutter contre elle !

21

Avril survint. La campagne se couvrit de fleurs. A nouveau, animaux domestiques et paysans peuplèrent la terre grasse. Un soleil généreux perçait souvent entre deux averses, réchauffait une nature avide de lumière.

A la Houle, les cafés et les quais retentissaient des conversations des marins. Quatre terre-neuviers, ceux évoqués par le capitaine Delaunay, lèveraient bientôt l'ancre. Mais à quel prix ? La situation était extrêmement tendue. Craignant sans doute d'être espionnés, les Anglais menaçaient d'expédier par le fond tout navire qui repartirait sur les Bancs.

Pour les anciens, les terre-neuvas qui avaient signé un engagement étaient des fous. On leur trouvait néanmoins bien des circonstances atténuantes, la première étant que ventre vide n'a pas d'oreilles. Si l'on ajoute à cela chez certains un goût immodéré pour le risque et l'aventure... Et puis, c'était également une façon d'oublier l'Occupation et l'omniprésence des Boches.

Fort de son avance perçue et de son prochain départ, Gildas avait quitté son emploi chez Francis Outin. Il eût été incapable de l'assumer tant son impatience de renouer avec l'océan était grande. Plus que jamais, la terre lui brûlait les pieds. Pour tromper l'attente, il secondait sa mère à la maison. Le reste du temps, souvent tôt le matin, il fréquentait la Houle, s'imprégnait de ses odeurs fortes, observait les calfats et le forgeron au travail, admirait les bisquines autorisées à sortir ou à rentrer au port et les femmes besognant aux huîtres.

Les bisquines s'approvisionnaient sur les bancs d'huîtres qu'elles exploitaient à tour de rôle. Il y avait là les Parcs-à-Meury, le Bas-de-l'Eau, les bancs de la Raie, de Saint-Georges, de Bouquerie, de Beauvoir-ô-le-Mont et de la Rive, vers Granville. Il y avait aussi les Corbières, à l'ouest de Chausey.

Les bisquines y labouraient la mer jusqu'au soir avant de regagner la Houle pour y décharger leurs huîtres sur la grève entre la cale de l'Epi et la cale de la Fenêtre. Elles formaient alors à marée basse d'impressionnantes taupinières où se rassemblaient les femmes pour s'affairer au triage.

Assis au bord du quai, Gildas aimait les regarder, toutes vêtues de noir ou de gris, pencher leurs fanchons ou leurs coiffes blanches vers les tas pour trier les « bounes hîtres » par grosseur avant de les jeter dans des mannes d'osier. Autour d'elles, des gamins se disputaient les débris dans l'espoir d'y dénicher de petites huîtres, qu'ils revendraient quelques sous.

En ce printemps, le pittoresque tramway continuait de promener ses passagers et ses enseignes publicitaires vantant les vertus des apéritifs à la mode.

Gildas avait attendu plus de deux semaines après le passage du capitaine Delaunay avant de se décider à annoncer à Angélique qu'il s'était engagé pour une campagne au Groenland. Redoutant les foudres de la jeune fille, il aurait préféré reporter la nouvelle à plus tard, mais il avait aperçu à plusieurs reprises sur la grève madame Josselin, occupée aux huîtres. Pire, place de la Chapelle, il avait croisé un jour le père d'Angélique devant le café de Bretagne. Ils avaient bavardé un court instant puis, prétextant une course urgente, le jeune homme avait fui.

L'alerte était donnée. Ce soir-là, Gildas alla chercher Angélique à la porte du Bazar Parisien. Ils redescendirent à pas lents vers la Houle. Il lui avoua qu'il partait sur le *Notre-Dame-du-Châtelet* pour une campagne au Groenland. Elle acquiesça du chef avec gravité, tourna ses beaux yeux rêveurs vers lui, déclara :

— Ça fait quinze jours que je suis au courant. Tu le clames dans tous les bistrots du port et à tous les gens que tu rencontres. Tu oublies que la Houle est un village et que tout se sait. Je te remercie de m'avoir prévenue en premier. C'est charmant, ça m'a beaucoup touchée. Tu prouves là que tu m'aimes vraiment !

Il resta coi. Sa lâcheté envers elle n'avait d'égal que son désir de partir. Elle ajouta, d'un ton détaché :

— C'est bien que tu t'en ailles maintenant, cela m'évitera de trop m'attacher à toi, et j'aurai moins de peine si tu ne reviens pas. Surtout que tu choisis le bon moment pour embarquer : la mer est bourrée de gens qui s'entretuent, et il y aura bientôt beaucoup de nouvelles veuves, à Cancale et ailleurs !

Puis, après un silence étudié, elle conclut :

— Je t'avais prévenu : dès que tu quitteras le quai, je ne serai plus ta petite amie, encore moins ta fiancée. Je ne serai plus rien pour toi. En tout cas, tu ne seras plus rien pour moi. Quand je me marierai, ce sera avec un homme qui se réveille chaque matin dans mon lit. Et cet homme, je le rencontrerai peut-être pendant ton absence...

— Je comprends.

C'est tout ce qu'il avait trouvé à répliquer. Devant la porte d'Angélique ils s'embrassèrent comme si de rien n'était, avec une passion moins vive, sembla-t-il à Gildas, chez la jeune fille.

Ils se revirent. Angélique demanda même à faire connaissance avec la mère de Gildas. Pour mieux tourner une page ensuite, dit-elle. Elle fut fort bien accueillie, un dimanche, par Honorine et Louis. Celui-ci, subjugué par le charme de son sourire, la jugea distinguée, croquante à souhait, et renonça à expédier en sa présence son jus de chique dans l'âtre.

Honorine avait mitonné un ragoût de pieds de cochon, le pot-au-feu étant devenu inaccessible en raison du rationnement. Elle servit ensuite un riz au coulis à damner tous les gourmands puis, après le traditionnel mic, elle emmena Angélique faire le tour du modeste propriétaire.

Ce soir-là, Honorine dit à son fils qu'il avait beaucoup de chance d'avoir séduit une si parfaite jeune fille.

— Elle est fraîche, elle est gaie, elle a de ben biaoux yeux, lui dit-elle, et elle semble bien amoureuse !

— Détrompe-toi, lui répondit-il, c'est la première et la dernière fois qu'elle vient ici. Elle me quittera dès que j'aurai mis les pieds sur le *Châtelet*.

Honorine haussa les épaules, en femme qui connaît la vie, trottina vers le manteau de la cheminée où reposait sa boîte de tabac à priser. Elle l'ouvrit, en préleva une pincée, la porta avec délices à ses narines avant de se tourner vers Gildas.

— On voit que tu ne connais point les demoiselles. Elle t'aime, aussi sûr que ton nez est au milieu de ta figure.

— Ça, je le sais, maman, mais ce n'est pas suffisant. Elle a du caractère, elle est fière et elle fera ce qu'elle a dit.

— Tu as déjà vu une fille de la Houle sans caractère ? Sûr qu'elle a du caractère, comme toutes les autres. Et comme toutes les autres, elle épousera un pêcheur, sacré nom, et celui-là, ce sera mon fils, c'est moi qui te le dis !

Elle grognonna, son œil s'emplit de mélancolie. Elle contempla un moment la photo représentant Mathurin et elle, le jour de leur mariage.

— Tu sais, ton pè, c'est pareil, je ne voulais pas me marier avec lui, je ne voulais pas pleurer tout mon soûl pendant sept mois et plus qu'il était parti vagabonder sur les més grises. Il disait : « J'aime pas la pêche à la morue, c'est un boulot de bagnard mais j'ai pas le choix, si je veux élever une famille. Faut bien lui donner à manger. » Alors, j'ai cédé. Il était tellement gracieux, tellement hypocrite, tellement gentil avec moi !

Gildas contempla à son tour la photo de ses parents, détailla Mathurin, la taille brève, le torse épais, les bras musculeux et courts, le regard sévère et bon à la fois.

— Tu as peut-être raison, dit-il, on verra bien.

L'embauche de Gildas signée, sa mère s'était mise au travail. Elle avait inventorié avec attention tout ce qu'avait contenu le coffre de son fils, trié tout ce qui pouvait être conservé pour la prochaine campagne. Gildas avait encore grandi de quelques centimètres, ses épaules s'étaient élargies. Il fallait donc repriser, coudre ou tricoter chemises, caleçons de molleton, foulards de flanelle, pantalons de drap ou de toile à voile, tricots. Chaussettes, gros bas étaient devenus trop petits. Il faudrait racheter une paire de bottes de cuir, des mitaines de laine renforcées pour le halage des lignes.

Sur les trois cirés complets que possédait Gildas, l'un avait fait son temps, un second était irréparable, le troisième était comme neuf. Honorine les examinait d'un œil perplexe. C'étaient des sortes de blouses et de pantalons en toile écrue très épaisse qui avaient été trempés et bouillis dans l'huile de lin pour les vernisser et les rendre imperméables. Le bilan était là, elle emmènerait Gildas à Cancale dans les maisons spécialisées Turpin et Eugène Royer pour y choisir un ciré neuf.

En revanche, suroît, bonnet de laine, béret, casquette, tablier de toile cirée destiné au travail de la morue conviendraient encore parfaitement.

Mi-avril, le coffre était fin prêt. Quelques jours plus tard, Gildas annonça à sa mère que le *Notre-Dame-du-Châtelet* mouillait dans le port de La Rochelle. Joseph Delaunay et l'armateur Marie-Ange Glâtre y donnaient rendez-vous à leur équipage pour le 1er mai.

Honorine accueillit la nouvelle comme toute mère de terre-neuvas. Avec fatalisme et raison. Elle égrena plus souvent son chapelet et se promit d'aller prier Notre-Dame du Verger avant le départ de son fils afin de la supplier de le protéger des dangers de la campagne prochaine.

Ce fut le temps aussi du dernier dimanche en compagnie d'Angélique. Gildas l'avait prévenue de son départ l'avant-veille, à la sortie du Bazar Parisien. Elle n'avait pas réagi. Elle l'avait longuement embrassé avant de le quitter. Avait murmuré : « A dimanche. » C'est tout.

Comme à l'accoutumée, ils suivirent la messe ensemble, ce jour-là. Gildas déjeuna ensuite chez les parents d'Angélique. La conversation roula sur l'insupportable présence des Fridolins, le futur départ au Groenland du jeune avant de doris.

Après la vaisselle, Angélique dit :

— Bon, à tout à l'heure, on va faire un tour.

Et ils sortirent. Ils se dirigèrent vers la pointe des Roches-Noires en direction de Terrelabouët, empruntèrent des sentiers se perdant dans les champs. Un soleil de saison adoucissait une fin d'avril qui avait été frileuse. Autour d'eux, tout semblait endormi. Les oiseaux eux-mêmes se taisaient.

Ils allaient, étroitement enlacés, causant de tout et de rien, évitant les sujets qui fâchent, se picorant les lèvres avec une pensive avidité. Gildas emplissait son regard d'Angélique. Elle répondait à ses baisers, le visage mystérieux.

Elle s'arrêta soudain au niveau d'un petit clos adossé à la lisière d'un bosquet, parcourut les environs du regard, puis, se frayant un chemin dans des herbes hautes peuplées de pâquerettes, de fleurs de pissenlit, de coquelicots et de boutons-d'or, elle entraîna Gildas sous l'ombre d'ormes et de chênes aux troncs étouffés par le lierre.

Elle ôta alors sa veste, son châle, les agença avec soin sur le sol, s'allongea dessus ; ses yeux rivés dans ceux de Gildas, elle tendit ensuite les bras vers lui.

Comme il demeurait debout, interdit, elle dit :

— Viens !

Il s'agenouilla. Elle agrippa ses poignets, son cou, l'attira contre elle. Sur elle. Il sentait le corps palpitant, le front brûlant de la jeune fille. Il comprit enfin. Le temps était venu. Les mains de Gildas s'enhardirent, pétrirent la gorge haletante, la délicate tiédeur des cuisses. Comme il hésitait encore, Angélique ôta le dernier rempart, l'abandonna sur un bouquet de boutons-d'or. Il n'y avait plus de doute possible, elle s'offrait. En un éclair il fit voler ses propres vêtements et s'enfonça en elle. Elle poussa un petit cri, lui mordilla l'épaule.

— Doucement, s'il te plaît, doucement ! C'est la première fois.

— Pardon, je suis une brute !

— Fais attention aussi, fais attention !

Il acquiesça d'un hochement de tête, sans savoir ce qu'elle entendait par là. Il freina cependant son ardeur, attentif à la houle puissante qui envahissait ses flancs, son ventre, ses tempes. Pour lui aussi, c'était la première fois.

Angélique gémissait, unie à lui, pétrissait son dos musclé. Un sourire radieux dilatait ses jolies joues rondes. Elle est belle. Je l'aime. Elle est à moi. C'est ma femme ! Gildas scandait ces mots à chaque coup de reins. Exultait.

Une vague plus forte s'éleva alors, déferla, emportant tout. Il sentit sa semence se déverser en elle, y tracer un mystérieux chemin. Elle se souda à lui plus encore, paupières closes.

Ils restèrent emboîtés, immobiles, chairs emmêlées, à l'écoute de leur sang qui battait à l'unisson contre leurs tempes. Ils rouvrirent les yeux, se dévisagèrent, émerveillés.

En roulant sur le côté, il découvrit le petit buisson brun, les cuisses souillées de sang. Il avait été trop violent, trop égoïste. Son front se voila de honte.

— Excuse-moi, dit-il, je t'ai fait mal.

Elle caressa sa joue, éclata d'un rire gai, contenu pour ne pas éveiller l'attention de merles et de chardonnerets folâtrant autour d'eux.

— Mal, pas vraiment, un peu au début, mais c'est normal la première fois. Je t'aime, mon Gildas, je t'aime !

— Moi aussi, je suis fou de toi !

Allongés sur le dos, main dans la main, ils contemplaient les frondaisons qui oscillaient, légères, au-dessus d'eux.

Elle avait essuyé avec soin ses cuisses à l'aide de quelques touffes d'herbe. Quand elle sentit Gildas redevenir fiévreux, elle murmura :

— Viens !

Et ils récidivèrent, éblouis. Il allait partir. Il fallait que les corps, la pensée se souviennent.

Le soleil basculait à l'ouest. Ils se relevèrent, se rhabillèrent à regret, prirent le chemin du retour.

— Tout à l'heure, avant de nous dire au revoir, tu me donneras une photo de toi ? demanda Gildas. Moi, je t'en ai apporté une.

Angélique refusa, d'un hochement de tête.

Gildas s'immobilisa, stupéfait.

— Pourquoi ? Ça me ferait plaisir. Comme ça, sur le bateau je penserais mieux à toi.

— Il ne faut plus penser à moi. Je t'avais prévenu, je te l'avais dit : si tu repars pour la Grande Pêche je te quitte. Voilà, tout à l'heure, ce sera notre dernier baiser.

— Mais, c'est impossible, je t'aime !

— Moins que la mer. Tu as fait ton choix.

— La mer, c'est mon pays !

— Un pays qui ne respecte pas ses enfants.

Il la fixait, incrédule.

— Tu n'es pas sérieuse. Alors, tout à l'heure, ce que nous avons fait ensemble, ça n'avait aucun sens pour toi ?

Elle baissa la tête, contempla le chemin crevassé.

— Si, je t'aime, je sais que je n'aimerai plus jamais quelqu'un autant que toi, et je voulais que tu sois le premier. Et c'est parce que je t'aime trop que je te quitte.

Il serra les mâchoires, extirpa de sa poche la photo qu'il avait apportée pour elle, la déchira dans un grand geste solennel, en dispersa les morceaux au vent.

— Tu sais, conclut-elle, il ne faut pas m'en vouloir. Je pense à mon petit frère tous les jours, et je crois qu'il n'existe pas de mouchoir assez grand pour vous pleurer tous les deux.

Ils regagnèrent la Houle sans échanger un mot, tristes comme le soir qui s'avançait, porteur d'un ciel lourd de menaces de pluie.

TROISIÈME PARTIE

22

Le 26 avril 1941, Francis Outin prêta une charrette et un cheval à Gildas pour qu'il se rende à la gare de Pleslin-Plouër, où il retrouva Clovis Rivat. Celui-ci souhaitait partir de cette gare afin de voyager avec un ami de toujours, Pierre Châteaugiron, saleur, originaire de Plouër.

Les deux hommes déchargèrent ensemble leurs charrettes afin d'enregistrer et expédier l'essentiel de leurs effets : coffre, paillasse, matelas, couvertures pour l'avant de doris. En sa qualité de patron, Clovis y ajoutait mât, voiles et autre matériel indispensable à la bonne marche du doris qu'il entreposait chez lui entre deux campagnes.

Le préposé aux bagages leur signala que les terre-neuvas du pays des Chas les avaient précédés tôt le matin, et qu'ils étaient fin prêts pour le grand départ, fixé au 30 avril.

Clovis se demanda s'il irait boire un mic chez son ami Châteaugiron. Après réflexion, il y renonça, sachant qu'ils se verraient durant toute la campagne de pêche. Ils auraient alors le loisir d'évoquer les bons et mauvais moments qu'ils avaient vécus ensemble. Il le remercierait également d'avoir proposé son nom au capitaine Delaunay.

Les deux hommes choisirent alors d'aller savourer une bolée de cidre au café de la Roche-de-Lesmont, où les marins partant de Plouër et des environs s'étaient donné rendez-vous le jour du départ pour trinquer une dernière fois avant de monter dans le train.

Et le 30 avril arriva. Les terre-neuvas s'engouffrèrent dans le bistrot, heureux pour la plupart de rompre la monotonie des jours, de se retrouver et de naviguer ensemble vers des cieux chargés de brumes et de dangers. Certains freinaient leur plaisir de revoir des camarades d'infortune, car des épouses, des mères, des enfants les accompagnaient, et il était de bon ton de marquer un minimum de tristesse. D'autres embarquaient vraiment à reculons, mais il fallait bien assurer le pain à ceux dont ils avaient la charge.

Pierre Châteaugiron s'installa à la même table que Clovis et son avant de doris. Il leur présenta par la même occasion les deux fils qu'il avait amenés avec lui. Il tourna sa moustache noire, ses oreilles légèrement décollées, son menton en pointe et un sourire malicieux vers ses interlocuteurs et dit :

— Voilà Pierre et Emile. L'aîné, Emile, est aide-saleur. Un gars bien charpenté. Un peu trop, même. Vingt ans qui plaisent aux dames. Vingt ans trop ardents, au goût de sa mère. Il vient avec nous pour apprendre à se calmer un peu.

— Papa, protesta Emile en haussant ses solides épaules, arrête, s'il te plaît !

— L'autre, c'est Pierre, mon petit dernier. Quatorze ans. Pas encore toutes ses dents. La sagesse viendra plus tard. J'étais pas d'accord pour qu'il embarque. Il a eu son certificat d'études, et je voulais l'inscrire au cours complémentaire de Plouër, mais sa mère a insisté pour que je l'emmène.

— T'avais promis de me faire engager comme mousse quand j'aurais l'âge, précisa le gamin. J'ai l'âge, maintenant !

Le père Châteaugiron acquiesça à regret.

— C'est vrai, t'as l'âge, mais tu travaillais bien à l'école. J'suis sûr que t'aurais pu devenir un monsieur.

— C'est la mé qui m'intéresse.

— Je sais, c'est une maladie de famille. Faut vivre avec. Il est rigolo, Pierre. Tout petiot, il rêvait déjà du Baptême du Banc.

Le gamin opina du chef. Ses yeux noirs riaient sous sa tignasse brune aux cheveux ondulés.

— C'est vrai, dit-il, j'ai hâte de prendre dans mes bras la première morue pêchée pour l'embrasser sur les lèvres, comme le veut la tradition !

— Tu connaîtras bientôt ça, mon gars, déclara Clovis en brandissant son demi de bière vide au-dessus de lui. Patron, le même, s'iou plaît !

Le père Châteaugiron se pencha vers l'oreille de son ami.

— J'espère que t'as raison. Tu sais, si je pars, c'est à cause des Fridolins. Si j'étais resté ici, avec mon caractère, j'aurais fini par leur foutre sur la goule. Et puis, ils commencent à prendre des « volontaires » d'office pour les expédier dans leur foutu pays ! C'est ce que j'ai dit à ma femme Adèle pour la convaincre de me laisser filer. Mais ce que je n'imaginais pas, c'est qu'elle me confierait le petiot ! Et là, j'avoue, ça me fait craindre. J'espère qu'il n'arrivera rien, avec tous ces croiseurs et ces sous-marins de malheur qui se dégomment à tour de bras... Monsieur Lebris, le directeur d'école de mon fils, est venu chez moi, à La Guénerais, pour essayer de le convaincre de pas partir, et ma belle-sœur a engueulé ma femme en lui disant qu'elle envoyait son gars tout dret à la mort !

Clovis hocha sa grosse tête débonnaire.

— Ton fils, il est comme toi, il a du caractère. Il faut le laisser faire. Il est comme mon avant de doris. Il ira loin dans le métier.

— T'as raison. T'as sans doute raison.

Après les adieux, scandés par quelques pleurs des familles et de nombreuses recommandations, les terre-neuvas s'engouffrèrent dans les wagons. Le voyage fut long, inconfortable, rythmé par des changements de trains. Mais les hommes avaient l'habitude des nuits d'insomnie. Dans les compartiments, on vidait les musettes emplies de vivres que chacun avait apportées, on saucissonnait en commentant les derniers événements de la guerre, et une fumée épaisse, mélange de tabac et des relents de cheminée de locomotive pénétrant par les fenêtres entrouvertes, envahissait le wagon où s'étaient regroupés les matelots.

Certains poursuivaient conversations et confidences, debout dans le couloir. Dans le compartiment où s'étaient installés Gildas, Clovis et les Châteaugiron voyageait Georges Pierre, un mousse de seize ans, domicilié à Trigavou.

Pierre Châteaugiron fils et Georges Pierre se connaissaient bien, Plouër et Trigavou se situant à quelques kilomètres l'un de l'autre. Tous deux fréquentaient les rives du Frémur et de la Rance, sillonnaient la campagne environnante et se croisaient quelquefois à vélo. Pierre, d'ailleurs, afin de se faire un peu d'argent de poche, parcourait chaque jeudi à bicyclette les villages voisins pour y vendre des sardines salées qu'une marchande de Cancale lui livrait le matin même.

C'est dire que les deux gamins étaient heureux de se retrouver sur le *Notre-Dame-du-Châtelet* pour y partager les mêmes aventures et y apprendre le rude métier de terre-neuvas.

Gildas les observait avec amusement. Ils étaient très différents l'un de l'autre. Plutôt grand et mince, Pierre affichait un regard mélancolique. La tête carrée, ramassée sur de robustes épaules, l'œil décidé, Georges était plus petit. Tous deux devisaient joyeusement, sans trop élever la voix pour ne pas subir l'ire des adultes.

Après une nuit passée en gare de Rennes, les hommes poursuivirent leur voyage, et le 1er mai, comme prévu, ils arrivèrent à La Rochelle. Le *Châtelet*, comme on l'appelait, patientait à quai sous les deux tours, à l'extérieur de la célèbre porte du port. Joseph Delaunay et l'armateur Marie-Ange Glâtre les attendaient sur place depuis plusieurs jours pour achever l'armement du navire.

Les marins déposèrent leurs musettes, choisirent leurs cabanes, les matelots dans le poste avant, patrons, saleur, officiers et mousses à l'arrière, à la « chambre », où seuls le capitaine et le chef mécanicien disposaient d'une cabine individuelle. Puis ils retournèrent à la gare retirer coffres, sacs et bagages divers qu'ils ramenèrent à bord à l'aide de charrettes à bras louées sur place.

Quand les hommes eurent fait connaissance avec la goélette et troqué leurs habits pour leur tenue de travail, Joseph Delaunay les rassembla sur le pont.

— Je ne vous mentirai pas, leur dit-il, d'une voix qui ne masquait ni colère ni émotion, j'ignore encore quand sera fixée la date de l'appareillage. Les autorités allemandes n'acceptent pas notre départ sans certaines contraintes. Leur marine exige que notre opérateur radio lui transmette tous les renseignements concernant les navires que nous rencontrerons lors de notre voyage. En d'autres termes, elle veut que nous servions de mouchards en leur indiquant des cibles possibles de bateaux alliés.

« Je ne peux prendre seul cette décision qui va contre ma conscience et celle de monsieur Glâtre, notre armateur. Aussi, je requiers votre avis. J'attends votre réponse.

Il y eut un brouhaha de voix, des invectives lancées contre ces maudits Boches.

La réponse fusa, unanime, portée par la bouche de Clovis :

— Les hommes sont pas d'accord, cap'taine, dit-il. Ils veulent pas informer les Allemands, pour des raisons faciles à comprendre. En plus, si les Anglais apprennent qu'on donne la position de leurs navires, ils auront vite fait de nous régler notre compte !

Joseph Delaunay pinça ses lèvres avec gravité.

— Je pense exactement comme vous, répondit-il. Il y va de notre honneur de Français et de notre survie. Je vais rendre compte de vos propos à monsieur Glâtre, mais sachez qu'il est de votre avis. Reste maintenant à convaincre la Kriegsmarine de la valeur de vos conclusions, et ça, ce n'est pas gagné. J'espère seulement que la campagne ne sera pas annulée.

Pierre Châteaugiron claqua sa casquette sur une de ses cuisses d'un geste rageur.

— S'ils refusent de nous laisser partir, fulmina-t-il, je rentre chez moi, je traverse la Manche à la nage, s'il le faut, et j'm'en vais rejoindre le général de Gaulle pour foutre sur la goule à tous ces noms de Diou de Fridolins !

Les hommes approuvèrent, avec des rires qui ne masquaient pas leur inquiétude et leur colère. Gildas, qui se trouvait près de lui, pressa l'épaule du saleur.

— Si ça arrive, je viendrai avec toi, mais pas en nageant, ça fait loin, je préfère le bateau !

Dix jours durant, les matelots purent voir l'armateur arpenter le pont de la goélette. Par l'entremise du capitaine, celui-ci leur assura qu'il respecterait la position prise par l'équipage. Entre-temps, il entretenait des discussions serrées avec la Kriegsmarine afin qu'elle accepte d'abandonner son projet.

Ces dix jours furent vécus de façons diverses par les terre-neuvas. Il y avait, certes, l'entretien quotidien du navire, mais celui-ci étant à l'ancre, l'ouvrage était vite accompli. Certains, habitués à lever le coude à la moindre occasion, rayonnaient dans les bistrots du port et d'ailleurs. Ils avaient moins de raisons qu'avant, l'alcool aidant, de clore leurs beuveries en pugilats, car la récession, le couvre-feu et les patrouilles allemandes les incitaient à regagner la goélette plus tôt que lors des précédentes campagnes, où il n'était pas rare de voir la maréchaussée ramener à bord certains récalcitrants.

Les seuls à avoir vraiment des journées bien remplies étaient Joseph Chevalier, le cuisinier, un brave homme originaire de Saint-Malo, et les mousses, l'oisiveté, c'est bien connu, aiguisant les appétits.

Or, sur le *Châtelet*, la cambuse étant remarquablement fournie et le pain abondant, les marins échangeaient volontiers celui-ci contre des huîtres.

Armand Saiget, patron de doris, originaire de Trigavou, avait envoyé le mousse Georges Pierre acheter des araignées de mer tout frais pêchées pour agrémenter les menus.

Bref, on s'organisait pour ne pas sombrer dans le pessimisme ou la mélancolie. La plupart des matelots jouaient aux cartes, à des jeux de société, ou écrivaient à leurs proches. Gildas était parmi ces derniers. Le vendredi 9 mai, il voulut rassurer sa mère et lui annoncer que le départ du *Châtelet* pour le Groenland était imminent. Après les formules d'usage, il lui précisa que l'armateur avait enfin reçu l'aval des autorités allemandes :

Pour éviter tout malentendu avec la Kriegsmarine, notre capitaine a décidé que tout le matériel radio devait être débarqué. Je pense qu'il a raison et je ne suis pas le seul. Nous sommes tous soulagés et nous allons pouvoir enfin passer aux choses sérieuses. Un seul regret dans toute cette malheureuse affaire, c'est que notre opérateur radio va être débarqué et qu'il se retrouvera sans travail.

Puis il évoqua Angélique. Il avoua à Honorine qu'elle l'avait quitté, mais qu'elle restait en lui et qu'elle y resterait sans doute pour toujours. Il n'osait pas lui écrire. Il terminait ainsi sa missive :

Si tu la rencontres, dis-lui bonjour de ma part, et dis-lui que je vais bien. Je vais te laisser, ma petite maman, car je tiens à poster cette lettre avant notre départ pour être certain qu'elle t'arrivera. Je te réécrirai quand nous serons sur les Bancs. Mais ne t'inquiète pas si tu ne la reçois jamais, car avec la guerre, j'ignore si le courrier vous parviendra.

Je t'embrasse, ma petite maman, j'embrasse très fort grand-père. Je vous aime et je pense beaucoup à vous.

Gildas

De son côté, non loin de là, attablé dans le poste arrière, le petit Pierre Châteaugiron écrivait aussi à sa mère. Il lui adressa deux lettres[1] emplies d'émotion, retranscrivant l'anxiété et l'importance du départ du *Châtelet.*

Rochelle. Vendredi 8 mai

Ma chère petite maman

Je t'envoie 2 mots pour te dire que nous partons dans 2 heures papa ne peut pas t'écrire car l'armateur est venu le chercher pour aller à la Marine. Mais il ma charge de vous envoyer un gros baiser d'aurevoir a toi, Francis, Nenette, J'espère que tu as recu d'autres lettres de nous ainsi que notre mandat. Je t'assures que je suis bien content de partir de ce sal coin de cacabots de la Rochelle Tu as le bonjour d'Emile et de Jean.

Ma chere petite maman, je ne vois pas grand chose à te raconter si ce n'est que ce matin nous avons change le bateau de place ce matin.

---

1. Toutes deux authentiques, fautes d'orthographe, mots omis et erreur de date (vendredi 9 mai) inclus.

Enfin ma petite maman je vais te quitter pour aujourd'hui en t'embrassant bien fort pour te dire un doux au revoir de bien loin et que je ne peux t'embrasser de plus près. Embrasse bien Francis et Nenette pour moi.

Si papa peut à son retour de la marine il va te faire une carte ce qui je pense te fera plaisir. Tu vas trouver drôle de ne pas avoir trouvé notre plaque dans la lettre mais je l'ai remise à madame Delaunay.

Je t'envoie en même temps nos cartes.

Ma petite maman nous partons tout à l'heure reçoit de ton grand gars ainsi que de papa un des plus tendres baisers que l'on puisse vous envoyer

Pierre

samedi 10 mai

Tu diras chez madame Legrain que j'en est en bonne santé car il ne peut leur écrire. Embrasse les pour lui et pour moi

Ma chère petite maman

Je te fais bien vite un mot pour te dire aurevoir, nous avons passé la nuit en rade il est midi et le pilote est à bord dans quelques minutes nous allons appareiller. Le père combey a donné son matelot à Papa il la pris aujourd'hui j'espere etre quand meme mieux que sur ma baliere. Nous avons été très heureux à la Rochelle. On achetait des crabes poilus qui étaient bien bonnes. Je viens de tailler la soupe avec l'autre mousse. mais j'espere ne pas manger de bonne heure. Tout à l'heure quand ma lettre và etre terminée je vais aller tirer la chaîne. Papa ne peut pas t'écrire car il est donner la main à appareiller. Je t'assure que l'on a tous le cafard. Ce matin on a équippè les doris en cas de malheur. Mais j'espere qu'ils ne serviront pas. Je vais remettre ma lettre au pilote quand il va nous quitter

Enfin ma petite maman tu diras que je ne t'en met pas bien long mais je t'ai déjà écris hier.

Et je vais te quitter pour aujourd'hui

En t'embrassant bien fort Embrasse bien Francis et Nenette pour. Je t'assure que je pense sans cesse à vous trois

Enfin aurevoir, Vivement le retour.

Ton grand gas qui t'envoie un gros baiser.

Pierre

23

Le rôle d'équipage étant enfin établi au quartier d'inscription maritime de La Rochelle, le samedi 10 mai 1941, ce furent trente-huit hommes, en définitive, qui composèrent l'équipage du *Châtelet*, l'officier radio ayant été débarqué.

C'est ainsi que, ce même jour, la goélette sortit du port, passa devant le paquebot *Champlain* coulé là. Les matelots regardaient défiler le rivage. Tous avaient vu s'effacer les silhouettes de mesdames Delaunay et Glâtre, agitant leurs écharpes comme pour conjurer le mauvais sort. Une angoisse palpable marquait les visages des marins. Tout à l'heure, le pilote rejoindrait l'armateur et les deux femmes pour leur confier le courrier écrit par l'équipage.

La goélette ayant mis le cap sur le Groenland au moteur, Gildas s'attarda un moment sur le pont. A dix-huit heures passées, un beau ciel de traîne se languissait au-dessus de l'océan. Près de l'avant de doris, les mousses Georges et Pierre ne quittaient pas la côte des yeux ; le voyage aller étant prévu en droiture [1], ils savaient qu'ils n'étaient pas près de revoir le

1. Sans toucher terre.

moindre lopin de terre. Ils riaient pour oublier leur inquiétude, aux périls quotidiens de la mer s'ajoutant ceux de la guerre.

Gildas les observait en souriant. Pourtant, ses pensées étaient ailleurs. Près de sa mère, bien sûr, près d'Angélique surtout. Il s'interrogeait sans cesse. Avait-il fait le bon choix ? N'eût-il pas mieux valu rester au Clos-Poulet, près de celle qui lui manquait tant ? Et qu'il ne reverrait plus ?

Son regard dériva sur le pont où huit doris de sécurité avaient été gréés avec soin. Chacun était pourvu de cinq caissettes de biscuits et de cinq bidons de deux litres d'eau chacun, afin de faire face en cas de naufrage.

Autour de lui, la bordée de quart avait pris son service ; la seconde bordée et la bordée du milieu, ou piffauderie [1], regagnaient peu à peu leurs cabanes en attendant la soupe du soir.

Gildas les suivit bientôt. Il dîna sans appétit, se coucha tôt. Allongé, les yeux clos, il savourait les douceurs de son nouvel univers. La paillasse était bien fraîche, la cabane assez spacieuse. Acheté en 1931 par Marie-Ange Glâtre, le *Châtelet* était décidément une goélette moderne où le terre-neuvas était mieux pris en compte que sur *la Valeureuse*. Construit en acier, disposant d'un moteur Kromhout de cent quatre-vingts CV, d'une chambre froide, de doris neufs, il offrait davantage de sécurité dans sa marche, éliminait des tâches difficiles comme le guindeau, et les pestilentiels appâts au bulot y étaient avantageusement remplacés par le hareng congelé, sans odeur, et beaucoup plus facile à manier sur les hameçons.

---

1. Ou encore chauffauderie : tous les « non-dorissants » du bord.

Le sommeil, cependant, tardait à se manifester pour Gildas. Angélique partageait sa couche. Elle était omniprésente, s'allongeait tout contre lui, lui murmurait des mots précieux. Sa main furetait sur son corps, ses doigts redessinaient ses joues, ses oreilles, son front. Gildas exultait, roulait d'une hanche sur l'autre, comme si elle avait vraiment été là. Elle s'installait à califourchon sur lui, lui offrait son intimité. Elle était à lui. Tout à lui. Elle l'aimait !

Il retrouva la raison. Il était seul. Seul, pas tout à fait. Il écoutait la grande et calme respiration de l'océan flattant les flancs du navire. Il se rassura et pensa : On ne peut pas tout avoir. Ce serait trop beau. J'ai la mer, c'est bien. Il songea à la guerre, aux incertitudes des lendemains. On est dans une de ces merdes !

Angélique revint le hanter. Ses chairs délicieuses, son sourire si pur, si lumineux. Elle avait soudain toutes les vertus, sauf qu'elle ne voulait pas de lui, pas d'un terre-neuvas ! Elle exagère, quand même ! Je n'ai pas la lèpre !

Il s'endormit enfin, à quelques minutes de l'heure où il lui faudrait se lever.

Le lendemain, le second bouscula mousses et novices. La propreté d'un navire, les exigences de la cuisine, la préparation du matériel de pêche pour les dorissiers nécessitaient leurs bras. Ils s'y adonnaient sans broncher, conscients que c'était une étape indispensable à leur apprentissage. Plus que tous, le petit Pierre Châteaugiron mettait du cœur à l'ouvrage, sachant que son père ne lui accorderait aucune faiblesse. Les matelots n'étaient pas en reste ; quand la brise devint portante, il fallut hisser la toile. A quoi bon naviguer avec un voilier si l'on n'utilisait que les moteurs ? Des moteurs dont il fallait ménager le carburant ; la campagne serait longue, hasardeux les vents, imprévisibles les incidents de parcours. Enfin, plus l'armateur retrouverait de mazout dans les réservoirs, moins élevés seraient ses frais, plus grandes seraient les parts des hommes au retour. Du moins l'espéraient-ils.

Le lundi 12 mai, dans l'après-midi, un hydravion survola le *Châtelet*, à trois cents milles environ à l'ouest des côtes, effectua quelques tours à basse altitude au-dessus de lui pour l'inspecter avant de mettre cap au nord.

Les matelots disponibles s'amassèrent sur le pont.

— Il porte la croix de Lorraine, crut remarquer Clovis.

Le mercredi 14, à l'heure de midi, alors que la bordée descendante s'apprêtait à passer à table, un sous-marin fit surface à quelques encablures tribord arrière du *Châtelet*. L'équipage au grand complet se précipita sur la dunette pour regarder le submersible rattraper la goélette, s'attarder à sa proue pour relever son nom, avant de venir à son niveau par bâbord. Entre-temps, pressentant un arraisonnement, Joseph Delaunay avait donné l'ordre de stopper les machines et de hisser le pavillon à la corne d'artimon.

Deux canonniers en tricots blancs se découpaient sur le pont du sous-marin ; un troisième homme, vêtu d'un ciré noir et coiffé d'un suroît, un officier sans doute, interpella le capitaine en français :

— Vous savez que vous devez signaler la position de tout sous-marin rencontré en mer ?

Les mains crispées sur la lisse, Joseph Delaunay dodelina affirmativement de la tête avant de lever un bras pour confirmer qu'il avait bien entendu la question.

— Je ne peux pas, nous n'avons pas de TSF à bord !

— Où allez-vous ?

— Au Groenland, pêcher la morue !

— Ça va, vous pouvez poursuivre votre route !

Intrigué, l'équipage regarda disparaître le submersible.

— C'est bizarre, nota le second en se massant pensivement le menton, il a une coque grise sans aucune marque. Il n'y a pas moyen de l'identifier. Anglais, boche, autre chose, allez donc savoir ?

— C'est vrai, approuva Châteaugiron père, en tout cas, heureusement qu'il n'avait pas de mauvaises intentions, parce qu'il avait quand même un canon à l'avant, un autre à l'arrière, et une belle mitrailleuse. Avec tout ça, ils auraient pu nous expédier par le fond en moins de deux, s'ils avaient voulu !

Patron dorissier, aux caractéristique accent et patois de son pays normand, le Fécampois Eugène Caron résuma ce que tout le monde pensait :

— Y en a qui n'ont pas voulu aller à la pêche, cette annaye, parce qu'ils avaient la pétoche, et ben, on veye des sous-marins et y nous font point de misée !

Jean-Baptiste Mousset, jeune chef mécanicien, originaire de Trigavou comme le petit Georges Pierre, avait fait son service militaire comme sous-marinier. Il s'empressa de conclure, d'un ton débonnaire :

— T'as raison, c'est pas méchant. Ils font leur boulot. Ils ont juste voulu voir qui on était, et maintenant c'est réglé !

Les sourires revinrent sur les visages jusqu'alors préoccupés. Après tout, la traversée se déroulerait peut-être sans anicroches.

Gildas remarqua cependant qu'après le départ du sous-marin le capitaine Delaunay était redescendu dans sa cabine sans faire le moindre commentaire.

— C'est sans doute qu'il avait rien à nous dire, lui répondit Clovis dans un vaste haussement d'épaules.

Rassurés, les hommes repartirent à leurs occupations. La campagne à venir ressemblait de plus en plus aux précédentes.

Au changement de bordée de vingt heures, la goélette remit majestueusement toute sa toile. La nuit tombant, Pierre Châteaugiron, le saleur, alluma ses fanaux.

A minuit, le Normand de Fécamp, Eugène Caron, releva le lieutenant dorissier Eugène Leroux, de Pleudihen-sur-Rance. Rien à signaler. La mer était aimable, les vents portants. Les feux à pétrole, remplaçant les feux électriques ne fonctionnant que lorsque le moteur était en marche, étaient allumés et clairs.

Eugène Caron éteignit sa cigarette avant de prendre son quart. Puis, le nez dans les étoiles, tout en surveillant la route du navire, il songea à sa famille et à tous ceux qu'il avait la faiblesse de supporter ou d'aimer.

24

La nuit s'étirait doucement. Le *Châtelet* taillait sa route sur une mer calme. Dans les ténèbres, soudain, un coup de canon fit tressaillir les hommes de quart. Ils virent alors deux éclairs zébrer le ciel sur tribord, et bientôt, alors qu'ils repéraient la silhouette d'un sous-marin, un choc énorme ébranla le navire.

Des cris de surprise, des hurlements de souffrance jaillirent.

— Ce sont des obus ! On nous tire dessus ! brailla quelqu'un.

— Le feu ! Le feu ! clama une voix à l'avant.

Des flammes s'élevaient en effet, couraient sur le pont. Un des obus avait touché le gaillard où étaient entreposés les fûts de pétrole. Les focs s'embrasèrent.

Dans le poste, Gildas se réveilla en sursaut. Durant une seconde, il se demanda s'il rêvait. Il lui fallut se rendre à l'évidence : affolé par les violentes secousses qui ébranlaient à nouveau la coque, l'équipage tout entier cédait à la panique. Sa veste à la main, Gildas se précipita hors de sa cabane, buta dans les matelots qui se bousculaient en tous sens, les uns cherchant à enfiler leurs bottes et leurs vêtements, les autres filant vers le pont dans leurs habits de nuit ou en caleçon.

— On est attaqués ! hurla une voix anonyme dans la pénombre. On cherche à nous couler !

Les chocs redoublaient. Gildas saisit ses bottes, un ciré, sa brassière, et il se jeta au-dehors. Le feu gagnait les voiles une à une, éblouissant la nuit. Le jeune homme se rua vers les bredindins. Des matelots l'avaient précédé et crochaient les doris à bâbord et à tribord pour les affaler et fuir le navire.

Des cris, des râles, des gémissements jaillissaient de partout, soulignant qu'il y avait déjà de nombreux blessés. Gildas se retrouva près du mousse Georges Pierre. Tous deux entendirent le capitaine Delaunay lancer des consignes et s'efforcer de mettre un peu d'ordre dans l'évacuation du navire.

— On mettra le cap sur l'Espagne, criait-il, mais on embarque d'abord tous les blessés !

Puis il ajouta, comme s'il s'adressait à sa conscience :

— On ne pourra pas nous reprocher de les avoir abandonnés derrière nous !

Georges Pierre agrippa l'épaule de Gildas.

— Regarde, c'est affreux !

Horrifié, il désignait son copain, le petit Pierre Châteaugiron. Coupé en deux au niveau du bassin par un éclat d'obus, celui-ci agonisait en appelant « Maman ! Maman ! ».

Remonté du doris dans lequel il avait cherché refuge, son père s'était précipité vers lui dans l'espoir de l'emporter. Près d'eux, un marin, la poitrine enfoncée, la bouche ouverte, happait en vain ses dernières bouffées d'oxygène. Plus loin, hébété, une jambe arrachée, le jeune Emmanuel Nogret achevait de se vider de son sang.

Et les canons continuaient de tonner.

Georges Pierre et Gildas détachèrent leurs regards de cet horrible spectacle, avisèrent un canot à demi vide au-dessous d'eux et se jetèrent dedans, suivis par deux autres matelots. L'embarcation se déborda bientôt, aussitôt remplacée par une autre. Plusieurs doris, chargés de survivants, s'étaient déjà éloignés. L'un d'entre eux n'eut pas cette chance. A peine décroché des bredindins par ses occupants, il explosa, touché par un obus, projetant, vivants ou morts, ses hommes à la mer.

Guidé par des bras vigoureux, le canot de Georges et Gildas s'enfonça très vite dans l'obscurité afin d'échapper aux tirs des canons et aux salves de mitrailleuse crépitant contre la coque du *Châtelet*. Leurs yeux fouillaient la nuit. C'était bien la masse caractéristique d'un sous-marin qu'ils distinguaient au loin. Gildas avait pris place sur un banc de nage et, ses solides épaules nouées par l'effort, aidé par un de ses compagnons, il souquait ferme, d'autant plus ferme que les servants de la mitrailleuse, ayant repéré leur doris, avaient pointé leur arme dans sa direction et tiraient sur lui, heureusement sans l'atteindre.

Une fois hors de danger, ils ralentirent la cadence et se comptèrent. Sept hommes : Armand Saiget, Jean Poncel, François Séradin, Marcel Neveu, Louis Auvray, Gildas Le Morvan et le mousse Georges Pierre. Ils étaient trop nombreux. Mais que faire ? A situation exceptionnelle, solutions exceptionnelles.

Les rames avaient été levées. Fondus dans les ténèbres, les occupants du doris guettaient les tirs et contemplaient, atterrés, le *Châtelet* métamorphosé en brasier.

Le canonnage dura une demi-heure encore, puis un impressionnant silence s'empara de la mer. Les terre-neuvas, eux aussi, demeuraient muets, comme s'ils avaient cessé de vivre. Perforée par les obus, la goélette s'enfonçait peu à peu dans les flots. Le sous-marin s'approcha à une distance respectable de son arrière, défila lentement sur son tribord, s'assurant qu'il n'y avait plus de survivants.

Une autre demi-heure plus tard, le *Châtelet* coulait définitivement.

Seul à avoir emporté sa montre de gousset, Saiget regarda l'heure : trois heures dix. Hébétés, les hommes continuaient de garder le silence. Sa sinistre œuvre accomplie, avalé par la nuit, le submersible avait disparu.

— On est à peu près à quatorze, quinze pièces [1] de l'endroit où ils ont canonné notre pauvre *Châtelet*, commenta finalement Armand Saiget, ça explique qu'on n'a pas entendu les remous quand il a coulé.

— Tout est fini, enchaîna Jean Poncel, lieutenant dorissier, le danger est écarté, je crois qu'il est de notre devoir de retourner là-bas pour vérifier s'il n'y a pas des rescapés.

— C'est ce que j'allais vous proposer, dit Gildas, il y a peut-être des camarades accrochés à des débris du navire...

Ils acquiescèrent tous avec gravité. Une minute plus tard, l'embarcation mettait le cap sur les lieux du désastre.

Soudain, alors qu'ils arrivaient sur place, une voix rompit le silence tandis qu'un canot se profilait sur leur bâbord :

---

1. Pièces de ligne. Une pièce mesure cent trente-trois mètres. Les quinze pièces représentent donc environ deux kilomètres.

— Oh, les gars ! Ici, c'est l'doris à Léon Pépin ! On est quatre à bord. Avec moi, y a Laveuve, Gagelin et Allain.

— Nous, on est sept ! cria Poncel. Poncel, Saiget, Auvray, Séradin, Neveu, Le Morvan et le mousse Georges Pierre.

— Vous avez des nouvelles des autres barques ? reprit Pépin en amenant son doris bord à bord avec celui des autres survivants.

— Rien, dit Saiget. Faut qu'on cherche. Allez, pas de temps à perdre, on s'y met tout de suite. La mort n'attend pas !

Ils quadrillèrent la zone ensemble, s'interpellant dans l'obscurité, dans l'espoir d'un signe, d'un appel à l'aide. Rien. Il fallut se rendre à l'évidence. Ils revinrent bord à bord.

— Et les autres doris, demanda Gildas, vous avez idée de ce qu'ils sont devenus ? Il y en a un qui a explosé juste avant qu'on monte dans le nôtre, mais j'en ai vu plusieurs se sauver, avec quatre à six hommes à bord.

— Ce que je sais, déclara Pépin, c'est que quand on est partis, le capitaine et le chef Mousset étaient toujours sur la dunette. On pouvait pas les manquer, ils étaient éclairés comme en plein jour !

Le mousse Georges Pierre serra les poings dans ses poches. Il aimait Joseph Delaunay et Mousset, le chef mécanicien. Il n'eut pas à le préciser.

Armand Saiget prit la parole, d'une voix brisée, debout dans le doris chahuté par les lames.

— J'espère qu'ils sont quèqu'part en vie, ces deux-là. J'les connais bien, ce sont des braves et des gentils, ils habitent à deux pas de cheux nous, y sont du pays des Chas. Ce serait misère s'ils nous avaient quittés. Le cap'taine voulait absolument charger les blessés dans sa barque. J'sais pas s'il a réussi à déborder...

C'en était trop, le petit Georges éclata en sanglots.

— Bou Diou d'merde ! explosa-t-il. Putains de Boches !

Nul ne releva les propos du mousse, d'ordinaire moins prodigue en jurons, et puis au cours de leurs campagnes les marins en avaient entendu bien d'autres.

— Bon, on n'a plus rien à espérer ici, dit Poncel, faut qu'on s'en aille. Je propose qu'on fasse de l'essuette [1] et qu'on essaie de naviguer de conserve jusqu'en Espagne.

Léon Pépin opina du bonnet.

— D'accord, dit-il, mais avant, faudrait peut-être équilibrer les bateaux. On est quatre, vous êtes sept, on peut prendre l'un d'entre vous.

Les hommes se consultèrent rapidement du regard. Ils étaient nombreux, certes, mais à l'exception du mousse tous étaient avants ou patrons de doris, et bras et compétences seraient les bienvenus au cours de l'incertain périple qu'ils auraient à accomplir, s'ils voulaient survivre à cette infernale aventure.

Ils auraient pu confier le petit Georges à Léon Pépin pour alléger leur embarcation, mais le gamin était de Trigavou. Poncel, Saiget et Auvray connaissaient sa mère. C'était à eux de le protéger.

— On reste comme on est, déclara Saiget après avoir recueilli l'avis de ses compagnons. De toute façon, on navigue de conserve. Y s'ra toujours temps d'aviser, le moment venu.

---

1. Pour « est-sud-est ».

Les hommes hochèrent la tête. Le silence revint. La peine était immense d'avoir perdu le *Châtelet*, de nombreux camarades et amis, et l'angoisse terrible en pensant aux incertitudes des lendemains.

On était le 15 mai, à quatre heures du matin. Ils étaient égarés sur l'océan sur deux fragiles esquifs, par latitude 47°30 nord et longitude 18° ouest, à environ six cents milles des côtes françaises.

25

Premier jour.

Malgré la peine d'avoir perdu des compagnons, les hommes conservaient un assez bon moral. Dès le lever du jour, ils quittèrent les vêtements inutiles, quand ils avaient eu le réflexe d'en prendre, avant de se jeter dans les doris, et sur leurs bancs les nageurs tiraient avec cœur sur les avirons.

Le bilan de ce qu'il y avait à bord avait été vite établi. Le canot contenait cinq caissettes de biscuits, cinq bidons de deux litres d'eau, deux gilets de sauvetage apportés par Gildas et le mousse, et deux grandes capotes cirées noires. Mât, voile étaient restés entreposés sur le *Châtelet*. Il n'y avait plus qu'à espérer rencontrer un navire ami ou toucher terre rapidement, car l'équipage ne pouvait compter que sur ses bras et son courage pour avancer sur un océan s'étendant à l'infini.

Au matin, Saiget lança un chant à ramer pour régler la cadence :

Mon père a fait bâtir maison,
Tire, va donc sur les avirons
Pour quatre-vingts jolis maçons

Tire, tire, marinier, tire,
Tire, va donc sur les avirons.

Le roi passe aux environs,
Demande à qui est cette maison.
C'est pour ma fille Jeanneton
Mais à une seule condition...

La chanson s'éteignit là. Chanter aiguiserait la soif. Et puis les dorissiers gardaient trop en mémoire la tragédie de la nuit. Les figures étaient graves, tourmentées.

Georges Pierre revoyait le corps martyrisé du petit Pierre, son agonie sur le pont. Tous avaient dans les yeux des images hallucinantes ; chacun se souvenait d'un détail précis, s'interrogeait sur le sort des autres doris, sur le nombre éventuel des survivants, sur leur propre avenir. La vision du trois-mâts en feu brûlait leurs paupières. Rage et fatalisme torturaient les esprits.

Mais ils étaient des marins rudes et fiers, « cœurus », comme l'affirmait le petit Georges dans son langage imagé, c'est-à-dire des hommes robustes, comme ce grand gaillard de François Séradin ou Gildas Le Morvan, dont la puissance et la détermination s'affichaient à chaque attaque de l'aviron dans l'eau.

Deuxième jour.

S'il y a une terre quelque part, pensait Georges, avec les bras de tous ces gars-là, on y arrivera.

C'était pourtant bien loin d'être partie gagnée : depuis La Rochelle, un soleil implacable avait accompagné la goélette dans sa course, et ses rayons noircissaient la peau des terre-neuvas dont aucun n'avait eu le réflexe de se saisir d'une casquette, d'un béret ou d'un bonnet avant de se précipiter dans le doris. Grâce au ciel clair, Poncel, le bosco, et Saiget, patron dorissier, lisaient leur chemin la nuit à l'aide des étoiles, et l'embarcation poursuivait sa route à l'essuette comme prévu, les côtes d'Espagne étant nécessairement dans cette direction.

La plus grande préoccupation des rescapés restait cependant la boisson et la nourriture. Il fallait économiser à tout prix. Chacun buvait une gorgée d'eau, de loin en loin, grignotait un petit morceau de biscuit tout en rêvant à de somptueux festins.

Marcel Neveu s'étant révélé être un médiocre avant de doris, Georges et lui se retrouvèrent cantonnés aux deux extrémités du bateau afin de ne pas gêner sa marche. Les heures s'égrenaient. Les matelots ramaient ou s'essayaient à dormir un peu entre deux efforts. Nul ne trouvait le sommeil. Chacun se demandait s'il tiendrait encore longtemps. Les gorges s'asséchaient, la faim commençait à titiller les estomacs ; sans mitaines pour les protéger, les mains enroulées sur les avirons multipliaient gerçures et crevasses. Ténacité et courage ne suffiraient sans doute pas. Ils iraient pourtant aux extrémités de leurs forces. Ce qu'ils craignaient plus que tout, c'était le manque d'eau et les insolations. Deux gilets de sauvetage paraissaient dérisoires dans cette embarcation où ils s'entassaient à sept. Qui les enfilerait en cas de coup dur ? Le mousse, et ensuite ? Ils évitaient d'évoquer cette éventualité. Pour le moment, les gilets en question servaient d'oreillers pour se reposer ou dormir.

Tous scrutaient un ciel désespérément bleu, suppliaient la bonne Vierge d'intervenir pour faire tomber une pluie qu'ils s'empresseraient alors de recueillir dans les deux capotes cirées se trouvant à bord.

Des bonnes Vierges, il y en avait pléthore chez les terre-neuvas. Chaque marin en avait une, la seule à laquelle il faisait réellement confiance. Sur le canot, les hommes de Pleslin-Trigavou invoquaient Notre-Dame de la Grotte, Vierge d'une chapelle de Pleslin, Gildas ne jurait que par la bonne Vierge de Notre-Dame-du-Verger...

Entre deux prières, Louis Auvray entretenait ses compagnons de sa vie de terrien. C'était un gaillard carré, rustique, au teint rubicond dénonçant chez lui le goût du bien-manger et du bien-boire. Terre-neuvas, il se métamorphosait en tueur de cochons ambulant l'hiver. Afin de maintenir le moral des troupes sur le doris, il leur contait les subtilités de son second métier. Il proposait ses services dans les fermes aux environs de Pleslin et Plouër. Certes, ça ne suffisait pas à l'enrichir, mais après chaque sacrifice de la bête il partageait la table avec les fermiers qui l'avaient engagé, et Dieu sait si ceux-ci savaient se montrer généreux.

Aux rescapés attentifs, il faisait oublier pendant quelques minutes leur terrible situation. Ils avaient droit à tous les détails, à quelques anecdotes souvent peu ragoûtantes, quelquefois drôles. Partout où il intervenait, les anciens du village le plus proche étaient conviés à tenir les pattes du cochon, pendant qu'il l'égorgeait à même la paille ou sur une cuve renversée. Il l'échaudait ensuite, grattait les poils avant de le suspendre par les pattes arrière, puis il l'ouvrait en deux pour lui ôter les entrailles dont les femmes s'emparaient pour fabriquer saucisses et andouilles, le sang servant à confectionner le boudin avec des raisins ou des pommes aigres. Dépecé le lendemain par ses soins, le cochon se métamorphosait alors en succulents rôtis, côtelettes, grillades, morceaux de lard salés. Suivraient, préparés par la fermière et ses voisines, de grands plats de pâtés, si délicieux à savourer avec des pommes de terre ou du chou-fleur.

Malgré leurs gorges sèches, les dorissiers déglutissaient, se souvenant du parfum des andouilles roulées dans la cendre du foyer, puis pendues dans la cheminée pour être fumées. S'ajoutait, insupportable dans leur mémoire, l'odeur des rôtis grillés avec des pommes de terre.

Ainsi, ce soir du deuxième jour, Louis Auvray fit oublier un court instant à ses camarades la précarité de leur situation. Ses histoires terminées, il avala une gorgée d'eau parce qu'il avait beaucoup parlé, puis, se recroquevillant au fond du bateau, il s'endormit. Les autres l'entendirent gémir, rigoler, grogner, se plaindre, ronfler, se retourner sur lui-même, dans de grands chavirements du corps.

A l'aube du troisième jour, il se dressa sur son séant, promena un regard halluciné autour de lui, éclata de rire en désignant l'océan.

— Oh, eh ben, v'là-t-y pas eune pièce de terre ben labourée, nom de d'là !

Et il se précipita dans l'eau.

— A virer le canot, s'écria Saiget, le moment de stupeur passé, faut le sortir de là !

Les hommes effectuèrent la manœuvre, amenèrent le doris contre l'infortuné Auvray. Penchés au-dessus de la lisse, Gildas et Georges l'agrippèrent aux épaules et aux bras et le hissèrent à bord.

Il demeura un moment immobile, un regard incrédule planté sur ses compagnons, marmonnant des propos incompréhensibles, puis il se mit brusquement à gigoter en tous sens au risque de faire chavirer l'embarcation.

— Il n'y a qu'une façon de le calmer, dit Gildas.

Joignant le geste à la parole, il lui assena un coup d'écope en bois sur le crâne.

— Eh ben, commenta Georges, le pauvre, il avait déjà plus beaucoup de tête à cause du soleil, et v'là que tu lui colles un gnon sur la cafetière !

— C'est un peu raide comme procédé, reconnut Poncel d'une voix grave, mais ça a au moins le mérite d'être efficace.

Sonné par le coup, les yeux écarquillés, Auvray restait enfin immobile. Il finit par s'endormir entre les jambes des hommes assis sur les bancs de nage.

Et le voyage se poursuivit, monotone : océan calme, soleil aveuglant, insupportable miroitement de l'eau. Pour lutter contre l'insolation, les dorissiers trempaient leurs mouchoirs dans la mer quand ils en avaient un, et le posaient sur leurs têtes.

A la mi-journée, Saiget se redressa d'un bond et pointa un doigt à l'ouest en direction de l'horizon.

— Là-bas, y a quèqu'chose qui flotte !

Il y avait quelque chose, en effet, mais quoi ?

Avec la corne de brume, ils alertèrent l'autre canot. Léon Pépin leur adressa un signe de connivence. Il avait vu, lui aussi. Espérant qu'il s'agissait d'un navire, les deux barques mirent le cap sur la « chose ».

Au bout d'un moment ils pensèrent reconnaître un radeau. Un peu plus tard, leur opinion était faite.

C'était bien un radeau de grande taille, sans occupant, en dérive. Ils l'accostèrent bientôt, sautèrent à bord pour l'inspecter après que l'on eut arrimé les embarcations.

C'était une structure d'environ cinq mètres sur cinq, construite à l'aide de fûts d'huile de deux cents litres, vides, et de petits madriers assemblés avec soin. Abrités dans une niche, ils découvrirent un barillet aux trois quarts rempli d'eau douce et deux bouteilles, dont l'une était pleine d'eau-de-vie et l'autre d'un alcool dénaturé. En partageant cette manne entre les deux doris, on s'aperçut qu'il n'y avait que douze litres d'eau ; quant à l'eau-de-vie, une fois les lèvres trempées, il apparut que c'était un infâme tord-boyaux dont l'unique vertu serait de faire oublier un bref instant l'enfer qu'on traversait.

Et le voyage reprit à l'essuette. Auvray, qu'un coup de gnôle semblait avoir ramené à la raison, demanda à reprendre sa place au banc de nage. Poncel et Saiget refusèrent. Le risque était trop grand de voir le dorissier reperdre d'un seul coup l'esprit et balancer pardessus bord un précieux aviron.

— Non, non, Louis, lui dit Saiget en lui administrant une claque amicale dans le dos, tu ne vas pas nager maintenant. Repose-toi core un peu, on verra plus tard.

L'après-midi vit les matelots, ragaillardis par l'eau et une gorgée d'alcool, centrer leurs conversations sur leur découverte. Que s'était-il donc passé sur ce radeau ? Avait-il accueilli des naufragés ? Avaient-ils été sauvés par un navire ou enlevés par des vagues lors d'un coup de chien ? Pourquoi un radeau aussi remarquablement élaboré ? C'est qu'il en avait fallu, des jours, pour réaliser un tel ouvrage !

On imaginait mal un équipage s'ingénier à construire une telle structure sur un bateau en perdition. Peut-être s'agissait-il de marins échoués sur une île déserte à la suite d'une tempête ?

Quatrième jour.

Les doris taillaient toujours leur route vers l'Espagne. Auvray semblait avoir recouvré la raison.

Dans la matinée, une longue houle apparut. Vers midi, elle avait pris une telle ampleur qu'il devint impossible de ramer.

— On va mettre à la cape[1], décida Poncel. On va amarrer un aviron par son milieu au bout de la bosse. Quand y sera à l'eau, y nous tiendra boutte à la lame[2].

— T'as raison, admit Armand Saiget, qui commençait pourtant à douter des choix du bosco.

Et on se mit à capeyer avec plus ou moins de fortune. Le moral au beau fixe de la veille était redescendu. L'océan se rappelait aux rescapés avec ses caprices, ses imprévisibles sautes d'humeur. De quoi serait fait demain si la houle montait encore ?

On avait fait honneur à l'eau la veille, mais on savait sa réserve bien modeste. Le travail sur le banc de nage apparaissait de plus en plus éprouvant, la faim tenaillait les entrailles, diminuait les forces des dorissiers. A cela s'ajoutaient l'ankylose, les douleurs musculaires, les brûlures aux mains et aux fesses quand il fallait reprendre les avirons.

---

1. Cape : allure de gros temps, voiles réduites au minimum, vent debout ou près du lit du vent par mesure de sécurité.

2. Face à la lame.

La mer restait démesurément vide. Les hommes ne parlaient plus pour ne pas irriter davantage des gorges asséchées par la soif.

Au soir tombé, juste avant le crépuscule, les deux doris étant à portée de voix, les marins échangèrent cependant quelques propos.

— Demain, on ira voir le Consul ! s'écria Pépin avant que son canot se perde dans la nuit.

Georges flanqua un coup de coude dans les flancs de Gildas, allongé au fond de la barque près de lui.

— Ça commence à chauffer sous le crâne du Pépin, dit-il. Il est comme Auvray, il perd la boule !

Gildas regarda le mousse avec affection. L'adolescent semblait vouloir résister à toutes les infortunes. Il avait maigri, certes, fondu même, mais dans le visage émacié et grave se lisait toujours la même détermination.

Ce sera un sacré matelot, songea Gildas, si la bonne Vierge nous laisse en vie.

La tête nichée sur un gilet de sauvetage, il se pelotonna sur le côté et ferma les yeux. Après la chaleur caniculaire de la journée, la fraîcheur tombait, s'infiltrait sous ses habits, titillait son échine.

Malgré la fatigue, il ne parvenait pas à trouver le sommeil. Georges lui rappelait Jean-Marie. Jean-Marie le ramenait irrésistiblement à Angélique. Mais avait-il vraiment besoin du frère pour invoquer la sœur ? Elle était présente en lui à tout moment. Son prénom résonnait dans sa mémoire à chaque coup de pelle de son aviron piochant l'océan. Il ne pouvait vivre sans elle. Vivre ? Ce mot avait-il encore un sens ? Serait-il encore vivant demain ? Que faisait-elle, en cet instant ? Pensait-elle parfois à lui ? L'avait-elle déjà remplacé ?

Sa mère, son grand-père savaient-ils que le *Châtelet* avait été coulé ?

C'était peu probable. C'était arrivé en plein océan. Sans témoins. Peut-être sans survivants, hormis ceux des deux doris.

Il s'endormit.

Il se réveilla à l'aube du cinquième jour, secoué par la voix de l'avant de doris Marcel Neveu qui clamait :

— Nom de Diou, Auvray est plus là ! Il est plus à bord ! Il a core dû sauter à l'iaou ! Ergardez, il a laissé ses bottes !

26

Trois semaines déjà qu'il était parti ! Un mois, bientôt. Et ce n'était qu'un début !

Angélique, elle aussi, pensait sans cesse à Gildas. Sa décision était prise : elle refuserait de vivre avec lui. A moins que…

Ce « à moins que » résumait sa crainte, son espoir – allez donc savoir, avec les femmes ! – de se retrouver enceinte. Dans ce cas, s'il avait été d'accord, elle aurait épousé l'avant de doris plutôt que de devenir fille mère, condamnée par la communauté cancalaise.

Elle avait donc surveillé avec vigilance l'écoulement des jours succédant à leurs délicieuses et coupables étreintes. Le Ciel avait été bon pour elle. Son ventre ne nourrirait pas le fruit du péché. Elle s'en félicita. Rit, même. Bien fait pour lui. Puis elle soupira. Puis elle se chercha des occupations nouvelles. Gildas parti, des garçons se pressaient à ses basques, s'efforçaient de lui arracher un sourire, une promesse de la revoir, de partager une promenade avec elle.

Elle les repoussait sans ménagement, l'esprit empli de ce gredin de Gildas. S'il avait été là, elle l'aurait giflé. De ses petits poings chargés de cruauté, elle aurait tambouriné sa robuste poitrine, l'aurait invectivé, lui aurait hurlé sa colère. Il l'avait abandonnée, l'avait trahie avec la mer. Cette garce qui volait les hommes de la Houle et du Clos-Poulet pour les entraîner vers des vagues lointaines. Elle aurait lacéré ses joues avec ses ongles, l'aurait insulté avec des mots choisis, des mots qui font mouche, qui font mal, avant de sombrer dans le vertige des yeux émeraude dont ce sale type savait si bien se servir !

Où était-il donc ? Que faisait-il ? Pensait-il à elle ? Ah, ah, elle n'était point grosse de lui ! Il faudrait du temps, bien sûr, mais elle savait qu'elle l'oublierait un jour. Bien fait pour lui !

Elle était au temps de la séparation toute neuve, des plaies béantes. C'était normal qu'elle souffrît un peu. Après tout, elle n'était pas de marbre, que diable ! Les blessures cicatriseraient. Peu à peu. C'est toujours comme ça, une séparation. Je ne suis pas différente des autres. N'importe qui, plus tard, mais surtout pas lui. Endurer l'absence un bon coup, là, pendant deux mois, et puis accepter un soupirant qui serait bien à elle. Qui ne ficherait pas le camp au loin voir si les dauphins ont des ailes ! Qui ne risquerait pas sa vie comme d'autres risquent leur argent au casino dans les jeux de hasard !

Elle ne voulait pas d'un homme qui lui ferait un enfant à chaque retour de campagne, histoire de rattraper les caresses absentes, les étreintes perdues. Qui tournerait en rond dans la maison, les mois d'hiver, parce qu'on lui avait dérobé le pont de son bateau, et qu'il ne savait plus quoi faire de ses bras devenus inutiles dans cet univers immobile, trop étroit à ses yeux.

Elle exigeait un mari à part entière, trois cent soixante-cinq jours par an. Tout simplement. Vraiment, était-ce trop demander ?

Son parti était pris. Définitivement. Par jeu, elle comptait les heures qui les séparaient et se demandait combien il lui restait de mois à se lamenter et souffrir avant d'atteindre l'apaisement.

Son fils parti, Honorine se réfugia dans le travail et la routine. Les beaux jours appelaient les travaux des champs, et elle s'échinait chez le père Outin, à s'en briser la santé. Le brave homme la regardait, lui disait :

« Madame Honorine, moins vite, prenez votre temps, je ne pourrai pas vous payer davantage. »

Et il riait, d'un rire énorme, débonnaire, qui bousculait son ventre et ses joues.

Il ajoutait parfois, par jeu, comme une litanie, connaissant de toute façon la réponse :

« Ah, madame Honorine, si vous vouliez, s'il ne tenait qu'à moi ! »

Elle souriait pour apaiser la déception du bonhomme.

« Oui, mais il y a mon Mathurin ! Quand on aime un houmme, c'est pour une vie.

— Mais il est mort !

— Oui-da, mais il est quand même là ! »

Et elle tapotait sa poitrine d'un geste doux.

« Et s'il était pas là ? questionnait alors le mastodonte.

— Alors, on pourrait voir... »

Ainsi, elle ne blessait personne, et ils se respectaient.

Depuis deux semaines que son fils était parti, son ouvrage fini, Honorine tournait fiévreusement en rond dans sa maison, égrenant son chapelet en marmonnant des prières à Marie.

Louis l'observait en hochant la tête, cultivait son adresse en expédiant de grands jets de salive noire dans le crachoir voisin ou dans l'âtre, s'il était assis auprès de lui.

— Honorine, cessez de tripoter ce chapelet, de bafouiller vos bondieuseries et de vous ronger les sangs, lui dit-il un jour, excédé. Gildas navigue vers le Groenland, et ça le fera pas revenir plus vite !

Elle le foudroya de son œil valide.

— Ah, c'est bien vous, ça ! Mécréant vous êtes, mécréant vous resterez ! Vous n'avez pas plus de cœur qu'un menhir ! A croire que Gildas n'est pas votre petit-fils !

Les sourcils de Louis se rejoignirent, sa figure pâlit, se resserra autour de son nez et de ses lèvres minces.

— Mécréant, oui. Toutes vos prières à Notre-Dame du Verger et vos pèlerinages n'ont pas sauvé votre Mathurin, il y a dix ans. Et moi en 1916, quand mes camarades se faisaient zigouiller par milliers et qu'un éclat d'obus m'a arraché une jambe, j'ai jamais entendu la voix de Dieu ou de la Vierge Marie s'élever pour arrêter le carnage ! Tout ça, c'est des sornettes !

Il se tut. Ses yeux lançaient des poignards. Il assena un coup de poing sur la table devant lui, ses joues frémissant de colère.

— Votre bon Dieu, il est bien trop silencieux pour exister ou pour être honnête, et votre boune Vierge, c'est du pareil au même !

— Eh bien, si monsieur le curé vous entendait ! De toute façon, avec des paroles comme ça, vous finirez tout dret en enfer ! Quant à la boune Vierge, je la visiterai pas plus tard que demain. Vous, vous ne m'écoutez pas, mais elle si. Et je ferai le nécessaire pour qu'elle me ramène mon gars.

Elle laissa peser un savant silence, jeta un sourire malicieux à son beau-père.

— Si vous voulez, je vous emmène avec moi demain.

— Et comment que j'irais, avec une seule guibolle ?

— Pas à cloche-pied. Avec la voiture du père Outin, il peut rien me refuser, cet houmme-là !

— Allez-y don seule, vous serez bien plus tranquille pour dégoiser vos balivernes à Marie !

Elle y alla donc seule. Elle ôta ses sabots claques, chaussa des socques, sachant qu'elle emprunterait chemins et sentiers pour gagner du temps. Elle vérifia l'état de ses semelles de bois, puis, ayant inspecté le cône gaufré de sa haute coiffe blanche du dimanche, elle l'ajusta sur sa tête, saisit son chapelet et sortit.

Elle marchait, longue et fine silhouette noire, l'œil mi-clos, recueillie, attentive aux grains de chapelet qu'elle serrait dans ses doigts. Ce chemin, elle l'avait parcouru seule un nombre incalculable de fois, pour Mathurin d'abord, pour Gildas ensuite.

Chaque 15 août au matin, en revanche, c'était à pied, à jeun et en procession, accompagnée par des femmes de toute la région, qu'elle venait remettre entre les mains de Marie le destin de celui qu'elle aimait. Toutes savaient que le même jour, à des milliers de kilomètres de là, les terre-neuvas marquaient une pause pour allumer une bougie plantée dans une manne de sel tout en entonnant des cantiques à la Vierge Marie.

C'est ainsi que les âmes des uns et des autres, durant de précieuses minutes, oubliaient les distances pour se réunir dans leur foi.

Chaque 15 août aussi, tradition oblige, après avoir soupé le soir chez des amis de feu Mathurin, elle se rendait avec eux dans les ruelles de la Houle, où les reposoirs avaient été dressés, décorés et illuminés. Partout, on faisait preuve d'imagination : bateaux, doris, barques en miniature, soigneusement reconstitués en bois ou en carton, couraient, toutes voiles déployées, sur des mers en papier ou somnolaient sur des plages de sable fin ou des grèves griffées de galets. Cierges répartis en lignes, en arcs de cercle ou en bouquets, lampions, flambeaux fichés dans des candélabres éclairaient, illuminaient la nuit et les niches creusées dans les murs des habitations où méditaient les Vierges entourées de guirlandes.

Autour de ces reposoirs, des femmes, les vieilles surtout, se recueillaient, assises sur des chaises ou des bancelles qu'elles avaient sorties des logis voisins, et lorsqu'un groupe de touristes ou de badauds survenait, elles chantaient des cantiques de Cancale qu'elles connaissaient depuis leur plus tendre enfance. Des voix plus jeunes secouraient les voix chevrotantes, et une émotion profonde se dégageait de toute cette ferveur.

Honorine affectionnait ces heures où tous, jeunes ou vieux, nantis ou misérables, se réunissaient dans une cohue bon enfant pour évoquer ensemble, les yeux rivés sur une Vierge, le marin parti au loin affronter les flots indociles.

Et puis les groupes se déformaient, ondulaient dans les ruelles, se reformaient plus loin, naviguant d'un reposoir à l'autre. Vite insouciants, les jeunes riaient, plaisantaient, en quête quelquefois d'une âme sœur ; les autres, ceux qui avaient quelqu'un en mer ou avaient perdu un être cher, se souvenaient.

Pour l'heure, on était en mai, et Honorine aperçut enfin la petite chapelle Notre-Dame-du-Verger, blottie entre des arbres à flanc de coteau, dominant l'anse du Verger et sa grande plage de sable fin. Idéalement placée, la chapelle était l'objet de tous les regards des terre-neuvas passant la pointe du Grouin avant de s'enfoncer sur l'horizon.

Devant le porche entrouvert, piqués sur une table en métal, des cierges se consumaient lentement. Des fidèles avaient dû venir se recueillir et prier avant elle. Honorine en alluma deux, un pour Gildas, un pour Clovis, qu'elle connaissait depuis de nombreuses années, et qu'elle considérait comme un ami cher. Elle se signa devant eux, pénétra ensuite à l'intérieur, se faufila au quatrième rang des bancs qui emplissaient la chapelle. A genoux, la tête entre les mains, elle récita quatre Ave et supplia la Vierge de protéger son fils et son patron de doris durant la longue campagne qui les attendait.

Ses prières achevées, elle contempla les ex-voto en marbre fixés au mur. « Reconnaissance à Marie 10 mai 1901 », « Reconnaissance à Notre-Dame du Verger 1920 », « Merci ma mère », « Merci à Marie 12 mai 1933 » se succédaient dans un poignant dépouillement.

Honorine essuya une larme qui, accrochée à ses cils, refusait de rouler sur sa joue, et promit à la bonne Vierge de déposer un ex-voto dans la chapelle si Gildas revenait sain et sauf du Groenland. Car elle n'ignorait pas qu'avec la guerre il risquait plus encore que d'habitude sa vie.

Son regard erra sur les représentations de bisquines, goélettes, sloops, trois-mâts qui habillaient les murs, puis elle se dirigea vers la sortie où, au-dessus de la porte, un saisissant tableau représentait un équipage en péril tendant les bras vers une Vierge lumineuse surgie des flots pour le secourir.

Honorine ferma les paupières pour mieux se pénétrer de la paix du lieu et du parfum caractéristique des bougies et des cierges allumés. Elle se signa ensuite, puis, après un ultime signe de croix, elle sortit dans la clarté du jour.

Il ne lui restait plus qu'à espérer que la bonne Vierge exaucerait ses vœux. La mer s'étirait paresseusement dans l'anse du Verger, où des goélands et un cormoran huppé se disputaient le ciel. Honorine contempla des ajoncs dont les fleurs jaunes s'élançaient orgueilleusement à l'assaut de la lumière puis, prenant le chemin du retour, elle serra son chapelet et se mit à l'égrener en poursuivant ses prières.

27

— Branle-bas !

Ils s'étaient tous dressés d'un bond, scrutaient les flots, dans l'espoir de voir surnager Auvray.

— On abandonne la cape, et on part à sa recherche ! cria Poncel.

Gildas balaya la mer dans un grand geste du bras.

— Le bateau de Pépin a disparu aussi, dit-il.

— Merde, il a perdu le contact avec cette foutue houle, gronda Saiget, faut essayer de le retrouver !

Un instant plus tard, ils étaient à l'ouvrage, les uns sur les bancs de nage, les autres le regard vissé sur les lames dans l'espoir d'y apercevoir le second doris ou leur infortuné compagnon.

Ils fouillèrent la surface de l'océan, une heure durant. En vain. Le canot avait disparu ; quant à Auvray, il reposait désormais au milieu des poissons.

Ils soufflèrent un peu avant de reprendre leurs postes respectifs pour poursuivre le voyage à l'essuette, à six hommes au lieu de sept, en se fiant aux étoiles, au compas et à la Providence.

Hirsutes, les lèvres fendillées et gonflées par les assauts du soleil, accablés par leur sort, parler donnant soif, ils se dévisageaient en silence.

Avant que la nuit tombe sur une mer chahutée par une grosse houle, le mousse décida de se badigeonner les orteils avec sa ration de l'alcool dénaturé trouvé sur le radeau. Il ôta ses bottes, appliqua en grimaçant ce curieux remède sur ses pieds en feu. Sa tâche achevée, il contempla son œuvre avec un sourire forcé.

— Ça brûle, mais je pense que ça va aller mieux !

Sixième jour.

La houle grossissant encore, ils poursuivirent à la cape, comptant les heures, remâchant leur infortune, refusant de sombrer dans le désespoir malgré une soif qui les tyrannisait de plus en plus. Etonnés, ils constatèrent que leurs estomacs ne réclamaient plus à manger.

Septième jour.

La mer retrouva une certaine sérénité, les avirons leurs tolets, et la situation commença à devenir extrême. La bouteille d'alcool appartenait au passé ; les dernières gouttes d'eau servaient à humecter des lèvres infectées.

Pourtant, sur les bancs de nage, le front buté, la figure crispée sous l'effort, les dorissiers ramaient toujours !

En milieu d'après-midi, l'eau ayant elle aussi disparu, Poncel déclara :

— Voilà, on a plus de flotte. Y a cinq bidons et une bouteille de gnôle vides. Ça fait six récipients, on est six, chacun en prend un, et chacun pisse dedans s'il en a le courage.

Il désigna le soleil implacable au-dessus d'eux.

— C'est la seule façon de boire encore quèqu'chose, sinon demain on sera tous morts !

Huitième jour.

La mer demeurait calme. Une petite brise portante s'étant levée, Saiget proposa :

— Les gars, pour nous reposer un peu, si on mettait à la voile ?

L'avant de doris, François Séradin, haussa les épaules.

— A la voile, quelle voile ? On n'a pas plus de voile que d'eau à boire ou de pain à se caler sous la dent !

— Et ça ? insista le patron dorissier en désignant les deux capotes couchées dans un coin du bateau. Eh oui, on a ces capotes, des avirons et un bout...

Poncel hocha la tête, pestant intérieurement de ne pas avoir eu lui-même cette idée. Il se tourna vers Saiget.

— C'est astucieux, dit-il. On va faire comme tu dis.

Un moment plus tard, haubané avec la bosse et emplanté avec soin dans le petit banc, le gréement de fortune soulagea les bras des nageurs harassés.

— Il était temps, conclut Gildas, on aurait bientôt été obligés de mettre à la chôle[1]. Regardez mes poignets, les furoncles sortent de partout...

— Y a pas que toi, dit Poncel, on est tous dans le même cas. Même Georges y a droit. Il a pourtant pas nagé. C'est bien de la misère, tout ça.

---

1. Mettre à la chôle : se laisser dériver.

— C'est vrai, dit le mousse, et moi en plus j'ai mes orteils qui partent en lambeaux !

Les hommes se turent. La voile portait le doris. Il fallait économiser les dernières forces pour demain. S'il y avait un demain. Le pire pouvait survenir à n'importe quel moment.

Des ronflements se firent entendre, se mêlant à l'ample respiration de l'océan. Ceux qui ne dormaient pas enviaient ceux qui avaient réussi à s'immerger dans le sommeil.

Enroulé sur lui-même, Georges Pierre songeait à sa famille. Il n'avait pas connu son père, Pierre-Albéric, maréchal-ferrant au 13e Hussards à Dinan, tué par un coup de sabot de cheval dans la nuque en février 1925, quelques mois avant la naissance de son fils. Il avait beaucoup manqué à ce dernier, et lui manquait encore aujourd'hui. Georges pensait souvent à son père, se demandait ce qu'il aurait fait à sa place en diverses occasions, imaginait les conseils qu'il lui aurait prodigués.

Originaire du Hinglé, Albertine, sa mère, jouait les deux rôles. Elle s'efforçait de pallier la disparition de son époux, et cette grande femme digne, en sabots claques, toute vêtue de noir, avait appris à conjuguer tendresse et autorité. Elle avait régné sur Georges, ses frères Albéric et Roland et sa sœur Albertine, durant leur enfance et leur jeunesse à Dinan, puis à Trigavou, où elle s'était installée en 1938, à la Ville-Triez, dans l'annexe d'une ancienne métairie du château du Bois de la Motte.

La famille s'était éclaircie avec le temps, Albéric, l'aîné, étant entré dans la Marine nationale et Roland parti en qualité de gardien de la paix au Maroc, après avoir été cadet dans les enfants de troupe.

Le petit Georges affectionnait ses grands-parents maternels. Le grand-père taillait le granit, la grand-mère, Marie, s'occupait d'une vache, élevait poules et lapins, et Georges adorait partager de précieux instants avec eux dans la petite maison et le courtil attenant.

Mais ce qu'il appréciait par-dessus tout, c'était sa nouvelle vie à Trigavou. Il y côtoyait les pêcheurs de la Rance, célèbres pour leur agilité dans les mâtures des terre-neuviers et des cap-horniers. Les « singes » lui contaient des aventures au goût de sel et d'océan, et il rêvait de ces horizons où se marient les nues et les flots, où on croise des icebergs semblables à des cathédrales, des baleines opulentes et des mers en folie.

Et comme plusieurs des enfants du pays des Chas, il aspirait à devenir marin. Embauché comme commis de ferme chez Eugène Chas, à La Rougerais, il avait fait connaissance avec le frère de celui-ci, Joseph Chas, qui n'était autre que le capitaine du trois-mâts goélette le *Commandant-Louis-Richard*, construit en 1934 aux chantiers Dubigeon de Nantes et armé à la Grande Pêche à Saint-Malo. Armateur : Marie-Ange Glâtre de Ploubalay, comme pour le *Châtelet*.

Le monde de la morue se révélait décidément bien petit !

Saisissant son culot à deux mains, les joues roses d'émotion, le gamin avait dit à Joseph Chas : « Je veux être marin ! » C'est ainsi que le 15 mars 1940, en pleine drôle de guerre, Georges avait embarqué pour une première campagne sur un navire flambant neuf, à coque en acier et moteur auxiliaire, qui, malgré les torgnoles et les menues humiliations subies par les mousses, lui avait procuré une terrible envie de revenez-y !

C'est ainsi encore qu'il s'était engagé sur le *Châtelet* avec la bénédiction d'une mère torturée par l'angoisse, soucieuse cependant de donner à son fils la chance de devenir un jour patron dorissier.

Et aujourd'hui, il naviguait sur un doris, sans eau, sans vivres, égaré sur un océan vide. Les visages de sa famille défilaient devant lui. Le souvenir du petit Pierre Châteaugiron, littéralement coupé en deux sur le pont, lui arracha un gémissement. La fraîcheur de la nuit gagnait ses membres, son corps tout entier. Seuls ses pieds brûlaient, l'empêchant de dormir. Il invoqua Notre-Dame de la Grotte, sa bonne Vierge de Pleslin, lui avoua s'étonner qu'elle n'eût encore rien fait pour les secourir. Il pria longtemps, les yeux clos. Enfin, décollant ses lèvres scellées par la soif, il souffla :

— Maman, j'vais sûrement mourir ! Pardonne-moi !

Puis il se cala sur le côté, dans l'espoir de trouver un peu de sommeil.

Neuvième jour.

Il s'écoula comme le précédent, à l'essuette, sous voile. Heureusement, car nul ne sait si à bord quelqu'un aurait eu encore le courage ou la force de nager.

De temps à autre, Armand Saiget sortait sa montre de gousset pour donner l'heure aux hommes anéantis par la fournaise du ciel, le jour, et par une insupportable fraîcheur pendant la nuit.

Quelquefois, un matelot se dressait, jambes chancelantes, pour pisser dans son bidon ; la figure tordue par le dégoût, il ingurgitait ensuite l'ignoble urine plus salée que la mer qu'il se refusait de boire. Les marins avaient des yeux immenses, fixes, excavés, des joues souillées de barbe, des fronts raturés par de longues et larges rides traçant des sillons blancs sur leurs peaux brunies par les ardeurs du soleil. Ils ressemblaient désormais davantage à des spectres qu'à des êtres humains.

Dixième jour.

Il était comme les autres, chauffé à blanc par le soleil. La voile s'appuyait toujours sur un vent portant. Poncel, Séradin et Saiget se relayaient à l'aviron de queue, les autres épiaient les nuages dans l'espoir de les voir enfin s'amonceler, annonçant un grain qu'ils appelaient de tous leurs vœux et de toutes leurs prières, rêvant d'une eau salvatrice qui leur permettrait de poursuivre leur infernale odyssée.

Peu à peu, devant la coalition du Ciel et de ses saints, la colère se mettait à gronder et, malgré leur épuisement et leurs lèvres fissurées, ils parvenaient à ouvrir la bouche pour injurier, le poing brandi vers les nues, la boune Vierge qui trouvait de moins en moins de crédit à leurs yeux.

— S'il y a quelqu'un ou quelque chose là-haut, brailla soudain Gildas, se souvenant de son grand-père pourfendeur des croyances, ce serait peut-être le moment qu'il se manifeste et nous vienne en aide, nom de nom !

— C'est vrai, ça, gronda Marcel Neveu, un peu d'iaou, c'est quand même pas réclamer la lune !

Les autres hochaient la tête, soucieux de préserver leurs dernières forces. A quoi bon ? Leur destin était tracé. Impitoyable, Dieu en tirait les énigmatiques ficelles. Ils ne pouvaient rien faire de plus, et on verrait bien s'il y aurait un demain.

Onzième jour.

Il arriva. Ils étaient toujours en vie. La mer s'étendait à l'infini, incroyablement vide. Pas un oiseau signalant un rivage prochain, pas un poisson qui leur eût permis de manger, pas la moindre épave à la dérive. Plus d'eau, presque plus d'urine.

Les bouches ne cherchaient plus à s'ouvrir. Le soleil martelait crânes et tempes, calcinait les corps meurtris. Prostrés, les hommes attendaient la fin.

Et ce que nul n'aurait pu imaginer survint : une âpre discussion entre les patrons de doris Jean Poncel et Armand Saiget. Assis sur un banc de nage, ce dernier scrutait l'horizon, là où la côte aurait dû apparaître depuis longtemps, et soudain il lança :

— Voilà onze jours qu'on fait de l'essuette, et on a toujours rien en vue. C'est pas normal. A mon avis, on a dû trop dériver. Faudrait qu'on change de cap, Jean !

Poncel se redressa d'un coup, comme s'il avait été piqué par un frelon.

— Qu'est-ce que tu racontes là ? dit-il. Tu doutes de mes connaissances ?

— Non, temporisa Saiget, t'es un bon bosco, y a pas à dire, mais je suis sûr qu'on a trop dérivé, sinon on devrait apercevoir la côte.

— Taratata, on continue à faire comme j'ai dit !

— Ecoute, Jean, tu connais ton boulot mais moi aussi, et j'te dis qu'on va faire plein est tout de suite avant de crever !

Ils étaient debout, à présent, s'affrontant du regard, les poings serrés, gesticulant, au risque de perdre l'équilibre et de passer par-dessus bord.

— Tu vois nos goules, reprit Saiget en désignant ses compagnons d'un coup de menton, eh ben, te fais pas d'illusions, la tienne elle est pas mieux !

Poncel regarda les matelots qui observaient, spectres médusés, les deux hommes capables de déployer encore une telle énergie pour s'engueuler.

— Qu'est-ce que vous en pensez ? dit-il.

— Si on a vraiment trop dérivé et qu'on prend plein est, on aura une vraie chance de toucher plus vite terre, remarqua Gildas.

Tous opinèrent du bonnet.

— C'est bon, on va faire comme ça, ronchonna Poncel en s'échouant sur un banc de nage. C'est vrai qu'on aurait déjà dû entrevoir la côte.

Ils mirent cap à l'est. Signe du Ciel ? Le vent adonna [1].

1. Se dit du vent quand il tourne dans une direction favorable.

28

27 mai

On toqua à la porte, en fin d'après-midi. Lucifer s'élança vers elle, truffe frémissante, aboya avec force pour signaler la venue d'intrus.

Honorine alla ouvrir. La silhouette de Clémentine, l'épouse de Clovis Rivat, se découpait devant elle dans la clarté du jour ; des larmes récentes avaient peine à sécher sur ses joues creusées par l'angoisse.

— Oh, là, là, s'écria Honorine en s'effaçant pour laisser entrer la visiteuse, je vois à votre figure que vous avez de bien vilaines nouvelles à nous annoncer !

— Pis que ça, ma boune amie, déclara Clémentine, c'est d'un vrai malheur que je viens vous causer ! Le *Châtelet* a été canonné par un sous-marin, et il a coulé !

Honorine s'agrippa des deux mains au dossier de la chaise la plus proche.

— Quoi ? Qu'est-ce que vous me dites là ? Et comment qu'vous savez ça ?

— Par l'Inscription maritime, tout à l'heure. Ils venaient d'avoir des nouvelles. Un canot a été récupéré par un sous-marin italien avec deux rescapés à bord. Et ces deux rescapés, c'est le dorissier Leperf et René Orhan, le second capitaine du *Châtelet*. Ils ont été hospitalisés à Bordeaux. J'en sais pas plus pour l'instant.

— Mon Dieu, souffla Honorine en s'affalant sur la chaise qu'elle étreignait un instant plus tôt, c'est pas possible !

Assis près de la cheminée, dans son refuge préféré, Louis cogna avec vigueur ses béquilles sur le sol pour se faire entendre.

— Ne vous lamentez pas inutilement, ma fille, dit-il, Gildas, lui aussi, a pu sauter dans un doris, et il est peut-être toujours vivant, à c't'heure !

— Et mon Clovis aussi ! s'efforça de se rassurer Clémentine.

La messagère du malheur attendait, debout, tragique, au milieu de la pièce. Honorine l'invita d'un geste à s'asseoir près d'elle.

— Excusez-moi, je manque à tous mes devoirs.

— Ne vous excusez pas, dans des moments pareils on a plus tous nos esprits, répondit Clémentine en s'échouant sur une bancelle.

Elles se dévisagèrent en silence, les coudes écrasés sur la table, la gorge nouée, un mouchoir dans une main afin de se tamponner les yeux. Puis elles se levèrent ensemble, d'un jet, quittèrent leurs sièges pour s'engouffrer dans les bras l'une de l'autre et pleurer tout leur soûl.

Louis détourna la tête, cala sa chique dans sa casquette et, s'appuyant sur ses béquilles, se dirigea vers sa chambre pour masquer le chagrin qui le submergeait.

Le lendemain, Honorine alla se renseigner à l'Inscription maritime. Elle n'apprit pas grand-chose, sinon qu'il n'y avait eu que deux survivants sur les cinq marins du doris de René Orhan. Celui-ci avait vu plusieurs embarcations chargées de matelots s'éloigner du navire, mais il ignorait s'il y avait d'autres rescapés.

Avant de remonter vers son logis, Honorine se rendit au Bazar Parisien pour annoncer la sinistre nouvelle à Angélique. Elle ne s'attarda pas, sachant que la jeune fille était en froid avec Gildas. Elle nota cependant, avec une sombre satisfaction, que mademoiselle Josselin blêmissait, portait une main à sa gorge et s'adossait au mur le plus proche pour éviter de s'effondrer sur le sol. Elle quitta la boutique au moment où Angélique ouvrait de grands yeux épouvantés sur le rayon poupées qui avait fait la réputation du patron de la maison.

Deux jours plus tard, en début d'après-midi, Louis, qui épluchait fiévreusement les pages du journal *Ouest-Eclair*, se tourna, furieux, vers sa bru et s'écria :

— Regardez ça !

Il lui désigna l'article qui avait motivé son ire :

« LA PÊCHE EST UN DEVOIR PATRIOTIQUE
POUR LES PÊCHEURS »,
DÉCLARE L'AMIRAL DARLAN

Vichy, 28 mai. – L'amiral Darlan, commandant en chef des forces maritimes françaises, vient d'adresser aux directeurs de l'Inscription maritime une circulaire dans laquelle il les prie de faire à tous les pêcheurs les recommandations suivantes dans l'exercice de leur métier.

« Le ravitaillement de la France en poisson est de plus en plus une question vitale pour la population. Aussi la pêche est-elle, à l'heure actuelle, un devoir patriotique pour les pêcheurs. Je demande donc à tous de s'y consacrer exclusivement dans la limite des moyens et des obligations que les circonstances actuelles rendent nécessaires et malgré les difficultés dont je ne méconnais pas l'étendue.

« J'insiste pour que, dans l'accompagnement de leur tâche, les pêcheurs s'abstiennent rigoureusement de toute action étrangère à leur activité légitime.

« Les pêcheurs ne doivent en aucun cas se prêter à des entreprises qui non seulement les détourneraient de leur devoir, mais provoqueraient des mesures limitant ou suspendant complètement leur activité.

« Que chacun comprenne aujourd'hui que le moyen de suivre la voie nationale tracée par le chef de l'Etat est d'exercer honnêtement son métier en s'y adonnant avec courage et abnégation. » [1]

— Bandits de Vichy ! lâcha Louis en décochant un furieux coup de poing sur son unique jambe, ce qui déclencha chez lui un grognement de douleur. Ils nous disent de prendre la mé, alors qu'ils savent qu'avec le blocus nos braves marins iront nourrir les poissons ! C'est une honte !

— Taisez-vous, vieil écervelé, gronda Honorine en le foudroyant du regard, vous allez porter malheur à ceux qui sont peut-être encore vivants !

Louis se hérissa sous l'insulte.

1. Authentique.

— Vivants, je le souhaite aussi de toutes mes forces, mais s'il y avait d'autres rescapés, votre boune Vierge vous l'aurait déjà dit !

Ce fut au tour d'Honorine de se cabrer sous la violence des mots. Elle empoigna un bâton noueux rangé près de la cheminée, qui lui servait à ramener à l'ordre les vaches quand elle les emmenait paître aux pâturages, et le brandit au-dessus de la tête de son beau-père.

— Papa, vous n'êtes qu'un mécréant et un sans-cœur ! C'est votre petit-fils qui est en mé, et si vous n'étiez pas infirme, je vous casserais ce bâton sur la goule !

Le rude marin contempla sa bru avec une sombre admiration. Elle était délicieuse dans sa fureur. Belle, incroyablement distinguée. Mathurin avait fait le bon choix. Elle était la femme même qui tient droit le cap d'une maison quand le mari est parti sur les Bancs.

Louis serra les mâchoires, détourna le regard, avoua :

— Allez-y, cassez-le-moi sur la goule, je le mérite ! Mais si je dis des choses aussi horribles, c'est parce que j'ai pou pour mon petit gars !

Et soudain, lui qui avait vécu tant d'atrocités, qui se jugeait imperméable à toute souffrance, il s'affaissa dans son fauteuil, glissa une main devant sa figure, son dos voûté secoué de sanglots.

Honorine posa son bâton sur la table, s'approcha de Louis, l'enlaça et cala sa joue contre la sienne.

— Décidément, papa, vous êtes un drôle de phénomène ! Vous jouez les durs à cuire et pis voilà que vous pleurez comme un éfant !

— Un éfant, ben oui, savoura le vieil homme, un éfant de soixante-six ans, voilà tout ! Un éfant qui a vu tant de choses, tant de misère, qu'il en a des indigestions. Un éfant qui vient de retrouver sa maman !

Elle avait mêlé ses larmes aux siennes. Elle rit, se redressa, agença sa petite coiffe qui avait glissé, tamponna ses paupières d'un revers de main, tira sur sa devantière, l'ajusta sur sa taille fine d'éternelle jeune fille.

— Bon, c'est pas tout ça, mais faut que j'aille chez le père Outin. Y fait soleil, voulez-vous que je vous installe sur le banc de la cour ? Vous y seriez bien, et puis Lucifer serait heureux de vous y tenir compagnie...

— Merci, ma petite, je préfère rester ici à finir mon journal. En ce moment, avec les événements, je n'ai de goût à rien.

Elle opina de sa coiffe blanche, gagna à pas menus l'embrasure de la porte. Au-dehors, un grand soleil éblouissait le ciel.

Quand Honorine eut quitté le Bazar Parisien, Angélique perdit connaissance. Jean les Poupettes la rattrapa de justesse alors que, adossée au mur, elle allait s'effondrer sur le sol, et l'assit sur une chaise. Après quelques gifles appliquées avec pondération, elle ouvrit les yeux, regarda autour d'elle sans rien voir.

— Je n'ai pas d'alcool ici, murmura le brave homme, voulez-vous que j'aille en chercher au bistrot d'à côté ? Ça vous remonterait ?

Angélique leva une main devant elle.

— Non merci, ça va aller.

— Que vous est-il arrivé, une mauvaise nouvelle ?

— Oui, le *Châtelet*, où naviguait un ami, a été canonné par un sous-marin.

La figure joviale emplie de sollicitude penchée au-dessus d'elle se chargea de gravité.

— Mon Dieu, et il a coulé ?

— Oui. On a retrouvé un doris avec des survivants, mais il n'était pas dedans.

Il y eut un silence. Angélique reprenait peu à peu conscience. Deux clients entrèrent dans le magasin. Jean les Poupettes s'avança vers eux pour les conseiller et les servir.

Quand il revint vers la jeune fille, celle-ci, la nuque appuyée sur le dossier de la chaise, hébétée, contemplait fixement les moulures du plafond.

— Ecoutez, dit Jean les Poupettes, vous ne pouvez pas travailler aujourd'hui. Rentrez chez vous pour vous reposer. Vous reviendrez demain, ou après-demain, si ça ne va pas mieux. On n'est pas en haute saison. Je demanderai à ma femme de venir m'aider. On se débrouillera bien sans vous.

— Merci, monsieur Lebreton.

Il l'aida à se relever, l'accompagna jusqu'à la porte, vérifia qu'elle ne risquait pas de reperdre connaissance sur le trottoir. Elle avançait à pas prudents, les bras ballants, inertes contre son corps, la tête droite.

— Pauvre petite, murmura Jean les Poupettes, quand elle eut disparu à l'angle de la rue.

Angélique n'alla pas travailler le lendemain, ni le surlendemain. Elle demeurait prostrée dans son lit à sangloter, se reprochant sa dureté envers Gildas. Et maintenant, il était mort. Emile, son père, lui avait apporté l'article de *Ouest-Eclair*. Ainsi, sur cinq marins pêcheurs se trouvant dans le doris, deux seulement avaient survécu, et nul ne savait s'il y avait d'autres rescapés.

La jeune fille somnolait depuis peu, la tête emplie de mauvais rêves, quand son père fit irruption dans sa chambre, un sourire rassurant aux lèvres.

— Je viens de l'Inscription maritime, dit-il, paraît qu'un chalutier en pêche au large de Belle-Ile a secouru un doris avec trois hommes à bord, et qu'il les a ramenés à Lorient.

Angélique se redressa sur son séant.

— Gildas est avec eux ?

Les sourcils broussailleux d'Emile Josselin se rejoignirent.

— Non, mais si on a retrouvé deux doris, y en a peut-être d'autres qui dérivent sur l'océan. Y a peut-être core une chance de revoir ton soupirant.

— Merci, papa.

Emile contempla sa fille. Un peu de couleur habillait à nouveau ses joues.

— Tu sais ce que je ferais si j'étais toi, dit-il, j'irais chez madame Le Morvan pour lui annoncer ce que je viens de t'apprendre, et puis peut-être que de son côté elle sait des choses qu'on ignore.

Angélique rejeta ses couvertures au bout de son lit, posa ses pieds nus sur le plancher froid.

— Tu as raison, papa, j'y vais de ce pas !

Elle avala la côte du Vaubaudet, son vélo à la main, enfourcha celui-ci dans le bourg avant de s'élancer en direction de Saint-Coulomb pour gagner le logis des Le Morvan. Elle pédalait à toute vitesse, sachant qu'elle resterait un moment là-bas, et qu'il lui faudrait rentrer avant le couvre-feu.

Honorine était chez elle. En raison des funestes nouvelles, elle n'assurait plus que la traite des vaches chez le père Outin. Les deux femmes s'embrassèrent avant de s'attabler avec Louis devant un café fumant.

Angélique annonça à ses hôtes qu'un deuxième doris avait été retrouvé avec trois hommes à bord ; l'espoir était donc encore permis de voir surgir d'autres survivants, parmi lesquels Gildas !

Louis grimaça. Le front plissé, il déclara :

— C'est pas impossible, mais faut pas trop espérer parce que ça fait core plus mal après. On est le 29 mai, le *Châtelet* a été canonné à plus de cinq cents milles des côtes de La Rochelle ; ça fait donc plus de deux semaines. Alors, sauf miracle, sans eau et sans vivres, y doit plus y avoir beaucoup de rescapés.

Un coude fiché dans la table, l'œil noir, Honorine foudroya son beau-père d'un index vengeur avant de clamer, d'une voix blanche :

— Quand c'est-y que vous cesserez de nous voler notre espoir, vieux brigand ? Sauf miracle ? Eh ben, on va aller le demander à la chapelle du Verger, le miracle, et pas plus tard que demain après la traite ! N'est-ce pas, mademoiselle Angélique ?

— Volontiers, madame.

Honorine pivota vers Louis.

— Et, bien entendu, vous ne viendrez pas, vous ?

Le vieil homme tressaillit. Dans ce « vous », il déchiffrait tous les reproches du monde. Il souleva machinalement sa casquette, avala une gorgée de café avant de répondre :

— Comment voulez-vous que je galope jusqu'à la chapelle avec une seule jambe ?

— Ce n'est pas une excuse, je vous l'ai déjà dit, si vous nous accompagnez, je demanderai au père Outin de nous prêter une carriole. Alors, vous venez, oui ou non ?

— Je viens. Si une prière ne fait pas de bien, elle peut pas faire de mal non plus, et au moins j'aurai la conscience tranquille !

Honorine haussa les épaules. Son beau-père était décidément incorrigible. Angélique s'était levée pour prendre congé.

— Dix heures, demain matin ?

— Dix heures, approuva la jeune fille. Au revoir, monsieur Le Morvan.

— Au revoir, mademoiselle.

Les deux femmes gagnèrent la cour. Angélique empoigna sa bicyclette appuyée contre le mur de la maison.

— Finalement, vous avez toujours le béguin pour mon fils ? questionna crûment Honorine.

— Toujours.

— Alors, pourquoi lui avoir fait tant de chagrin en lui disant que c'était fini avec vous ?

Angélique soupira.

— A cause de ce qui arrive. A cause de la peur de ne plus jamais le revoir. A cause du désespoir quotidien.

— Voilà bien des phrases. La vérité, c'est qu'on les aime, nos hoummes, quand on est femmes de marin. C'est vrai qu'on les voit pas beaucoup, c'est vrai qu'on les pleure quand ils périssent en mé, mais c'est notre destin, et j'en aurais point voulu d'autre que celui-là ! Et puis de toute façon, quand on aime vraiment un houmme, je connais pas d'autre choix que de l'aimer pour toujours !

— Vous avez peut-être raison, admit Angélique d'une toute petite voix, oui, vous avez peut-être raison. Allez, à demain, madame Le Morvan.

— A demain, ma fille.

Elles s'embrassèrent, s'étreignant un peu pour se rassurer. Puis Angélique enfourcha son vélo, pointa son guidon vers Cancale et appuya avec vigueur sur les pédales tout en surveillant, attentive, les pièges du chemin.

29

Douzième jour.

Semblable aux précédents. Hommes prostrés, bouches scellées, gorges et palais farineux. Plus d'urine. Corps brûlés par un soleil intraitable. Images fugaces de bonheur courant dans les caboches. Ultimes instants d'oubli avant le grand saut.

Car ils ne croyaient plus en rien, ni en un sauvetage prochain, ni au paradis.

Ceux qui priaient intérieurement le faisaient par réflexe, sans illusions.

Seule la voile de fortune, toujours gonflée par un vent portant, exigeait qu'on s'occupât d'elle, et laissait supposer encore un peu de vie à bord.

Treizième jour.

Identique, lui aussi, aux précédents. Visages hagards. Fatalisme. La mort rôdait sur les marins immobiles. Les patrons de doris se consultaient parfois du regard. A quoi bon parler ? Ils arrivaient au terme du chemin, et ils le savaient.

Une voix s'éleva pourtant, celle de Saiget :

— D'main matin, si on n'a rien en vue, le mieux sera qu'on s'foute à la baille. Comme ça, on en finira plus vite !

Les terre-neuvas secouèrent doucement la tête en signe d'acquiescement.

Puis tout retomba dans le silence.

Le crépuscule venant, ils amenèrent la voile dans un geste réflexe de marin qu'ils allaient puiser dans leurs dernières forces. Puis ils se calèrent dans l'embarcation trop exiguë pour qu'ils puissent vraiment dormir.

Seuls Séradin et Gildas veillaient encore, parce qu'ils étaient les plus vigoureux, les plus combatifs, les plus aptes à conserver longtemps une étincelle de vie.

Et soudain Séradin retrouva la parole pour brailler, l'index pointé vers l'est :

— Un feu, là, j'ai vu un feu !

Les hommes sursautèrent avant de se dresser d'un bond.

— C'est vrai, confirma Gildas, regardez, ça doit être un phare !

Tous les yeux convergèrent vers un fragile pinceau lumineux balayant l'obscurité.

— Bon Dieu, gronda Poncel, la terre, c'est sans doute la terre !

Saiget consulta sa montre : minuit !

— Vite, les gars, reprit Poncel, faut regréer la voile et naviguer tout de suite avant que la chaleur nous fracasse ce qui nous reste de caboche ! Gildas, dès que la toile est mise, tu prends l'aviron de gouverne ! Ensuite ce sera Saiget, Séradin et moi ! Allez, quand faut y aller, faut y aller !

Quatorzième jour.

Minuit et une minute. Les spectres s'activèrent. Des sourires refleurirent sur les figures émaciées. Puis l'inquiétude monta. Nonobstant l'écoulement des heures, le faisceau lumineux semblait toujours aussi lointain. Et les hommes maudissaient la nuit qui les empêchait d'apercevoir ce qu'ils espéraient être la terre.

Avec l'aube, celle-ci apparut enfin, ligne sombre, presque imperceptible, couchée sur l'horizon. Le moral revint aussitôt. Ils allaient s'en sortir, retrouver leurs foyers, leur pays !

Vers quatorze heures, ils comprirent que le rivage qu'ils espéraient tant n'était qu'une île qu'il faudrait contourner pour toucher le continent !

Il allait falloir remettre deux paires d'avirons dans les tolets pour aider la voile, labeur insurmontable pour des êtres plus proches du tombeau que de la vie. Deux spectres, pourtant, se levèrent : Gildas et Séradin prirent place sur les bancs.

Et l'effrayante nage commença. Elle dura des heures. Les hommes se relayaient, dans des entêtements de taureaux, mâchoires verrouillées pour ne pas hurler leur souffrance.

En s'approchant de l'île, ils distinguèrent le phare, une forteresse semblant abandonnée, une côte déchiquetée, peuplée par plusieurs espèces d'oiseaux marins, sur laquelle se déchaînait un océan écumant. Ils la contournèrent, angoissés à l'idée de découvrir une côte est inaccessible et inhabitée.

Un rugissement de soulagement souleva les poitrines quand les marins aperçurent une petite anse dotée d'une plage, près de laquelle, à flanc de coteaux, se dressaient des maisons de pêcheurs. Le doris se dirigea vers un débarcadère. Ils en étaient à moins d'une encablure quand un canot s'en détacha pour venir à leur rencontre. Quelques minutes plus tard, ils montaient à bord pour achever leur périple en compagnie d'inconnus souriants et attentionnés parlant une langue étrangère.

Ils refusèrent l'aide qu'on leur proposait pour descendre sur le débarcadère. Mal leur en prit. Les pieds à peine posés sur le sol, eux qui avaient changé d'embarcation sans problème un instant auparavant, surpris par son immobilité, ils s'écrasèrent tous sur le plancher de la cale !

Entre-temps, surgissant des maisons voisines, une cinquantaine d'insulaires accouraient et s'empressaient autour d'eux. Ils empoignèrent les rescapés par les bras, les jambes, les portant ou les relevant pour les entraîner par des sentiers jusqu'à leurs logis situés à quelques dizaines de mètres de là.

Devant ceux-ci, les marins virent des bailles remplies d'une eau claire. Ils se précipitèrent vers elles, y plongèrent leurs lèvres pour boire goulûment sous les regards des autochtones attendris. Ah, Dieu, que c'était bon, cette eau fraîche qui circulait dans les corps, les vivifiait. Et ils lampaient, au risque d'être malades. Ils s'arrêtèrent enfin. On les regroupa alors devant la maison la plus imposante, celle d'un notable, peut-être.

Ils commencèrent alors à s'interroger. Qui étaient ces braves gens qui les accueillaient avec des sourires qui en disaient long sur leurs pacifiques intentions ? Séradin, qui avait un ami espagnol, affirma que les insulaires, agglutinés autour d'eux, appartenaient à une autre race.

— Si ce ne sont pas des Espagnols, qui sont-ils ? s'étonna Poncel.

Au cours de sa longue carrière de marin, Saiget avait eu l'occasion de descendre à bord d'un trois-mâts jusqu'à Lisbonne pour y faire le plein de sel.

— Des Portugais, pardi, dit-il d'un ton acerbe en dévisageant le patron de doris, j't'avais bien dit qu'il fallait arrêter de faire de l'essuette ! On a trop dérivé, et voilà le résultat !

— En tout cas, y sont bien aimables, minimisa Poncel.

— Pour ça oui, dit Gildas, soucieux de couper court à une éventuelle querelle de chefs.

Des femmes arrivaient, fort à propos, les bras chargés de plats de pommes de terre et de poisson qu'elles agencèrent sur une longue table en bois sur laquelle avaient été dressés à la hâte six couverts. Sur un geste d'un insulaire, ils s'installèrent sur les bancs protégés par l'ombre d'un bosquet de pins parasols et, avec une précipitation qui arrachait des rires émus à leurs hôtes, ils engloutirent la nourriture, léchèrent les plats, en redemandèrent.

Tout en dévorant, ils s'efforçaient néanmoins de répondre par signes aux questions qu'on leur posait :

— Français, pêcheurs, la mer, Groenland, la guerre, sous-marin, boum !

Les autres hochaient la tête. Ils ne comprenaient pas tout, retenaient cependant qu'il y avait eu naufrage et que ces hommes, aux caractéristiques physiques très différentes de celles des Espagnols, devaient probablement être français.

Les marins terminaient leur repas quand trois gardiens du phare achevèrent de dévaler la côte menant au sommet de l'île, brandissant chacun une bouteille de vin rouge en signe d'hospitalité.

Le plus jeune d'entre eux, sans hésiter sur leur nationalité, leur adressa alors la parole, dans un français chantant mais correct :

— Nous vous souhaitons la bienvenue. Il était temps que vous touchiez terre, et je suis heureux de voir que vous êtes sauvés. Vous venez de loin ?

— Nous avons été canonnés par un sous-marin à cinq ou six cents milles d'ici, expliqua Saiget d'une voix lente, pour bien se faire comprendre. On a navigué sur notre doris sans eau et sans vivres pendant quatorze jours avant d'arriver ici. Au fait, où sommes-nous ?

— Sur l'île de Berlenga. Vous êtes au Portugal. La ville la plus proche sur le continent est Peniche. Le sous-marin qui vous a attaqués était allemand ou anglais ?

Saiget avala deux ou trois gorgées de vin avant de répondre :

— On n'en sait rien. Il était loin, il faisait nuit, on ne peut faire que des suppositions.

Ils devisèrent un moment encore, puis le jeune homme s'adressa à tous les marins :

— Je dois vous quitter. Je vais remonter au phare pour téléphoner au continent, afin d'annoncer votre arrivée, et demander qu'on vienne vous chercher avec un canot à moteur.

Il salua son auditoire avant de s'éloigner d'un pas vif sur les chemins sinueux conduisant au sommet de l'île.

Les Français avaient achevé leur déjeuner. Hagards mais repus, stupéfaits d'être vivants, ils savouraient l'instant, souriaient aux Portugais, faute de pouvoir dialoguer avec eux.

C'est le moment que Georges Pierre choisit pour se lever et filer, d'un pas vif et claudicant, vers un pin parasol au pied duquel, tordu par des spasmes, il rejeta bruyamment tout ce qu'il avait trop vite ingurgité. Les insulaires l'observaient avec compassion. Une femme se détacha du groupe, lui offrit un grand mouchoir afin qu'il s'essuie la bouche. Le mousse la remercia avec un sourire gêné, puis, épuisé, au bord de l'évanouissement, il éclata en sanglots avant de s'effondrer sur le sol.

Gildas se précipita vers lui.

— Ça va, mon gars ? demanda-t-il.

— C'est rien, des nausées, ça va passer, j'me suis trop gavé, et pis mes pieds m'font trop mal !

Gildas regarda les bottes du mousse.

— Attends, je vais te retirer ça ; ça ira mieux après. Des bottes en caoutchouc, avec toute cette chaleur, c'est pas étonnant que tu souffres tant !

Il déchaussa l'adolescent, découvrit des orteils en lambeaux. Aidé par l'avant de doris, Georges retourna alors s'asseoir autour de la table avec ses compagnons. Ceux-ci l'imitèrent, ôtant leurs sabots-bottes ou leurs bottes en cuir pour laisser respirer des pieds comprimés par près de quatorze jours de navigation sous un soleil meurtrier.

Les Portugais reculèrent de deux pas pour échapper aux effluves pestilentiels, tout en hochant la tête, apitoyés par l'étendue des blessures que l'on exhibait devant eux.

Les femmes distribuèrent de l'eau et du savon à chaque marin pour qu'il se débarbouille un peu, et une pommade censée soigner les plaies.

Il ne fallut pas grand temps aux Français pour liquider les trois bouteilles de vin rouge sous le nez des insulaires qui les observaient en souriant.

Une heure plus tard, un grand canot à moteur se rangea le long de la cale. Soutenus sous les aisselles par leurs nouveaux amis, les marins gagnèrent le débarcadère pour monter à bord. Après des adieux empreints d'émotion, ils reprirent la mer pour rejoindre le continent. Trois quarts d'heure plus tard, ils arrivèrent à Peniche, ville située à l'entrée d'une presqu'île s'étirant jusqu'au cap Carvœiro. Malgré la fatigue, ils remarquèrent l'impressionnante citadelle à la Vauban cuirassée de hauts murs et de bastions aux angles vifs surmontés d'échauguettes, dominant le port.

A peine descendus sur le quai où ambulances et photographes les attendaient, ils furent engloutis par une foule qui se pressait autour d'eux. Le bruit avait couru, par téléphone interposé, qu'ils avaient survécu pendant quatorze jours, sans vivres et sans eau, sur le Grand Océan, et parcouru six cents milles nautiques sur un humble doris ! Ils sacrifièrent quelques minutes à la curiosité des badauds effarés par l'inimaginable exploit de ces hommes dépenaillés, hirsutes, émaciés, pieds nus – ils avaient abandonné leurs trente kilos de bottes sur l'île de Berlenga –, qui leur accordaient des sourires d'outre-tombe.

Ensuite, on les aida à monter dans les ambulances au moment où, attirées par le déchargement de cargaisons de sardines, de thons et de langoustes, des dizaines de mouettes exécutaient un strident ballet au-dessus de leurs têtes.

A l'hôpital de Peniche, le médecin de service les examina avec soin. Ayant jugé que leur état n'était pas alarmant tant ils étaient de constitution robuste, il les fit conduire dans un hôtel voisin. Moins d'une heure plus tard, ils partageaient une vaste chambre où ils disposaient chacun d'un lit.

Après une douche salutaire et un dîner léger, ils s'enfouirent dans des draps propres puis, sans avoir la force ni le désir de parler, se réfugièrent dans un sommeil agité, peuplé de feu, de fumée, de déflagrations d'obus, de fureur, de cris, d'êtres chers qui les appelaient et qu'ils ne reverraient plus.

30

Le lendemain matin, on leur apporta du lait, et des espadrilles pour remplacer les bottes qu'ils avaient abandonnées sur l'île.

Deux jours durant, ils restèrent dans leur chambre, sauf pour prendre des repas que le médecin avait voulus légers afin que leurs estomacs se réhabituent à la nourriture. De gros rires secouaient les épaules des gars du *Châtelet*. Il était bien rigolo, ce toubib ! S'il avait pu voir la façon dont ils s'étaient empiffrés à l'île de Berlenga !

Le troisième jour, se sentant rétablis, les Français s'aventurèrent sur une petite place située devant l'hôtel. Leur odyssée ayant fait le tour de la ville, des curieux se pressèrent aussitôt autour d'eux.

Touchée par l'âge tendre de Georges, une dame lui offrit un sachet de cerises qu'il partagea ensuite avec ses compagnons.

Le quatrième jour, l'agent consulaire de Peniche informa les rescapés qu'un autocar les emmènerait à Lisbonne en fin d'après-midi. Il leur confirma également que le nécessaire serait fait là-bas, le moment venu, par la légation de France au Portugal pour prévenir les autorités françaises du canonnage du

Châtelet et fournir la liste nominative des survivants afin de rassurer les familles.

Le 2 juin 1941, après un voyage d'une centaine de kilomètres, éprouvant pour des hommes qui avaient dialogué avec la mort, ils arrivèrent en fin d'après-midi dans la capitale portugaise.

Une horde de journalistes, le consul de France et l'attaché naval, le capitaine de corvette de La Forest Divonne, les y attendaient. Après les photos d'usage et les propos de bienvenue, l'attaché naval les embarqua dans deux taxis jusqu'à un hôtel-restaurant, dans le centre de Lisbonne, où, là encore, ils allaient partager une vaste chambre commune.

Quel ne fut pas leur étonnement quand ils se retrouvèrent, dans la salle du restaurant, nez à nez avec des Français ! Pas n'importe lesquels : un équipage de terre-neuvas au grand complet, appartenant au trois-mâts goélette le *Martin-Pêcheur*, conduit par le capitaine Pimoult, de Saint-Pierre-de-Plesguen ! L'un des cinq navires de Grande Pêche, avec le *Châtelet*, autorisés par les autorités allemandes à affréter un équipage dans leur propre région !

— Comment vous avez fait pour atterrir ici ? s'étonna Armand Saiget.

Le capitaine Pimoult se prêta volontiers au jeu des questions-réponses. Le *Martin-Pêcheur* avait été arraisonné par les Anglais puis, sous les ordres d'une équipe de prise composée de sept hommes, on avait contraint la goélette à se dérouter vers Gibraltar. En longeant les côtes portugaises, l'idée avait germé chez les Français de débarquer au Portugal plutôt que sur l'étroit rocher de Gibraltar.

— Ça n'a pas été trop dur de convaincre les Anglais ? s'étonna à son tour Gildas.

Le capitaine Pimoult ébaucha un sourire narquois.

— Pas du tout. On a foutu le feu au bateau en s'arrangeant pour qu'il ne brûle pas trop vite, et puis je leur ai dit : « Messieurs, voici deux doris. Nous, nous prenons les autres et nous débarquons ici. Faites ce que vous voulez, mais avec le navire en feu et sans équipage, vous n'irez pas loin ! »

— Et alors ? questionna le petit Georges, les yeux écarquillés devant tant d'audace.

Un large sourire éclaira la figure burinée du capitaine Pimoult.

— Alors, on a chargé tout ce que l'on pouvait emporter d'utile. Il y en a même qui ont embarqué leurs pots de beurre sur nos canots, vu que les vaches portugaises sont réputées pour être rares !

Un éclat de rire général salua l'exploit et les pots de beurre. Le repas achevé, les hommes quittèrent leurs tables respectives pour échanger des nouvelles du pays. Emu, le mousse discuta avec des gars de chez lui : le patron de doris Alcide Lemée et son avant Albert Desbois, tous deux originaires de Saint-Samson-sur-Rance. Ils devisèrent un moment, se cherchant des relations communes. Pour finir, Alcide Lemée annonça à Georges que le séjour de l'équipage du *Martin-Pêcheur* à Lisbonne s'achevait. Le rapatriement était prévu pour le lendemain.

— On fêtera not' départ ce soir, déclara Albert Desbois avec une grimace entendue. On fera sûrement un peu de boucan. Y z'ont du bon *vinho* et leur porto c'est quèqu'chose !

— Finalement, conclut Alcide Lemée en expédiant une claque amicale dans le dos du mousse, on a eu beaucoup plus de chance que vous. Not' naufrage était volontaire, et on s'est pas esquinté la santé à nager pendant des jours. C'est ni plus ni moins que des congés sans solde qu'on a eus là, et on a ben rigolé !

Des congés que les gars du *Martin-Pêcheur* achevèrent en apothéose, dans une ultime beuverie au cours de laquelle ils se saoulèrent sans désemparer, en vinrent aux mains, démantibulant leurs lits pour s'en servir de massues ou de projectiles.

— Un bel exemple de la courtoisie française à l'étranger, résuma le lendemain aux hommes du *Châtelet* l'attaché naval de La Forest Divonne d'une voix funèbre. Je suis bien aise de les voir partis. Ils ne nous ont causé que des désagréments ! En ce qui vous concerne, je suis satisfait de votre comportement. J'espère que cela continuera ainsi.

— Bien sûr, déclara Poncel avec emphase, les gars du pays des Chas ont de l'éducation !

— Ceux du Clos-Poulet et de la Houle aussi, précisa Gildas avec une pointe d'humeur.

— J'en suis ravi, apprécia l'attaché naval, ça nous changera de ces sauvages. A présent, allez vous préparer, un membre du consulat va venir vous chercher pour vous conduire chez un photographe. On a besoin de vos portraits pour vos passeports.

Il pivota vers Georges.

— En ce qui vous concerne, après la séance photo, on vous conduira à l'hôpital. Votre état est préoccupant. Il faut soigner vos pieds, et je vois que vous avez toujours un doigt couvert de vilains furoncles.

— Je vais rester longtemps là-bas ? s'inquiéta le mousse.

— Le temps nécessaire à votre guérison. Mais vous verrez, vous serez aussi bien qu'ici. Le personnel de l'hôpital est français. Ce sont des bonnes sœurs de la congrégation de Saint-Vincent-de-Paul, et on m'a affirmé qu'elles étaient adorables...

Lisbonne, le 6 juin 1941,

Ma chère petite maman, cher grand-père,

Vous ne pouvez pas imaginer ce qui m'est arrivé, je veux dire ce qui nous arrive. Je ne suis pas à la pêche au Groenland ! Notre goélette a été coulée par un sous-marin dont on ignore la nationalité, à environ six cents milles des côtes françaises.

Comme beaucoup de camarades, j'ai sauté dans un doris. Je ne sais pas ce que sont devenus les autres, mais nous nous avons survécu après avoir nagé pendant quatorze jours !

Je ne pourrai pas vous écrire longtemps, car avec le contrecoup de toutes ces épreuves, je reste épuisé. Je pourrais dormir des semaines sans m'arrêter pour retrouver des forces. C'est d'ailleurs ce que nous faisons tous : une sieste tous les après-midi, comme des enfants.

Voici la liste des camarades qui se trouvent avec moi ; vous pourrez ainsi la communiquer aux autorités maritimes de Cancale pour qu'ils préviennent les familles : Saiget Armand, La Mennais-Trigavou ; Poncel Jean, Pleslin ; Séradin François, Les Hôpitaux, à Erquy ; Neveu Marcel, 18 rue des Louviers, à Saint-Malo ; le mousse Georges Pierre, Trigavou.

L'attaché naval de la légation de France au Portugal, monsieur de La Forest Divonne, est charmant avec nous.

Il doit venir nous voir bientôt, et je lui confierai cette lettre pour qu'il vous l'envoie.

Il nous a dit qu'il s'occupait de prévenir l'amiral de la Flotte, mais le temps que les informations retombent jusqu'à vous, je préfère vous rassurer tout de suite !

J'espère que ce courrier vous parviendra rapidement. Ce qui n'est pas certain. Nous sommes loin, en pays étranger, et nous sommes en guerre.

Peut-être avez-vous eu de bonnes nouvelles de Clovis ? Peut-être a-t-il survécu sur un autre doris ? J'ai vu tant d'horreurs, tant de morts sur le Châtelet *avant de le voir couler...*

Je m'arrête là, ma petite maman, cher grand-père. Je suis très fatigué. Je vous embrasse très fort tous les deux.

Je serai bientôt parmi vous. Nous sommes bien traités. Les Portugais sont très accueillants et la légation de France fait tout son possible pour nous être agréable. Mais ça ne remplace pas la famille et...

Je m'arrête là pour de bon, cette fois. J'allais dire « et... Angélique » !

Elle a rompu, elle ne veut pas épouser un terre-neuvas, et elle a bien raison. Regardez où j'en suis...

Gildas, qui vous aime et qui pense à vous

Francis Outin descendit lourdement de sa carriole. Il attacha la bride de sa jument à un crochet puis, s'étant épongé le front et les joues tout en soufflant avec force pour calmer le sang qui battait à toute allure contre ses tempes, il s'ébranla à pas comptés vers la porte de la maison d'Honorine et y toqua, alors que, alerté par le grincement des roues de la charrette et le bruit des sabots de la jument, Lucifer aboyait pour alerter ses maîtres.

Honorine apparut dans l'embrasure, dévisagea son patron avec étonnement. Elle n'eut pas le loisir de s'enquérir de la raison de sa visite. Un sourire éclairant sa large face, celui-ci brandissait sous son nez l'exemplaire de *L'Union malouine et dinannaise*, en date du 6 juin 1941, qu'il avait apporté avec lui.

— Ergardez ce que j'ai trouvé ! Je crois que c'est une bonne nouvelle ! Tenez !

Elle prit le journal, invita le fermier à entrer puis, s'étant attablée auprès de son beau-père, elle lui demanda de lire à voix haute l'article indiqué par le père Outin.

LE TORPILLAGE DU NOTRE-DAME-DU-CHÂTELET

Nous n'avons pas voulu jusqu'ici nous faire l'écho des bruits qui couraient sur la perte du terre-neuvier Notre-Dame-du-Châtelet, *dans l'espoir qu'ils seraient démentis.*

Ils sont au contraire confirmés ; le navire a été coulé le 15 mai dans l'Atlantique par un sous-marin anglais. [1]

Trois hommes de l'équipage ont été recueillis par un chalutier lorientais et deux par un sous-marin italien ; ce sont MM. René Orhan, de Saint-Jacut-de-la-Mer, capitaine en second ; Leroux Eugène, de Pleudihen, lieutenant ; Leperf François, de Pleslin, patron de doris ; Gicquel, de Saint-Servan-sur-Rance ; Lafond, d'Erquy.

On annonce d'autre part que six autres rescapés auraient débarqué à Lisbonne.

---

1. Une enquête approfondie démontrera que le *Châtelet* fut coulé par un sous-marin allemand, le U-43 commandé par le capitaine Wolfgang Lüth.

Faisons des vœux pour que le reste de l'équipage ait pu, lui aussi, être sauvé. [1]

— Six autres rescapés ! s'enflamma Louis Le Morvan, sa lecture finie. On connaît pas les noms. Peut-être que Gildas est dedans ?

Il relut l'article, épluchant chaque mot avec attention. Il y avait bien six survivants.

— Cinq et six, ça fait onze, compta Honorine, onze sur trente-huit, c'est pas beaucoup...

— Non, résuma Francis Outin, mais c'est mieux que cinq. Vous devriez aller à l'Inscription maritime, ils ont peut-être les noms. Je vous emmène, si vous voulez.

Honorine hocha douloureusement la tête.

— S'ils les avaient, ils nous auraient prévenus.

— Peut-être, mais peut-être pas, dit Louis. Lisbonne, c'est loin, c'est le Portugal. Et on est en guerre. Les nouvelles traînent. Monsieur Outin a raison. Allez vous renseigner, ensuite on verra.

Honorine se leva, plus blanche que sa coiffe, chancela, se reprit au coin de la table, les mains tremblantes.

— J'y vais, dit-elle.

Elle pivota vers le fermier, s'appuya à son bras pour ne pas tomber.

— Monsieur Outin, vous êtes un brave houmme. Merci de nous avoir prévenus.

— Je n'suis pas un brave houmme ! Je suis amoureux de vous, c'est tout.

---

1. Authentique. Seul le nombre des rescapés, cinq, est passé à six pour les besoins du récit.

— Taratata, je vous connais bien ! Et je vous dis merci !

Et, oubliant ses vertiges, elle s'accrocha aux épaules du géant, se hissa sur la pointe des pieds et claqua un gros baiser sur l'une de ses joues.

Ils se hâtèrent ensuite vers l'Inscription maritime de Saint-Malo. L'information officielle venait de tomber quand ils arrivèrent là-bas. Il y avait bien six survivants, dont un certain Gildas Le Morvan. Hélas, le nom de Clovis Rivat ne figurait pas sur la liste.

31

Tout en profitant des bontés des Portugais et de la générosité de la légation de France au Portugal, les rescapés du *Châtelet* guettaient le moment du rapatriement.

Un tailleur vint prendre leurs mesures un matin ; dès le lendemain, ils héritèrent d'une valise contenant costumes bleu marine, assortiment de chemises, chaussures de ville, chaussons, bleus de travail, caleçons, jerseys, casquette, mouchoirs, chaussettes, cravates, portefeuille et porte-monnaie.

Quelques jours plus tard, Georges débarqua de l'hôpital, accompagné d'un épais nuage de fumée, dû à un énorme cigare sur lequel il tirait avec délectation malgré les larmes qu'il lui arrachait, et affublé d'un costume bleu flambant neuf.

Il pénétra dans la chambre de l'hôtel à un moment où ses compagnons faisaient la sieste. A leur réveil il leur conta ses quelques jours d'isolement. Isolement relatif, car, aimable par nature, Georges s'était fait sinon des amis du moins des relations. Il avait notamment reçu la visite de deux messieurs, dont l'un était le neveu du maréchal Lyautey. Il avait également sympathisé avec un patient portugais, armateur de morutiers, harnaché comme un seigneur. Cet homme riche lui avait donné le « barreau de chaise » qui ornait son bec et empestait toute la chambrée !

Le mousse retrouva vite ses fonctions auprès des dorissiers. Tous les trois jours, il n'échappait pas à ce que les autres considéraient être une corvée : entrer dans le bureau de l'attaché naval pour y recevoir une modeste allocation d'escudos qu'il distribuerait ensuite aux intéressés patientant sur le trottoir au bas de l'immeuble de la légation de France.

Cette corvée avait de bien surprenants avantages que le rusé mousse gardait secrets. Séduit par la vivacité de l'adolescent, monsieur de La Forest Divonne lui offrait volontiers une bière ou un cigare, et prenait plaisir à deviser un peu avec lui.

Le retour de Georges auprès de ses compagnons ne se passait pas toujours très bien... Ceux-ci l'apostrophaient dans le langage vert des matelots :

« Alors, petit con, tu peux pas revenir plus vite ? Voilà une demi-heure qu'on fait le pied de grue à t'attendre sur ce foutu trottoir pour quelques escudos ! Le prochain coup, si tu traînes core, on te bottera le cul ! »

Georges adoptait alors profil bas, distribuait à chacun son dû tout en surveillant du coin de l'œil les souliers des dorissiers. Mais le moral était au beau fixe, on n'était pas sur un terre-neuvier, et nul ne mettait ses menaces à exécution.

Les escudos permettaient de tuer le temps. Les patrons de doris les utilisaient pour aller siroter chaque jour un mic dans un petit café blotti contre l'un des murs de l'hôtel.

Tous partaient quelquefois, dans une sage bordée, visiter des tavernes où s'alignaient des fûts en perce remplis des vins de la région. Soucieux de ne pas laisser à la légation de France et aux Portugais un souvenir aussi désastreux que celui de l'équipage du *Martin-Pêcheur*, ils savouraient, avec une relative retenue, des vins capiteux, dont l'un, particulièrement aimable et charnu, flattait leurs gosiers.

Afin de les remercier de leur comportement exemplaire, monsieur de La Forest Divonne leur offrit même un jour un spectacle de corrida dans les arènes de Lisbonne. Chacun apprécia selon son tempérament. Les esprits étaient de toute façon ailleurs, et si les hommes ne détestaient point la cuisine à l'huile d'olive, ils n'aspiraient désormais plus qu'à une chose : retourner chez eux, après les terribles malheurs qu'ils avaient vécus.

Durant ces journées de désœuvrement, Gildas sympathisa avec Georges. Le mousse lui rappelait Jean-Marie. Tous deux avaient traversé, avec la même intrépidité, des épreuves déjà rudes pour des adultes ; tous deux cultivaient la même insouciance. Tous deux avaient, chevillé dans le corps, le désir de devenir plus tard de vrais marins. Oui, Georges lui rappelait Jean-Marie, et Jean-Marie le ramenait à Angélique...

Georges était intarissable lorsqu'il évoquait les modestes berges du Frémur ou celles, plus nobles, de la Rance. Le petit fleuve côtier avait décidé de sa vocation. Il s'y rendait naguère, souvent à bicyclette pour y contempler les doris et les pêcheurs jetant leurs lignes dans une eau presque immobile. Tout, ici, paraissait somnoler. Les marées, au clapotis hésitant, apportées par l'estuaire, ressemblant à des caresses, annonçaient la mer toute proche. Une mer immense, aux mille dangers, belle comme une femme fatale. Et les hommes, les vrais, les terre-neuvas, ceux qui, en attendant la saison pour repartir en campagne, lui emplissaient la tête de leurs aventures. Tout en sortant des eaux grises quelques anguilles, des poissons plats, des plies dont les plus orgueilleuses pesaient quelquefois une livre, ils contaient à l'enfant ébaubi la pêche à la morue sur les Bancs, où certaines prises frôlaient les quatre-vingt-dix kilos !

Et ces maudits « singes », qui préféraient voir un navire naviguer le nez pointé vers le large plutôt que de rester près de leurs familles, qui se vantaient d'être les meilleurs gabiers du monde, qui n'avaient le sentiment d'exister que lorsqu'ils affrontaient les vents hurlants et s'échinaient à l'ouvrage, ces « singes », donc, avaient façonné l'âme du petit Georges.

De sorte que le gamin contemplait la Rance lénifiante, ses minimarées, ses minipoissons, ses absences de tempêtes, la beauté pastellée des eaux et du ciel, les gueules taciturnes des marins en mal de partance, et il rêvait de s'embarquer avec eux pour connaître enfin les frémissements de la vraie vie.

— La vraie vie pour toi, c'est quoi ? lui demanda un jour Gildas alors qu'ils lézardaient à l'ombre d'un palmier sur un banc dans la cour de l'hôtel.

Les joues du mousse s'épanouirent.

— Pas la pêche. La course dans les enfléchures, sur les marchepieds. Le travail de la voilure, quoi !

Gildas plongea l'émeraude de ses yeux dans ceux de Georges, frotta méthodiquement ses tempes avec ses doigts avant de déclarer, d'une voix douce censée atténuer ce qu'il allait dire :

— Tu sais, je crois qu'on arrive à un tournant. Les voiliers et la pêche, ce sera bientôt fini. Il y a de plus en plus de chalutiers, et bientôt il n'y aura plus que ça. Il faut se faire une raison. Le moteur remplacera définitivement la goélette, et le chalut les cordes et les doris.

Georges pinça ses lèvres pour juguler l'amertume qui montait en lui.

— Je sais que t'as raison, mais un voilier c'est bien plus beau !

Il se tut un moment, contempla deux pigeons tournant autour d'eux dans une parade amoureuse.

— Au fait, t'as une copine ou une fiancée à Cancale ?

— J'en avais une. Elle ne veut plus de moi parce que je suis terre-neuvas.

— Eh ben, dis don !

Le silence s'imposa. Georges observait l'avant de doris à la dérobée, se demandant, stupéfait, comment une fille pouvait résister à un matelot si bien caréné, si séduisant.

— Qu'est-ce que tu vas faire, quand on sera de retour en France ? interrogea finalement Gildas.

L'adolescent hésita.

— J'sais pas. On a failli mourir, ça fait réfléchir. Et pis ma mère, elle a son mot à dire. J'ai tout juste seize ans. Faut voir. Et toi ?

Gildas brossa pensivement ses cheveux avec ses doigts.

— Depuis tout petit, je rêve de devenir capitaine. Mon père était terre-neuvas, mon grand-père aussi. J'ai ça dans le sang. Je n'existe que pour ça. Dès que la guerre sera finie, j'irai aux cours du soir à l'école des Rimains. J'étais bon à l'école, j'ai été reçu premier du canton au certificat d'études primaires. Je commencerai par le certificat de capacité et le brevet de petite pêche sur les côtes. Après, on verra si je suis assez bon pour tenter patron de pêche et capitaine. Mais ça, c'est pour plus tard.

— Tu sais, la guerre, elle est pas partie pour s'arrêter tout de suite. Moi, ce que je sais, c'est que ma mère elle me laissera pas remonter sur un bateau tant qu'y aura des sous-marins qui attendent qu'on sorte en mé pour nous dégommer !

— Et elle aura bien raison. Et pendant ce temps-là, au moins, tu cesseras de recevoir des torgnoles et des coups de pied au cul ! Et moi aussi, je resterai à terre le temps qu'il faudra.

Un sourire joyeux courut sur la bouille redevenue ronde de Georges.

— Je les regretterai, les torgnoles, c'est le sort de tous les mousses. Ça nous tanne le cuir, ça nous durcit le caractère, ça fait de nous des hommes. Plus tard, j'en ferai autant avec les autres mousses, et y m'diront merci.

Un soupir agacé ébranla la poitrine de Gildas.

— C'est un peu trop facile d'avoir le poing ou le pied légers. On peut très bien apprendre le métier à des gosses sans leur cogner dessus.

Georges sentit l'ire monter chez l'avant de doris. Prudent, il leva les bras, prenant le ciel à témoin.

— J'disais ça pour rire ! J'le ferai pas. J'essaierai de me souvenir que je n'aimais pas ça !

32

Honorine poussa la porte du Bazar Parisien et entra. Le magasin était vide, à l'exception de Jean Lebreton et Angélique qui tuaient le temps, accoudés au comptoir près de la caisse.

Quand la jeune fille vit la figure radieuse d'Honorine, elle se précipita vers elle, brûlante d'espoir.

— Vous avez des nouvelles ? demanda-t-elle, une main plaquée sur sa gorge.

— Oui, et elles sont bounes ! Mon Gildas est vivant !

— Vivant ?

Elles sombrèrent dans les bras l'une de l'autre, s'embrassèrent, mêlant leurs larmes sous le regard attendri de Jean Lebreton.

— Oui ! Il est à Lisbonne, au Portugal. Ils sont six survivants, des gens que vous ne connaissez pas. Ils sont arrivés là-bas sur un doris. C'est tout ce que je sais, mais ça, je le sais bien ! ajouta-t-elle, son œil empli de joie.

— Vous ne savez pas quand ils seront de retour ?

— Nenni. Le Portugal, c'est bien loin.

— La bonne Vierge du Verger a entendu nos prières ! s'exclama Angélique en soupirant de bonheur.

Et, empoignant Honorine à la taille, elle l'entraîna dans une valse entre les rayons du magasin. Elles s'arrêtèrent, reprirent leur souffle sous le regard ému du propriétaire du lieu qui, entre deux éclats de rire, deux mots exaltés des femmes, répétait : « Ah, ce que je suis content pour vous, ce que je suis content ! »

— Mais dites-moi, Angélique, pour quèqu'un qui veut pas aller en noces avec mon fils, vous semblez bien troublée et bien heureuse quand même...

La jeune fille baissa le front, invita d'un geste madame Le Morvan à la suivre sur le trottoir, car Jean Lebreton ne perdait pas un mot de la conversation. Là, les yeux rivés sur ses mains qu'elle avait croisées sur son ventre, elle avoua :

— Je l'aime ! Si je l'épouse, je mourrai de peur de ne pas le voir revenir un jour, si je ne l'épouse pas, je mourrai de chagrin de ne pas avoir partagé ma vie avec lui.

— Eh ben, v'là aut' chose ! Vous exagérez, quand même ! La solitude, je veux bien, mais les bateaux deviennent de plus en plus sûrs. Si le *Châtelet* a coulé, c'est parce qu'on lui a tiré dessus, pas parce que c'était une coquille de noix !

— Le *Châtelet* était solide, c'est vrai, mais ils allaient affronter le Groenland, les doris, les brumes, les coups de torchon, les glaces flottantes...

Honorine jeta un œil admiratif à Angélique.

— Vous êtes incorrigible, vous ! Vous ne cédez pas facilement ; je vais pouvoir dire à mon fils, quand y sera rentré, qu'il a eu bien de la chance de ne pas être pris dans vos filets ! De toute façon, c'est mieux comme ça. Mais quand même, mourir parce qu'on se marie ou mourir parce qu'on n'se marie pas, pour moi, c'est du pareil au même...

Des fossettes fleurirent sur les joues d'Angélique. Elle s'approcha d'Honorine, prit ses mains dans les siennes.

— Je vais réfléchir à tout ça. Gildas m'avait dit grand bien de vous. Il avait raison. Vous êtes une grande dame !

Honorine rua sous le compliment.

— Je ne suis pas une grande dame, qu'est-ce que vous allez chercher là ? Je suis une mère, c'est tout. Toutes les mères sont comme moi !

— Pas toutes. Vous avez de la franchise, du caractère, vous êtes drôle. Vous êtes une vraie fille de la Houle !

— Nenni ! Je suis une femme soumise, je suis du Clos-Poulet, et j'en suis bien fière !

Angélique éclata de rire.

— Soumise, vous ?

Elle parcourut la place du regard. A l'exception d'une voiture allemande dévalant en trombe le Vaubaudet, tout était paisible, en ordre. Le monde s'était remis en marche.

Elle avisa la carriole du père Outin, rangée un peu plus loin le long du trottoir devant le Grand Bazar Moderne, remarqua Louis, assis auprès du fermier, qui lui adressait un signe amical.

— Monsieur Le Morvan est venu avec vous ? Je vais aller le saluer. Il doit être heureux de savoir son petit-fils vivant ?

— Bien sûr.

Honorine ne put réprimer un gloussement de joie.

— Si vous aviez vu sa tête quand je lui ai dit que notre petit était sauvé grâce à ses prières à notre boune Vierge du Verger !

— Qu'est-ce qu'il a répondu ?

— Rien. Il a manqué d'avaler sa chique. Il a haussé les épaules, il a ronchonné, il m'a tourné le dos, mais j'ai bien vu qu'il riait derrière son gros poing, le bougre !

Elles se dirigèrent ensemble d'un pas vif vers la carriole, non sans s'être promis de se revoir dès que l'une d'entre elles aurait des nouvelles de Gildas.

Vers la mi-juin, les rescapés du *Châtelet* prirent enfin le train pour l'Espagne. Ils emportaient avec eux un visa espagnol, leurs billets, des paniers garnis d'un solide casse-croûte et d'une petite touque remplie d'un *vinho* indispensable pour le moral. Ils emportaient aussi un bon pour manger, utilisable au restaurant de la gare du poste-frontière de Fuerte Nord, et une somme non négligeable de deux mille francs français offerte par la légation de France au Portugal.

En sa qualité de patron de doris et d'ancien le plus âgé, Jean Poncel glissa d'autorité dans son portefeuille les papiers de Georges pour qu'il ne les égare pas, les bons de repas, les visas et l'argent qui leur permettrait de poursuivre leur voyage lorsqu'ils seraient de retour en France.

A peine installés dans le train, un contrôleur pénétra dans leur compartiment. Les hommes sortirent leurs billets. Poncel porta la main à l'intérieur de sa veste, fouilla toutes ses poches et pâlit.

— Bon Dieu, on m'a fauché mon portefeuille !

Il se leva d'un bond, inspecta son pantalon, jeta un regard sur le sol, au cas où. Rien.

— Ça y est, j'y suis ! Au moment de monter dans le wagon, ma veste était déboutonnée. J'me souviens que quelqu'un m'a heurté en s'excusant !

Il s'assena un coup de poing sur le front.

— Il en aura profité pour escamoter notre pognon !

Les matelots se dévisagèrent, consternés. Armand Saiget profita de l'incident pour libérer tout ce qu'il avait sur le cœur.

— Eh ben, dis don, après nous avoir fait faire de l'essuette et rallongé notre voyage au risque d'y rester, voilà que tu paumes tout notre bien et les papiers du mousse ! Comme quoi y a pas que les jeunes qui font des conneries !

Les terre-neuvas approuvèrent d'un hochement de tête qui en disait long sur la chute de prestige du patron de doris.

Heureusement pour eux, comprenant que les Français étaient les victimes d'un pickpocket, le contrôleur les laissa poursuivre leur voyage jusqu'à Fuerte puis Hendaye. Hélas, pas de laissez-passer ! *Achtung !*

Refoulés par les Allemands, ils se retrouvèrent en Espagne, avec leurs valises, à pied et sans un sou. Enfin, pas tout à fait. Armand Saiget sortit de ses poches quelques billets français qui, convertis en pesetas, leur permirent de prendre le train pour San Sebastian, où on leur avait assuré qu'ils trouveraient un agent consulaire pour défendre leurs intérêts.

Celui-ci les accueillit assez mal. La guerre civile hantait encore les esprits. La dictature franquiste étendait ses tentacules sur le peuple ; les ruines triomphaient dans les rues, la nourriture était rare et chère, la méfiance des autorités maladive. Les Français restèrent cantonnés pendant quinze jours dans un hôtel proche de la gare, le temps que l'agent consulaire obtienne de Lisbonne un nouveau visa allemand. Le seul loisir des exilés était de somnoler sur les bancs du jardin public avec pour compagnie la faim, l'ennui et l'implacable soleil de juillet.

Le visa arriva enfin de Lisbonne. Les Français retournèrent à Irún pour le faire tamponner par un officier de la Kommandantur. Un peu plus tard, à Hendaye, le maire leur fit remettre des tickets d'alimentation.

A Bayonne, après un interrogatoire soutenu, l'administrateur de l'Inscription maritime les emmena au restaurant, leur offrit un peu d'argent et leur annonça qu'ils repartiraient le lendemain à l'aube pour la Bretagne, où ils feraient une dernière halte dans un hôtel de Redon. Il leur précisa que monsieur de La Forest Divonne avait téléphoné à la gendarmerie de Ploubalay pour que celle-ci prévienne les familles de l'arrivée imminente des marins du *Châtelet*.

Les hommes poussèrent un *ouf!* de soulagement puis plongèrent sans façon leurs fourchettes dans des assiettes bien garnies qui les changeaient de la nourriture spartiate qu'ils avaient supportée en Espagne.

Le train roulait, s'arrêtait de gare en gare. Des noms connus ou inconnus de villes défilaient devant eux, des paysages variés. Ils ne parlaient plus ou presque, déambulaient souvent dans le couloir pour se dégourdir les jambes et détailler du regard avec émotion les dames et les jeunes filles dont certaines arboraient des mollets souvent jolis. Et ils pensaient à leurs femmes qu'ils allaient revoir bientôt. Aux heures précieuses qui s'ensuivraient.

Gildas passa la journée dans le couloir, accoudé devant une vitre, s'effaçant pour laisser passer les gens et des militaires allemands qui parlaient et riaient avec les voix fortes des conquérants. Ensuite il reprenait sa position, le front collé contre le carreau, comptait les arbres, les poteaux électriques, observait le soleil courant avec le train, puis la lune.

Sa tête était vide. Il rentrait chez lui. Il avait frôlé la mort, franchi des frontières, vécu en quelques semaines plus que les dix-neuf premières années de sa vie. Il allait revoir sa famille. Il se sentait incapable de penser à demain. Avec la guerre, les campagnes de pêche représentaient un avenir bien lointain. Et Angélique... Dès qu'elle apparaissait, il l'éloignait de ses pensées. Le vide. Uniquement le vide. Il se demandait quand même si sa mère avait reçu sa lettre.

Le soir, il rentra dans le compartiment, échoua sur la banquette. Le petit Georges s'écarta pour lui faire de la place. Dix minutes plus tard, bercé par les trépidations des roues du train sur les rails, il dormait. D'un sommeil agité qui secouait son corps, le jetait à la dérive contre l'épaule de ses voisins, qui le repoussaient avec douceur.

Georges observait Gildas, cherchait à deviner dans quel rêve, quel cauchemar, celui-ci était plongé.

Les mâchoires du jeune homme se serraient, ses joues remontaient vers ses tempes, ses mains grandes ouvertes se métamorphosaient brutalement en poings fermés étreignant le vide.

Ça y est, il est dans le doris, il veut pas claquer, il tient ses avirons, il nage, en déduisait le mousse.

Une longue grimace soudain déforma la face de Gildas.

— Je serai capitaine ! gronda-t-il.

Georges sursauta. L'avant de doris dormait toujours.

Il souffre. Il est mal, songeait le mousse. Ah, ça va mieux ! Le front se détendait, se chargeait d'une douce nostalgie, un sourire léger se dessinait sur les traits tracés au pinceau. Y en a qu'ont du pot ! s'émerveillait Georges. Pour rigoler aux anges comme ça, c'est qu'il pense à sa dulcinée !

Gildas rêvait d'elle, en effet. Une onde de souffrance parcourut son visage. La jeune fille lui confiait qu'elle l'aimait, mais qu'elle ne le reverrait jamais.

A Cancale, à la même heure, dans une modeste maison de pêcheur, pelotonnée dans son lit, ses doigts griffant ses couvertures, Angélique pensait précisément à lui.

Des mots chaviraient sur ses lèvres :

— Voyou, brigand, tu as gagné ! C'est fichu, je me sacrifierai pour toi. Je ferai comme les autres, je prierai quand tu partiras en mer, je vivrai mille peurs, mais tu seras à moi !

Et, à l'idée de l'étreindre bientôt, des larmes de bonheur roulaient sur ses joues rondes.

Glossaire

Adonner : se dit du vent quand il tourne dans une direction favorable.

Banquer : arriver sur les bancs de pêche.

Boëtte : appât monté sur l'hameçon.

Bordée : partie de l'équipage opérant par roulement pour la manœuvre du navire.

Bosco : à la pêche, lieutenant ; au commerce, maître d'équipage.

Bosse : cordage fixé à l'avant du doris pour le maintenir le long du bord ou l'amarrer.

Boujaron : petit récipient en fer-blanc d'un trente-deuxième de litre. Ration journalière d'eau-de-vie réservée au marin.

Brasse : ancienne mesure de longueur d'environ un mètre soixante. Mesure de profondeur : un mètre soixante également.

Brassière : ceinture de sécurité.

Bredindin : sorte de filin prolongé par un long croc permettant de crocher dans les erses placées aux extrémités des doris.

Cabane (ou bannette) : couchette du marin.

Cape : allure de gros temps, voiles réduites au minimum, vent debout ou près du lit du vent par mesure de sécurité.

Carguer : serrer les voiles contre leurs vergues ou contre le mât au moyen de cargues (cordages).

Cartahu : filin passant dans une poulie simple pour charges légères.

Chôle : mettre à la chôle : se laisser dériver.

Corde (ou palangre) : ligne de fond sur laquelle sont placés les hameçons.

Dadin : gros oiseau des mers voisin de la mouette et du goéland, familier des bancs.

Dalot : ouverture dans la paroi du navire permettant l'écoulement de l'eau.

Débanquer : quitter les bancs, les lieux de pêche.

Déborder : pousser au large.

Déraper : retirer l'ancre du fond.

Décolleur : celui qui coupe la tête de la morue.

Doris : embarcations d'environ six mètres servant à la pêche à la morue. Leur fond plat permet de les entasser les uns sur les autres sur le pont.

Dorissée : doris rempli de morue.

Drosser : pousser un navire en dehors de sa route, subir courants et vents. Entraîner vers la côte.

Ebréguer ou ébreuiller : éviscérer la morue.

Ebrégueur ou ébreuilleur : matelot qui ébrègue ou ébreuille.

Enfléchure : chacun des échelons fixés dans les haubans, utilisés pour grimper dans la mâture.

Enocter : débarrasser les filets de morues des dernières traces de sang.

Erse : anneau de cordage.

Espar : pièce du gréement sur laquelle on établit la voilure : vergues, mâts, bômes, etc.

Essuette : pour « est-sud-est ». Faire de l'essuette.

Etrave : partie saillante de la proue d'un navire.

Faseyer : être trop près du vent pour que les voiles portent bien.

Fraîchir : le vent fraîchit quand il devient plus fort.

Gréement : ensemble des objets nécessaires à la manœuvre, à l'amarrage et à la sécurité des voiliers : agrès, cordage, mâture, voile...

Guindeau : treuil à axe horizontal servant à monter et descendre la chaîne et l'ancre de mouillage.

Guillotine : pièce de bois placée à la verticale et renforcée d'une plaque de zinc destinée à couper la tête de la morue.

Hauban : fil d'acier fixé à la tête du mât et à la paroi extérieure du navire pour soutenir et consolider ce mât.

Lisse : bordage supérieur du pont.

Manne : grand panier d'osier.

Manœuvre : cordage ; action sur les cordages, les voiles, le gouvernail, destinée à régler la marche du navire. Désigne aussi le fait de manœuvrer.

Marchepied : câble tendu sous une vergue pour permettre aux matelots d'y manœuvrer.

Nager : ramer.

Nos : nom donné à l'arête médiane de la morue.

Orin : petit filin fixé à une extrémité sur une ancre et à l'autre sur une bouée qui indique l'emplacement de l'ancre.

Parc à poisson : assemblage de planches formant compartiment pour recevoir le poisson à travailler.

Pellot : petite pelle à manche court, en bois ou en métal, tenue d'une seule main et servant à étaler le sel sur la morue.

Piaule : banc serré de poissons ou d'encornets.

Piffauderie ou chauffauderie : tous les non-dorissants du bord.

Piquois : bâton prolongé par un pic en acier servant à piquer la tête de la morue pour la lancer du doris à bord du navire.

Potte à morue : manne cylindrique en osier contenant le poisson.

Ris : partie d'une voile qu'on peut replier pour en diminuer la surface. Une voile au bas ris est une voile réduite au maximum.

Tire-veille : filin permettant de monter et descendre dans les embarcations.

Tolet : cheville de bois sur la lisse des doris chargée d'encastrer la rame.

Trancheur : spécialiste qui ouvre la morue en deux et en extrait l'arête médiane.

Vergue : traverse articulée au mât sur laquelle on établit les voiles carrées.

Remerciements

Je remercie mademoiselle Françoise Pierre. Elle est la première personne à avoir attisé ma curiosité concernant les terre-neuvas, en évoquant devant moi la tragédie vécue par son père, Georges Pierre, mousse sur le *Notre-Dame-du-Châtelet*, et en me confiant l'exemplaire n° 38-39 de la revue *Le Carrouge*, qui relatait, sous la plume de monsieur Michel Duédal, l'incroyable odyssée des survivants.

Je remercie monsieur Lionel Martin, capitaine sur des terre-neuviers, écrivain et président de l'Association Mémoire et Patrimoine des terre-neuvas, qui m'a fourni, avec patience et courtoisie, de précieux renseignements sur le monde de la Grande Pêche.

Je remercie monsieur Jean Le Bot, ancien professeur de physique à la faculté de Rennes et écrivain maritime, qui m'a fourni des précisions sur l'univers des doris.

Je remercie, pour son accueil à Ploubalay, monsieur Marie-Ange Glâtre, ancien armateur et fils de l'armateur qui apparaît dans ces pages.

Je remercie messieurs Pierre-Yves Mahieu, maire, et Marcel Le Moal, premier adjoint au maire de la ville de Cancale, qui ont facilité mes recherches en me fournissant une liste de personnes ayant connu leur cité dans la première moitié du vingtième siècle.

Je remercie madame Françoise Tristan, fille de monsieur Jean Lebreton, qui apparaît dans ces pages.

Je remercie monsieur Henri Raoult, dont l'érudition m'a permis d'approfondir mes connaissances sur la région.

Je remercie les Amis de l'Association Mémoire et Patrimoine des terre-neuvas, qui m'ont apporté de nombreuses informations sur le Grand Métier.

Je remercie les auteurs d'articles parus dans les remarquables *Cahiers de la vie à Cancale* publiés par l'Association des Amis des Bisquines et du Vieux Cancale, qui m'ont été d'un précieux concours.

Je remercie toutes les personnes qui, de près ou de loin, m'ont permis de rassembler une copieuse documentation.

Je remercie enfin mon ami, écrivain et complice Michel Giard, pour les nombreux ouvrages spécialisés qu'il m'a confiés – sans grand espoir de les revoir –, dès qu'il a su que j'envisageais de me pencher sur ce sujet !

Production Jeannine Balland

Romans « Terres de France »

Jean Anglade
Un parrain de cendre
Le Jardin de Mercure
Y a pas d'bon Dieu
La Soupe à la fourchette
Un lit d'aubépine
La Maîtresse au piquet
Le Saintier
Le Grillon vert
La Fille aux orages
Un souper de neige
Les Puysatiers
Dans le secret des roseaux
La Rose et le Lilas
Avec le temps...
L'Ecureuil des vignes
Une étrange entreprise
Le Temps et la Paille
Les Ventres jaunes
Le Semeur d'alphabets
La Bonne Rosée
Un cœur étranger
Les Permissions de mai
Les Délices d'Alexandrine
Sylvie Anne
Mélie de Sept-Vents
Le Secret des chênes
La Couze
Ciel d'orage sur Donzenac
La Maîtresse du corroyeur
Un horloger bien tranquille
Un été à Vignols
La Lavandière de Saint-Leger
L'Orpheline de Meyssac
Jean-Jacques Antier
Tempête sur Armen
La Fille du carillonneur
Marie-Paul Armand
Le Vent de la haine
Louise
Benoît
La Maîtresse d'école
La Cense aux alouettes
L'Enfance perdue
Un bouquet de dentelle
Au bonheur du matin
Le Cri du héron
Le Pain rouge
La Poussière des corons
Nouvelles du Nord
La Courée
Victor Bastien
Retour au Letsing
Henriette Bernier
L'Enfant de l'autre
L'Or blanc des pâturages
L'Enfant de la dernière chance
Le Choix de Pauline
La Petite Louison
Petite Mère
Françoise Bourdon
La Forge au Loup
La Cour aux paons
Le Bois de lune
Le Maître ardoisier
Les Tisserands de la Licorne
Le Vent de l'aube
Les Chemins de garance
La Figuière en héritage
La Nuit de l'amandier
Patrick Breuzé
Le Silence des glaces
La Grande Avalanche
La Malpeur
La Lumière des cimes
Nathalie de Broc
Le Patriarche du Bélon
La Dame des Forges
La Tresse de Jeanne
Loin de la rivière
La Rivière retrouvée
La Sorcière de Locronan
Annie Bruel
Le Mas des oliviers
Les Géants de pierre
Marie-Marseille

Michel Caffier
Le Hameau des mirabelliers
La Péniche Saint-Nicolas
Les Enfants du Flot
La Berline du roi Stanislas
La Plume d'or du drapier
L'Héritage du mirabellier
Marghareta la huguenote
Le Jardinier aux fleurs de verre
Jean-Pierre Chabrol
La Banquise
Claire Chazal
L'Institutrice
Didier Cornaille
Les Labours d'hiver
Les Terres abandonnées
Etrangers à la terre
L'Héritage de Ludovic Grollier
L'Alambic
Georges Coulonges
Les Terres gelées
La Fête des écoles
La Madelon de l'an 40
L'Enfant sous les étoiles
Les Flammes de la Liberté
Ma communale avait raison
Les blés deviennent paille
L'Eté du grand bonheur
Des amants de porcelaine
Le Pays des tomates plates
La Terre et le Moulin
Les Sabots de Paris
Les Sabots d'Angèle
La Liberté sur la montagne
Les Boulets rouges de la Commune
Pause-Café
Anne Courtillé
Les Dames de Clermont
Florine
Dieu le veult
Les Messieurs de Clermont
L'Arbre des dames
Le Secret du chat-huant
L'Orfèvre de Saint-Séverin
La Chambre aux pipistrelles
Paul Couturiau
En passant par la Lorraine
Annie Degroote
La Kermesse du diable
Le Cœur en Flandre
L'Oubliée de Salperwick
Les Filles du Houtland
Le Moulin de la Dérobade
Les Silences du maître drapier
Le Colporteur d'étoiles
La Splendeur des Vaneyck
Les Amants de la petite reine
Un palais dans les dunes
Renelde, fille des Flandres
Alain Dubos
Les Seigneurs de la haute lande
La Palombe noire
La Sève et la Cendre
Le Secret du docteur Lescat
Constance et la Ville d'Hiver
Marie-Bernadette Dupuy
L'Orpheline du bois des Loups
Les Enfants du Pas du Loup
La Demoiselle des Bories
Le Chant de l'Océan
Le Moulin du Loup
Le Chemin des Falaises
Elise Fischer
Trois Reines pour une couronne
Les Alliances de cristal
Mystérieuse Manon
Le Soleil des mineurs
Les cigognes savaient
Confession d'Adrien le colporteur
Le Secret du pressoir
Laurence Fritsch
La Faïencière de Saint-Jean
Alain Gandy
Adieu capitaine
Un sombre été à Chaluzac
L'Enigme de Ravejouls
Les Frères Delgayroux
Les Corneilles de Toulonjac
L'Affaire Combes
Les Polonaises de Cransac
Le Nœud d'anguilles
L'Agence Combes et Cie
Suicide sans préméditation
Fatale Randonnée
Une famille assassinée
Le piège se referme
Gérard Georges
La Promesse d'un jour d'été
Les Bœufs de la Saint-Jean
L'Ecole en héritage
Le Piocheur des terres gelées
Les Amants du chanvre

La Demoiselle aux fleurs sauvages
Jeanne la brodeuse au fil d'or
Denis Humbert
La Malvialle
Un si joli village
La Rouvraie
L'Arbre à poules
Les Demi-Frères
La Dernière Vague
Yves Jacob
Marie sans terre
Les Anges maudits de Tourlaville
Les blés seront coupés
Une mère en partage
Un homme bien tranquille
Hervé Jaouen
Que ma terre demeure
Au-dessous du calvaire
Les Ciels de la baie d'Audierne
Les Filles de Roz-Kelenn
Ceux de Ker-Askol
Michel Jeury
Au cabaret des oiseaux
Marie Kuhlmann
Le Puits Amélie
Passeurs d'ombre
Guillemette de La Borie
Les Dames de Tarnhac
Le Marchand de Bergerac
La Cousette de Commagnac
Jean-Pierre Leclerc
Les Années de pierre
La Rouge Batelière
L'Eau et les Jours
Les Sentinelles du printemps
Un amour naguère
Julien ou l'Impossible Rêve
A l'heure de la première étoile
Les Héritiers de Font-Alagé
Hélène Legrais
Le Destin des jumeaux Fabrègues
La Transbordeuse d'oranges
Les Herbes de la Saint-Jean
Les Enfants d'Elisabeth
Les Deux Vies d'Anna
Les Ombres du pays de la Mée
Eric Le Nabour
Les Ombres de Kervadec
Louis-Jacques Liandier
Les Gens de Bois-sur-Lyre
Les Racines de l'espérance
Jean-Paul Malaval
Le Domaine de Rocheveyre
Les Vignerons de Chantegrêle
Jours de colère à Malpertuis
Quai des Chartrons
Les Compagnons de Maletaverne
Le Carnaval des loups
Les Césarines
Grand-mère Antonia
Une maison dans les arbres
Une reine de trop
Une famille française
Le Crépuscule des patriarches
La Rosée blanche
L'Homme qui rêvait d'un village
L'Auberge des Diligences
Le Notaire de Pradeloup
Dominique Marny
A l'ombre des amandiers
La Rose des vents
Et tout me parle de vous
Jouez cœur et gagnez
Il nous reste si peu de temps
Pascal Martin
Le Trésor du Magounia
Le Bonsaï de Brocéliande
Les Fantômes du mur païen
La Malédiction de Tévennec
L'Archange du Médoc
Louis Muron
Le Chant des canuts
Henry Noullet
La Falourde
La Destalounade
Bonencontre
Le Destin de Bérengère Fayol
Le Mensonge d'Adeline
L'Evadé de Salvetat
Les Sortilèges d'Agnès d'Ayrac
Le Dernier Train de Salignac
Michel Peyramaure
Un château rose en Corrèze
Les Grandes Falaises
Frédéric Pons
Les Troupeaux du diable
Les Soleils de l'Adour
Passeurs de nuit
Jean Siccardi
Le Bois des Malines
Les Roses rouges de décembre
Le Bâtisseur de chapelles

Le Moulin de Siagne
Un parfum de rose
La Symphonie des loups
La Cour de récré
Les Hauts de Cabrières
Les Brumes du Mercantour
La Chênaie de Seignerolle
Bernard Simonay
La Fille de la pierre
La Louve de Cornouaille
Jean-Michel Thibaux
La Bastide blanche
La Fille de la garrigue
La Colère du mistral
L'Homme qui habillait les mariées
La Gasparine
L'Or des collines
Le Chanteur de sérénades
La Pénitente
L'Enfant du mistral
L'Or du forgeron
Jean-Max Tixier
Le Crime des Hautes Terres
La Fiancée du santonnier
Le Maître des roseaux
Marion des salins
Le Mas des terres rouges
L'Aîné des Gallian
L'Ombre de la Sainte-Victoire
Brigitte Varel
Un village pourtant si tranquille
Les Yeux de Manon
Emma
L'Enfant traqué
Le Chemin de Jean
L'Enfant du Trièves
Le Déshonneur d'un père
Blessure d'enfance
Mémoire enfouie
Une vérité de trop
Louis-Olivier Vitté
La Rivière engloutie
L'Enfant des terres sauvages
L'Inconnue de la Maison-Haute
Colette Vlérick
La Fille du goémonier
Le Brodeur de Pont-l'Abbé
La Marée du soir
Le Blé noir

Polars de France

Alain Gandy
Un week-end meurtrier
Hélène Legrais
La Croix des outrages
Pascal Martin
La Traque des maîtres flamands
L'Ogre des Landes
Jean-Max Tixier
Le Juge de paix
Le crime était déjà écrit

Romans

Sylvie Anne
L'Appel de la pampa
Jean-Jacques Antier
Marie-Galante, La Liberté ou la Mort
La Dame du Grand-Mât
Le Sixième Condamné de l'Espérance
La Prisonnière des mers du Sud
Erwan Bergot
Les Marches vers la gloire
Sud lointain
tome I *Le Courrier de Saïgon*
tome II *La Rivière des parfums*
tome III *Le Maître de Bao-Tan*
Rendez-vous à Vera-Cruz
Mourir au Laos
Jean Bertolino
Chaman
Fura-Tena
Jean-Baptiste Bester
Bois d'ébène
A l'heure où dorment les fauves
Michel Caffier
Le Découvreur du Mississippi
Anne Courtillé
Le Mosaïste de Constantinople
Paul Couturiau
Le Paravent de soie rouge
Le Paravent déchiré
L'Inconnue de Saigon
Les Amants du fleuve Rouge
Le Pianiste de La Nouvelle-Orléans
Les Brumes de San Francisco
Paradis perdu
Cent Ans avant de nous séparer
Comme un parfum d'ylang-ylang
Annie Degroote
L'Etrangère de Saint-Pétersbourg
Alain Dubos
Acadie, terre promise
Retour en Acadie
La Plantation de Bois-Joli
La Baie des maudits
Les Amants du Saint-Laurent
Elise Fischer
L'Enfant perdu des Philippines
Hubert Huertas
Nous jouerons quand même ensemble
La Passagère de la « Struma »
L'Orque de Magellan
Terminus Pondichéry
Denis Humbert
Un été d'illusions
Gérard A. Jaeger
Pour l'amour de Blanche
Hervé Jaouen
L'Adieu au Connemara
Le Testament des McGovern
Suite irlandaise
Diane Lacombe
L'Hermine de Mallaig
La Châtelaine de Mallaig
Sorcha de Mallaig
Eric Le Nabour
Orages sur Calcutta
Les Démons de Shanghai
Les Jardins d'Istanbul
Sonia Marmen
La Vallée des larmes
La Saison des corbeaux

La Terre des conquêtes
La Rivière des promesses
Dominique Marny
Du côté de Pondichéry
Les Nuits du Caire
Cap Malabata
Mes nuits ne sont pas les vôtres
Du côté de Bombay
Juliette Morillot
Les Orchidées rouges de Shanghai
Michel Peyramaure
Le Roman de Catherine de Médicis
Le Pays du Bel Espoir
Les Fleuves de Babylone
Les Tambours sauvages
Le Temps des moussons
Les Roses noires de Saint-Domingue
La Porte du non-retour
Les Prisonniers de Cabrera
Bernard Simonay
Les Tigres de Tasmanie
La Dame d'Australie
Princesse maorie
L'Appel de l'Orient
La Prophétie des glaces
Jean-Michel Thibaux
Le Roman de Cléopâtre
La Fille de Panamá
Tempête sur Panamá
La Pyramide perdue
La Cinquième Courtisane
La Danseuse sacrée
Colette Vlérick
Le Domaine du belvédère

Composition et mise en pages : FACOMPO, LISIEUX

Cet ouvrage a été imprimé en France par

CPI
Bussière

à Saint-Amand-Montrond (Cher)
en décembre 2009

N° d'édition : 7819/02. — N° d'impression : 093688/1.
Dépôt légal : novembre 2009.